暴走プロポーズは極甘《ごくあま》仕立《じた》て

プロローグ　出会いはシンデレラ

小さい頃、シンデレラのお話が大好きだった。

魔法使いの力を借りて、王子様と運命的な出会いを果たした少女が、その王子様と永遠の愛を誓う。私も大人になったら、そんな恋をするのだと憧れていた。

でもね、二十三歳になった今の私は、知っているんだ。

憧れていたシンデレラのお話は絵本の中だけのもので、普通の女の子にガラスの靴を出してくれる魔法は現実には存在しない。だいたい、小さい頃に両親の怒濤《どとう》の離婚劇を目《ま》の当たりにした私には、永遠の愛がそんなに簡単に手に入るものじゃないってわかっている。

それでも今、大理石の階段で〝彼〟と出会った私は、ついシンデレラのことを考えてしまう。

彼女は、王子様がガラスの靴を手掛かりに自分を探しているって聞いた時、彼こそが運命の相手だって気付いていたのかな？

きっと気付いていたよね。だってそれが、運命の恋だったんだから。

じゃあ私は？

〝彼〟の手にはガラスの靴ならぬ私の革のパンプス。あのパンプスを拾ってくれた〝彼〟に、私は運命を感じているのかな？

◇　◇　◇

「えっと……」

高級ホテルにある、赤い絨毯《じゅうたん》の敷かれた大理石の階段。

その踊り場で、ワンピースの裾を花のように広げて座り込む桜庭彩香《さくらばあやか》。彼女は眼下の光景に頬を引きつらせていた。

緩《ゆる》やかなカーブを描《えが》いた階段の下。そこから見上げてくる彼の視線が痛い。

「……」

後ろに流した少し癖《くせ》のあるチョコレートブラウンの髪に、すっと通った鼻筋と彫りの深い端整な顔立ち。全体的に柔和な雰囲気だが、目元はそれと相反するように鋭い。

手摺越《てすりご》しにそんな彼を見下ろしていると、豹《ひょう》のような、しなやかな獣を連想してしまう。思わず見惚《みほ》れずにはいられない。

――すごくハンサムな人。モデルみたい。

長い手足や姿勢の良さを引き立てるスーツを纏《まと》い、片方のパンプスを手にしたその姿は、子供の頃大好きだったお伽噺《とぎばなし》の王子様をも思い出させる。

――……って、今はそれどころじゃなかった。

つい先ほど、馴《な》れないパンプスで階段を駆《か》け下りていた彩香は、踊り場のカーブを上手く曲がることができずに転んでしまった。その拍子に脱げた左のパンプスが、ちょうど階段を上ってきた彼の顔に直撃してしまったのだ。それこそありがちなコントのように。

「ごめんなさい。怪我とかしてないですか？」

「ああ……」

階段下の彼は、パンプスがぶつかった額を指で確認しながら答えた。

「よかった。急いで逃げていたら階段を踏みはずしちゃって……。貴方《あなた》に怪我がなくてよかったです」

「逃げていた？」

ホッと息を吐く彩香を見て、階段下の彼が怪訝《けげん》そうに呟《つぶや》く。

その言葉に、彩香は自分の置かれた状況を思い出した。

「はい。伯母《おば》に騙《だま》されてこのホテルに連れてこられたんですけど、実は目的は私のお見合いだったんです。それでこのままお見合いすると、その相手と強制的に結婚させられちゃうんです」

「そうなんだ。……それは気の毒だね」

低く落ち着いた彼の声が、広く緩やかな階段に響いた。彩香は「本当に最悪な状況です」と困った表情を見せる。

「……そういうわけですので、その靴を返していただけますか？」

彩香は、階段の手摺子《てすりこ》の隙間から手を差し伸べた。

階段下の彼は、そんな彩香とパンプスを見比べてから、そっと口角を持ち上げる。完璧としか表現できない爽《さわ》やかな微笑。

彩香は頬が熱くなるのを感じつつもホッと安堵の息を吐いた。

――よかった。怒ってないみたい。

が、次の瞬間、彼の発した言葉に耳を疑う。

「面倒くさいから嫌だね」

「え？」

「そこまで階段を上るのが面倒くさい」

「えっ？　だって、この階段を上ってくる途中でしたよね？」

そのついでにパンプスを返してください――そんないたってシンプルなお願いを断られる理由がわからない。

――やっぱり、顔にパンプスをぶつけたことを怒っているのかな？

どう謝れば許してくれるだろうかと悩んでいると、彼が軽く右手を上げる。

「まあ、そんなわけだ。申し訳ないが、君のお願いは聞けない」

彼は「ごめんね」と上辺だけの謝罪を口にすると、気紛れな猫のような悪戯《いたずら》っぽい微笑を残して回れ右をする。そして、そのまま階段を下りていった。

「えっ！　ちょっと待ってください。私の靴っ！」

「ああ……」

足を止めた彼が、軽く背中を反らして彩香を見上げた。さすがに持ち去るのはマズイと気付いたのか、彼は手の中のパンプスと彩香を見比べると、次に階段の壁に設《しつら》えられたニッチへと視線を向けた。

結婚式などにも利用される高級ホテルだけあって、階段脇に飾る花にもさりげないこだわりが感じられる。白い大きな花器に飾られている花は、派手ではないが質と量ともに手抜きのない物だ。

その花器に彼が歩み寄る。そして背伸びをすると、花と一緒に活《い》けられていた細い枝の先端に、パンプスを引っ掛けた。

「君の靴は、ここに預けておくよ」

「えっ！　ちょっと……っ」

ここからだと彼の正確な身長はわからないけれど、一五〇センチ台の彩香より高いことは確かだ。そんな彼が背伸びをして引っ掛けたパンプスなど、回収できるわけがない。

焦る彩香に、彼はまた悪戯な微笑を浮かべてみせる。こんな場面にもかかわらず、その微笑は隙がなく完璧だ。それが無性に腹立たしい。

「じゃあね、バイバイ」

彼は再び右手を軽く上げると、今度こそ階段を下りていってしまった。

「ちょっと待ってくださいっ！」

彩香はそう叫んだものの、不意に聞こえてきた「彩香、どこにいるの？」という声にビクリッと肩を跳ねさせた。上の階から誰かの足音が近付いてくる。

——最悪だ……

彩香は、額を押さえてため息を吐いた。

「彩香、そこにいたの？」

見上げると、上の階の手摺《てすり》から身を乗り出している伯母《おば》の麻里子《まりこ》と目が合った。

「伯母《おば》さん……」

「そんなところで、なにしているの？　探したのよ」

「えっと……散歩……」

この状況では、もはや逃げようがない。彩香は諦めのため息を吐いて、駆《か》け足で階段を下りてくる麻里子に手を振ってみせた。

1　階段下の王子様

彩香の勤め先であるフラワーショップ『ブラン・レーヌ』は、高級ブランドの直営店が立ち並ぶ地域にある。ケヤキ並木の有名な大通りを離れ、少し奥まった路地にあるそのお店は、オーナーの尾関玲緒《おぜきれお》のこだわりにより、パリの街角をモチーフにした店構えになっていた。

常緑樹《じょうりょくじゅ》の鉢植えが並ぶテラコッタタイルの軒先の奥には、白い漆喰塗《しっくいぬ》りの壁に囲まれた空間。そこに、淡い色調の花が溢《あふ》れんばかりに並べられている。

「で、昨日のお見合いはどうだったの？」

オーナーの玲緒が、薔薇《ばら》を片手に彩香に問いかけてくる。ふわふわとしたピンク色の花びらが幾重にも重なるその薔薇は、クィーン・アンという品種だ。

「ああ……お見合いですか」

白いシャツに黒いタイトスカート、その上に深緑のエプロンという、店のユニフォームに身を包んだ彩香は、顔をしかめながら美しい雇い主に視線を返した。

玲緒の身なりはいたってシンプル。グロスとアイラインと眉墨《まゆずみ》のみのメイクに、長いストレートの黒髪はバレッタでお団子状に纏《まと》めただけ。

それだけなのに、十分大人の魅力を醸《かも》し出した美人に見えるのだからズルイ、と彩香は思う。

対する彩香は、二十三歳にもかかわらず十代に見られる童顔。その上、今、思い切り不細工な表情をしている。そんな彩香に、玲緒は小さく笑って言った。

「なによその顔。せっかくの定休日に『玲緒さん、どうしよう。伯母さんに騙《だま》されました！　このままじゃお見合いさせられて結婚することになってしまいます！』なんてメールをもらったんだから、その顚末《てんまつ》を聞く権利はあると思うわよ。気になってしょうがないから、思わずワインをボトル一本空けちゃったじゃない」

――それは玲緒さんのいつもの休日の過ごし方です。っていうかメールとワイン、全然関係ないし。

視線でそう突っ込みを入れると同時に、昨日の一件を思い出してしまい、彩香はさらに不細工な顔をする。

「色んな意味で、最悪でした」

棘《とげ》のある声で答えた彩香は、声とは裏腹の優しい手つきで薔薇《ばら》の変色した葉を摘まんでいく。

「なにがどう最悪なのよ？　本当に強引に結婚させられるの？　相手はデブでハゲなオヤジとか？　結婚するなら仕事はどうする気？　辞めるなら早めに教えてよ。……あ、あと、わかっていると思うけど、結婚式のブーケは持ち込み料金払ってでもウチで注文してよ」

親しい友達には『オレ様・玲緒様・女王様』と揶揄《やゆ》される雇い主の矢継《やつ》ぎ早《ばや》な質問に、彩香は項垂《うなだ》れる。

シンデレラの舞踏会とまではいかないけれど、お洒落《しゃれ》をして、高級ホテルのレストランでディナーを楽しんだ後はバレエの観劇——という伯母《おば》の計画を聞いて、束の間のお姫様気分を味わっていた。だけどそれは、ホテルに入るまでのこと。まさかそれが全て、彩香を釣るための餌《えさ》だとは思わなかった。

「……本当に、最悪だったんです」

「だから、ちゃんと説明しなさいよ」

自分を睨《にら》む玲緒の視線に、彩香は昨日の出来事を順序立てて話し始めた。

◇　◇　◇

全ては、伯母である麻里子にバレエの観劇に誘われたことから始まる。

なんでも、海外で有名なバレエ団の公演チケットを奇跡的に入手できたのだが、一緒に行くはずの友達にドタキャンされたのだという。せっかくのチケットを無駄にしたくないので、付き合ってくれるならお礼に高級ホテルでの夕飯をご馳走《ちそう》するとのことだった。

ちょうど公演日はお店の定休日だったし、なにかと口うるさい兄の一郎《いちろう》も出張のため留守なのでゆっくり羽が伸ばせそうだと、彩香は一緒に行くことにした。

すると麻里子が、せっかくだからお洒落をして出かけようと言って、彩香に可愛いワンピースとパンプス、それに秋ということで、上に羽織《はお》る暖かなショールもプレゼントしてくれた。

そして当日は必ず、美容院で髪のセットとメイクをしてくるようにと言いつけたのだった。

――今思えば、最初から怪しかったんだよね。

一郎の留守を見計らったような誘い。麻里子からの服一式のプレゼント。美容院で髪のセットやメイクをした上での、高級ホテルの食事……

その流れに、もう少し疑いを持つべきだったのかもしれない。けれど彩香が、これが全て伯母の企《たくら》みであることに気付いたのは、レストランのある高級ホテルに着いてからだった。

そこで麻里子が約束の時間までまだ間があると言ったので、彩香は『少しその辺を散歩してくる』と伝えて麻里子から離れた。そうして真っ直ぐにパウダールームに向かう。普段履くことのない高いヒールで歩いて疲れたので、一旦脱いで休みたい――パンプスの贈り主である伯母にそう訴えることもできず、散歩という建前でこっそりパウダールームに逃げ込んだというわけだ。

さすが高級ホテル。トイレに併設されているパウダールームは、鏡が大きく、他の人の視線が気にならないようにと一つ一つのブースを低めのパーテーションで仕切っている。

彩香は一番奥のブースに入って椅子に座ると、すぐにパンプスを脱ぎ、行儀が悪いと思いつつも片足を座面に持ち上げて揉み始めた。

そうして足をマッサージしているうちに、彩香はふとあることに気付く。

――あれ、伯母《おば》さん、さっき『約束の時間』って言っていた？

レストランの予約の時間のことを『約束の時間』と表現するだろうか？　それに麻里子は、このホテルに着いてからやたらとキョロキョロしていて、まるで誰かを探しているようだった。

「……あれ？」

なにかがおかしい。彩香が思いを巡《めぐ》らせていると、パウダールームに誰かが入ってくる音がした。

行儀の悪い恰好をしていた彩香は、思わず気配を押し殺す。そのまま息を潜《ひそ》めていると、誰かの話し声が聞こえてきた。

「ああ、敏夫《としお》。……うん、今ホテル」

――伯母さんが、お父さんに電話している？

父親の名前を出した伯母の声に、彩香は耳を澄ました。麻里子は、彩香に気付くことなく話を続ける。

「先方はまだ来ていないみたい。……彩香？　大丈夫よ。これが自分のお見合いだって、ちっとも気付いていないようよ」

それを聞いて彩香は目を丸くした。

――お見合い？　これってお見合いだったの？

「え？　騙《だま》しているみたいで可哀想？　なにを言っているの」

麻里子が強い口調で、「そんなこと言っていると、彩香は一郎のせいで生涯独身なんてことになりかねないのよ」と窘《たしな》める。

「冷静に考えてみなさい。一郎のシスコンをこのままにしていいと思う？　確かに、まだ彩香が小さいうちに親が離婚したのは可哀想だと思うわ。責任感の強い一郎が彩香を溺愛《できあい》して、過保護になる気持ちもわかる。……でもそのせいで彩香は、二十三歳になった今でも、恋人どころか男友達の一人もいないのよ」

敏夫が納得したのか、麻里子が「ね、そうでしょ」と力強く言う。

――……まったくその通り。

彩香もまた、四つ年上の兄、一郎を思い出して静かに頷く。

実のところ、一郎の彩香に対する態度は〝口うるさい〟なんてものではない。〝過保護〟――それも上に〝超〟が三つほど付いていてもおかしくないレベルのものなのだ。

「彩香も人見知りなところがあるし、なんだかんだ言ってもお兄ちゃんっ子だから、一郎にベッタリで恋人を作る気配もないでしょ？」

――私がお兄ちゃんっ子だったのは、子供の頃の話です。

彩香はそう叫びたいのを必死に堪《こら》えた。

確かに両親が離婚して父親に引き取られた時、まだ幼稚園児だった彩香にとって小学生の兄一郎は頼もしい存在だった。一郎もまた、自立心も責任感も人一倍強い子供だったため、自分より小さな彩香が寂しい思いをしないようにといつも気遣ってくれていた。毎朝、彩香の長い髪を綺麗に編み込んで幼稚園に送り出していたのは一郎だし、夜、寝る前に絵本を読み聞かせていたのも一郎だ。

それに彩香がイジメッ子に意地悪されそうになると、どこからともなく駆《か》けつけて庇《かば》ってくれた。

そんな一郎は、幼い彩香にとってヒーロー的な存在だった。

仕事が忙しい父敏夫も、一郎が献身的に彩香の面倒を見てくれたことで、ずいぶん助けられたはずだ。麻里子の手助けもあったとはいえ、一郎がいなければ育児をしつつ仕事をこなすのは難しかっただろう。

――それはわかっているんだけれどね……

何事にも限度と潮時《しおどき》が必要であると、彩香は肩を落として天井を見上げる。

兄の生真面目さと責任感の強さは、彼の長所であると同時に、短所でもあると彩香は思う。

幼い頃は単に日常の世話や怪我・イジメの心配だけだったものが、彩香が年頃になると、悪い男に言い寄られないかと心配し始め、彩香の周囲の男子に常に目を光らせるようになったのだ。

「あの子は、過保護すぎるのよ。小学校はもちろん、中学校高校時代も、愉快な子分たちを使って彩香を監視していたんでしょ？」

麻里子が『愉快な子分たち』と表現したのは、一郎と同じ剣道道場に通う後輩門下生のことだ。

幼い頃から剣道道場に通っていた一郎は、持ち前の生真面目さで鍛錬《たんれん》を重ね、学生時代は剣道の全国大会で優勝したこともある。当然、そんな彼を尊敬する後輩は多い。

その崇拝ぶりと言ったらすさまじく、一郎に『俺の可愛い妹に変な虫がつかないように見守ってほしい』と頼まれれば、馬鹿正直にそれを完遂しようとするほど。そんな彼らは、まさに『愉快な子分たち』という表現されるにふさわしい。

四つ年上の一郎が、中学校高校と、彩香と入れ違いに卒業してしまっても、その後輩たちが目を光らせ、彩香の周囲に気を配る。廊下ですれ違いざまに肩が当たっただけの男子にも駆け寄って注意をし、食堂で隣の席に座っただけの男子にも鬼の形相《ぎょうそう》で威嚇《いかく》する。そんな彩香と積極的に関わりたがる男子などいるわけがない。

――あんな状況で、男友達を作るなんて無理よ。

もちろん彩香としても、一郎にあんな迷惑なボディーガードはいらないと何度も訴えた。しかし、『俺が妹を守る』という一郎の確固たる信念のもとでは、なかなか改善は見られなかった。

愉快な子分たちにボディーガードを止めるよう直訴《じきそ》したこともあったが、親分の一郎がそんな感じだから、彼らがその訴えを聞き入れるはずもない。

一応、精一杯の妥協策《だきょう》として、ある程度離れたところから彩香を見守ってくれるようになったのだが、その分彩香を見守る表情が一層鋭くなってしまった。ガタイのいい強面《こわもて》の男子が遠くから睨《にら》みを利かせる姿は、それはそれで恐ろしく、彩香の周りの男子が及び腰になるのも仕方のないことだった。

そのおかげで彩香は、小学校から高校まで、ろくに男子と口をきくこともなく過ごす羽目になってしまった。短大は女子校だったし、就職したお店は玲緒と二人で切り盛りしているので、この歳になるまで男性と交際することなく生きてきた。

「今だってそうよ。一郎ったら、業務時間に融通が利く外資系の会社に勤めているのをいいことに、自分の休みを彩香に合わせて、彩香の外出にもちょくちょくついて回ってる。このままじゃ彩香は恋の一つもすることなく、処女のままお婆《ばあ》ちゃんになっちゃうわよ。……それに一郎だって、彩香を構うのに必死で、恋人を作る気配もないじゃない。このままじゃ二人とも生涯恋人を作ることなく歳を取って、アンタは孫の顔を見ることなく死んでいくのよ」

次第に麻里子の口調に熱が入ってくる。

「そんなことになったら、誰が桜庭家の仏壇やお墓を供養《くよう》するのよっ！　私だって死んだら、一郎とその子供に供養してもらうつもりなんだから。死んでまで主人と一緒の墓なんて嫌よ。ちゃんと一郎を結婚させて、内孫《うちまご》作ってもらってよ」

――伯母《おば》さん……

どうやら伯母夫婦の仲が芳《かんば》しくないというのは本当らしい。仏壇やお墓の供養のために、伯母に処女うんぬんの心配までされたくはないが、確かにこのままではまずいことはわかる。

電話の向こうの敏夫も、同じような気持ちなのだろう。麻里子が「そうでしょ」と自信満々な様子で話を続けている。

「でも別の考え方をすれば、そんな一郎のことですもの。結婚して子供さえできれば、いい父親になると思わない？　そうでしょ？　あの子は、溺愛《できあい》する対象さえ間違わなければ、いい夫、いい父親になれるんだから」

うんうんと聞き耳を立てて頷いていた彩香は、麻里子の「そのためには、まず彩香から片付けなきゃいけないのよ」という言葉に動きを止めた。

――なんでお兄ちゃんの恋愛事情に、私の名前が出てくるのよ……

彩香の疑問に答えるように、麻里子が言葉を続ける。

「彩香が結婚でもすれば、一郎だって構うのを諦めるわよ。そうすれば他の人に関心を持つようになって、恋愛や結婚へと話が進むわ。……そう思っていた矢先に、今回のお見合い話っ！」

声だけで、麻里子が気合いを入れて握りこぶしを作ったのがわかる。

ここまで話を聞いて、彩香はようやく、自分のお見合いとやらが一郎のシスコン病を治すために仕組まれたものであることを理解した。

「なんだか事情はよくわからないけれど、先方のご家族が、息子さんの結婚を焦っているらしいの。どんな相手でもいいから、とにかく息子さんを結婚させたいって話なのよ。……そうなのよ。そんな人なの。……彩香にはちょうどいい話だと思うの」

声が大きくなっていたことに気付いたのか、途中麻里子の声が周囲を憚《はばか》るように小さくなる。それを聞きつつ、彩香は冗談じゃないと背筋を伸ばした。

家族が焦って相手を探さなきゃいけない男なんて、ろくでもない男に決まっている。

――私にだって、結婚相手に求める条件があるんだから。

今まで恋愛したことはないけれど……違う、恋愛したことがないからこそ、お伽噺《とぎばなし》にあるような素敵な恋というものに憧れてしまう。結婚するのであれば、素敵な恋愛をした相手とでなきゃ嫌だ。

彩香は足を床に下ろし、気配を押し殺してパンプスを履き直した。

麻里子が「とにかく私に任せて。絶対に彩香を結婚させるから」と電話を切り、パウダールームを出ていく。それから数分おいて、彩香もそっとパウダールームを抜け出した。

「いくらお兄ちゃんのシスコンを治すためでも、そんな男の人との結婚なんて冗談じゃないわ」

そう呟《つぶや》きつつ首を横に振った彩香は、エレベーターホールに立つ麻里子に気付かれないように、少し離れた階段へと向かったのだった。

そして急いで階段を下りている最中に足を踏み外し、その拍子に脱げたパンプスが、階段を上ってきた彼の顔面を直撃。あの、色んな意味で記憶に残る出会いへと繋がったのだった。

◇　◇　◇

——あんな意地悪な人に、一瞬でもときめいた自分に腹が立つっ！

彩香の脱げてしまったパンプスを拾い、高い場所に引っ掛けて立ち去った王子様。

あの時のことを思い出し、彩香はまた憤慨《ふんがい》する。ちなみに例のパンプスだが、小柄な麻里子と自分ではどうすることもできずに、ホテルのボーイを呼んで取ってもらう羽目になった。その間、伯母《おば》に何故こんなことになったのかとしつこく聞かれて、大変な思いをしたのだ。

「ふう〜ん。確か、そういうお伽噺《とぎばなし》あったわよね。……王子様が、お姫様を天女《てんにょ》の国に帰したくなくて、彼女が階段で落とした羽衣《はごろも》を隠しちゃうのよね」

「玲緒さん、それ『シンデレラ』と『天女の羽衣』が混ざっていますよ」

訂正する彩香に構わず、玲緒が「彩香好みの出会いじゃない」と言って、からかいの視線を向けてくる。その言葉に、彩香は露骨《ろこつ》に顔をしかめた。

「どこがですかっ！」

「だってアナタ、お伽噺の王子様みたいな人と運命的な恋がしたいって話していたでしょ」

「それと今回のことは色々かけ離れています。あんな意地悪な人、私の理想の王子様じゃありません」

顔にパンプスをぶつけたことで怒っていたとしても、あんな意地悪しなくてもいいのに。

「それは残念。で、そのお見合いの結果はどうだったの？」

「ああ……。それが、相手にドタキャンされて、お見合い自体がなかったことになりました。報告が遅くなってすみません」

その後約束のレストランで、お見合い相手が来るのを待っている間に玲緒へ泣きのメールを送ったのだが、お見合いをドタキャンされた安堵感から結末を報告するのを忘れていた。

ペコリと頭を下げる彩香に、玲緒がクィーン・アンに鼻を寄せて笑う。この可愛らしい薔薇《ばら》は彼女のお気に入りなのだ。

「じゃあやっぱり、運命の相手は階段下の王子様ってことになるんじゃない？」

「なんでそうなるんですか。別に、急いで運命の相手を探す必要はないんですよ」

「あら、急がないと駄目よ。あんな地獄の番犬みたいなお兄ちゃんがいるんですもの。今のうちから全力で運命の人を探しておかないと、本当に処女のまま出家することになるわよ」

生涯処女を貫く予定も、出家する予定もない。でもあの兄がいる限り、完全には否定できないのが怖い。彩香は「冗談はその程度にしてください」と、レジカウンター後ろに並ぶラッピング用品の在庫確認を始めた。

「ねえ、その階段下の王子様って、どんな感じだったの？　時々ウチに花を買いに来るバカ旦那みたいな感じ？」

まだ話を終わらせる気がない玲緒の言葉に、彩香は時々ブラン・レーヌを訪れる一人の客の姿を思い浮かべた。何者なのかはわからないけれど、いつもお洒落《しゃれ》な装《よそお》いで店を訪れ、高価な花束を注文し、そのついでといった感じで玲緒を食事に誘う男性がいる。年齢は三十歳前後、髪を明るい色に染め、流行《はや》りの服を着て、眉も綺麗に整えた、いわゆるチャラ男である。

領収書を切ったことはないので勤める会社などはわからないけれど、花束に添えるメッセージカードから、名前は永棟颯太《ながみねそうた》だということはわかっている。玲緒は、お金持ちで遊び馴《な》れた感のある彼を『若旦那』ならぬ『バカ旦那』と呼んでいるけれど。

「お客様にそのあだ名は、どうかと思いますけど……」

そう窘《たしな》めてはみたものの、見るからに裕福そうな身なりに、注文する花束の金額、そしていつも花を送る女性の名前が違うことを考えると、確かにピッタリなあだ名とも言える。

彩香は苦笑いを浮かべながら「年齢は同じくらいだと思いますけど、もっと落ち着いた感じのハンサムでした」と答えた。

「彫りの深い顔立ちに切れ長の目、体も引き締まった感じで、細身のスーツが似合っていました。あれであんなに意地悪じゃなきゃ、本当に理想の王子様だったのに」

彩香は、二度と会わないであろう彼の姿を思い出しながらそう話す。その口調が残念そうな響きを帯びていることには気付かない。

「ふ～ん。それって、あんな感じ？」

「え？」

振り向くと、玲緒が入り口の扉の方を指さしている。

彩香もそちらに視線を向けると、バカ旦那こと永棟颯太が、扉のノブに手を掛けているのが見えた。彼はそのまま、後ろに向かってなにか話している。

——……？

彩香のいる位置からはちょうど死角になっていて、彼の後ろの人物が見えない。彩香が思わずカウンターに両手をついて身を乗り出すと、同じタイミングで、颯太が扉を開けて店に入ってきた。

「あっ！」

颯太に続いて店に入ってきた男性の姿に驚き、彩香はその姿勢のまま硬直してしまった。

——なんで彼がここに……？

それはまさに昨日、彩香がパンプスを顔にぶつけた『階段下の王子様』だった。その彼が、昨日同様仕立てのいい細身のスーツに身を包み、店の入り口に立っている。

カウンターの上で硬直している彩香に、颯太が人懐《ひとなつ》っこい笑顔で挨拶する。

「お久しぶり」

「いらっしゃいませ……」

颯太はすぐに玲緒に視線を向けた。

「玲緒さん、僕に会えなくて寂しかった？」

「いえ、全然」

相変わらずな台詞《せりふ》をのたまう颯太に、玲緒は冷ややかに答える。それでも営業用スマイルだけは忘れないので、颯太は「今日もクールビューティーだね」と喜んでいる。

いつものように軽い挨拶を済ませた颯太は、ちらりと彩香を見ると、「今日は彼の付き添いで来たんだ」と言って立ち位置をずらし、背後に立つ王子様に道を譲《ゆず》る。

――付き添いってことは、彼はただのお客様として花を買いに来ている？

――昨日の今日で、こんな偶然の再会なんてある？

姿勢を直すタイミングを完全に失っている彩香に、階段下の王子様が歩み寄る。

――もしかして、昨日のことで文句を言いに来たのかな？

そう思うには、無理がある。颯太とこの王子様が知り合いだったとしても、あの時パンプスをぶつけた犯人とブラン・レーヌの彩香を結び付けられるわけがない。

――じゃあ、やっぱりこれはただの偶然？

――それなら、私に気付かないかな？

昨日は、美容院で完璧なメイクをしてもらっていたし、普段はハーフアップにしている髪もきちんとアップにしていた。彩香はなんとか体勢を戻し、試しに声のトーンを下げて話しかけてみる。

「ど……どういった物を、お求めでしょうか？」

「あれ……」

階段下の王子様が、口元に手を添えて考え込む。そして「声、そんなに低かった？」と問いかけてきた。

――うっ……。昨日のこと覚えている。

ということはやはり、苦情を言いに来たのだろうか。でもどんな奇跡が重なれば、彼がここに辿《たど》り着くのかわからない。

「あのっ……コホンッ」

彩香は咳払いして、「どういった物をお求めでしょうか？」と地声で聞き直した。下手な芝居をした分、余計に気まずくなったかもしれない。

「ああ、そうだ……」

本来の用事を思い出したのか、階段下の王子様がパチンッと指を鳴らした。そしてその指を、彩香の鼻先に向けてくる。

寄り目になって指先を確認する彩香に、彼は悪戯《いたずら》な微笑を浮かべて言った。

「俺のお求め品は、君だよ」

「はい？」

「君が欲しい」

階段下の王子様が、そう断言して満足げに頷く。

「え？　えぇぇぇーーっ!?」

意味がわからない。彩香は、とりあえずカウンターから一歩離れる。

しかし、王子様は彩香から指を外さない。

「面倒くさいから、何度も言わせないでほしい。どうだろう、俺と結婚してみないか？」

「はい〜ぃ？」

彩香の悲鳴にも似た驚きの声に、颯太が声を出して笑う。

「おい、潤君《じゅん》。……そんなロマンスの欠片《かけら》もないプロポーズじゃ、女の子の心は動かせないよ」

潤君と呼ばれた王子様が、不満げに眉を寄せる。

「ロマンス？　そんな面倒くさいもの、必要ないだろう」

「じゃあ、結婚できなくていいの？」

「いや。できれば結婚はしたい」

——これは、なんのドッキリですか？

意味不明のプロポーズに戸惑う彩香は、もしかして玲緒が颯太と組んで仕掛けたドッキリなのだろうかと、二人の方を窺《うかが》う。こちらを見守りながらさりげなく肩を触ろうとする颯太の手を玲緒が素早く叩いている。その様子を見る限り、二人が手を組むとはとても思えない。

ただおろおろしていると、その姿が面白かったのか、颯太が爆笑する。そしてひとしきり笑った後で、目元の涙を拭《ぬぐ》いながら彩香に向き直った。

「まあ立ち話もなんだから、落ち着いた場所で潤君……久松潤斗《ひさまつじゅんと》のプロポーズを聞いてあげてよ」

「えっと……」

まったく理解が追いつかず、断る理由が見つけられない。彩香は、戸惑いながらもとりあえず頷いた。

◇　◇　◇

ブラン・レーヌは、颯太が花を全部買い取ることを条件に本日は閉店。十数分後、彩香はユニフォーム姿のまま、玲緒と一緒に店の近くにあるカフェにいた。彩香と玲緒が並んで座るテーブルの向かいに、階段下の王子様こと潤斗と、友人である颯太が並んで座っている。

「まずは自己紹介から始めようか。……僕は、永棟颯太。まあ、時々お店を利用させてもらっていたから、名前は知っているよね。それで……」

颯太に促《うなが》された潤斗は、無言のままスーツの内ポケットから名刺入れを取り出し、彩香と玲緒の前に一枚ずつ名刺を置いた。

「株式会社ヒサマツモーター……専務取締役、久松潤斗」

名刺を読み上げる玲緒に、潤斗が頷いてみせる。

ヒサマツモーターといえば、国内外で知られている大手自動車メーカーだ。戦時中の軍用機開発を足掛かりに、戦後の復興期に低コストな自動二輪車の大量生産に成功したことで一気に飛躍した会社である――とテレビの特集かなにかで見たことがある。

そうでなくともヒサマツモーターの自動車のＣＭは、毎日、どこかのチャンネルで見かけている。

「以前御社の新車プレゼンの際に、当店が会場の花のレイアウトを担当させていただいたことがあります」

ブラン・レーヌのオーナーとして一礼する玲緒に対し、潤斗は興味なさそうに肩をすくめた。

大手企業の重役ともなれば、イベントで利用する花屋の選定にまで関わることはないだろうから、どう答えればいいのかわからないのかもしれない。

彩香は、「ああ、そんな仕事させてもらったことあったな」などと一年ほど前に受けた仕事を思い出しながら、改めて潤斗を見た。

目の前に座る潤斗は、何度見ても思わず見惚《みほ》れるほどに端整な顔立ちをしている。鼻が高く、切れ長の目をした彼の顔は、ギリシャ彫刻を思い出させる。ギリシャ彫刻に魂《たましい》を吹き込んだらこんな感じになるのかもしれない。

ふと、潤斗が彩香の視線に気付いて悪戯《いたずら》な微笑を浮かべた。そしてすぐに視線を逸《そ》らして気だるげに髪を撫《な》でる。

一瞬だけ見せた潤斗の微笑が、彩香の心をそわそわさせる。

こんなに素敵で、超有名企業の専務をしている彼が、何故自分にプロポーズしてくるのだろうか。

潤斗が、その理由を説明する気配はない。

「こら、面倒くさがってないで喋《しゃべ》れっ！　それだけの説明じゃいくら待っても返事はもらえないよ」

そんな潤斗に、颯太が突っ込みを入れる。その間も、テーブルの上の紙にペンを走らせる手を止めない。そこに書かれているのは、幾人もの女性の名前。

店の花を全て買い取ることを提案したのは颯太だが、対する玲緒は『特に用途がないのなら花は売らない』と意見した。そんな玲緒の意向に沿うべく、先ほどから颯太は買った花を送る女性のリスト作りに忙しい。

一方、突っ込まれた潤斗は、渋々といった感じで口を開く。

「名前と肩書、自己紹介のために必要なものは提示した。その肩書から、おおよその収入も想像がつくはずだ。……あ、あと年齢は二十九歳」

――いえ、肩書がすごすぎて、収入なんて想像もつきません。

心の中で突っ込む彩香に代わり、忙しく手を動かす颯太が「それじゃあ理解できないって」と言って情報を補足してくれる。

「彼、久松潤斗はヒサマツモーターの社長の息子で、仕事はかなりできるよ。……まあ、仕事嫌いで遊ぶことしか能のないバカ息子だとしても、この歳で既に一生遊んで暮らせるだけの個人資産は持っているからね。収入の心配はしなくていいと思うけど」

「遊ぶことしか能のないバカ息子はお前だろう」

詳しい自己紹介を颯太に丸投げした潤斗だったが、そこだけは無視できなかったのか、すかさず口を挟んだ。そんな潤斗に、颯太は胸を張って見せる。

「失礼だな。僕は本当に遊ぶことが仕事だから」

颯太は実家がかなりの資産家らしく、所有している賃貸マンションやテナントの管理を任されてはいるものの、その実《じつ》これと言った仕事はないのだ――と説明した。それを聞いて『だからバカ旦那になったのか』と彩香と玲緒は内心納得する。

するると、潤斗が小さく咳払いをして口を開いた。

「まあそういうわけで、俺との結婚を検討してもらえないだろうか？」

言葉こそ下手《したて》だが、どこか高圧的な物言い。彩香は肩を落として息を吐く。

「なんでそうなるんですか？」

そういうわけもなにも、どういうわけなのかがさっぱりわからない。

「俺が、一人息子だから……かな？」

――駄目だ、論点を変えよう。

彩香はこめかみを指で押さえながら、再び問いかける。

「じゃあ、プロポーズの相手がどうして私なんですか？　久松さん、私のことなにも知らないですよね？」

すると、潤斗は形の良い切れ長の目を細め、勝ち誇った表情を見せる。

その不遜《ふそん》とも言える表情に、彩香は不思議と頬が熱くなるのを感じた。

他の人がこんな表情をすれば不愉快に思うかもしれないけれど、潤斗のそれはひどく魅力的だ。

――けど、だからって恋愛や結婚の対象に考えるのは無理！

昨日の階段での一件を思い出して、彩香は心の中で舌を出す。

見た目が素敵だからって、素敵な結婚ができるわけじゃないことは、彩香にだってわかる。

潤斗はそんな彩香の胸の内も知らず、つらつらと話し始めた。

「名前は桜庭彩香。年齢、二十三歳。幼稚園の時に両親が離婚したため、父子家庭で育ち、現在は父と兄との三人暮らし。勤め先はそちらの尾関さんが経営するフラワーショップ。中学高校を通して美術部に所属しており、趣味は手先の器用さを活《い》かした手芸……」

「えっ！　……も、もしかしてストーカー？」

羅列《られつ》される自分の情報に、彩香は思いっ切り引いてしまう。

だがそう考えれば、昨日一度会っただけの彼がこの場にいることにも納得がいく。もしかしたら昨日の階段での出会いも、自分を尾行《びこう》してのことだったのかもしれない。

――こんな美形でもストーカーになるなんて……世の中って怖い。

動揺する彩香に、潤斗は冷ややかな視線を向けて言い放つ。

「誰がそんな面倒くさいことを。誤解がないように言っておくけど、俺は、人や物に執着するなんて面倒くさいことは、絶対にしない。だからストーカーなんかに、なるわけがない」

どーんと効果音でも聞こえてきそうなほどに毅然《きぜん》とした態度を取る潤斗。

――その理由は、そんなに偉そうに言うことですか!?

彩香が呆れていると、颯太がペンを持ったまま控えめに拍手をする。

「いよっ。さすがは、ヒサマツモーターのものぐさ王子。容姿端麗で資産家、しかも頭脳明晰《ずのうめいせき》ときているのに、道理で結婚できないわけだ」

潤斗は、冗談めかして囃《はや》し立てる颯太を睨《にら》む。颯太は「本当のことだろ」と反省する様子もなくおどけた表情で彩香に話しかける。

「あのね、彩香ちゃん。君、お見合い相手にすっぽかされたでしょ？　その相手がこの久松潤斗だったんだよ」

「え、ええっ⁉」

――彼が、親に結婚相手を探してもらっていたお見合い相手⁉

さりげなく『ちゃん』付けされたことなどどうでもよくなる爆弾発言。彩香は目眩《めまい》がしてくる。

「なんか昨日は色々面倒くさくなって、途中で引き返してきたんだって」

それから颯太は、「コイツ、極度のものぐさなんだ」と続ける。

「え？　ああ……」

ようやく納得できる話が出てきて、彩香はなんとか頷いて見せる。

確かに昨日、階段を上るのをやめた時に『面倒くさくなった』と言っていた。

「なんで昨日お見合いを断った相手に、今日プロポーズする気になったの？」

玲緒が質問する。そう言えば、と彩香も不思議に思って潤斗を見る。

すると潤斗は「その表現には、語弊《ごへい》がある」と眉を軽く上げて、また悪戯《いたずら》な微笑を浮かべた。

「昨日は断ったのではなく、面倒くさくなったからすっぽかしただけだ。そして今日になって結婚を申し込む気になったのは、よくよく考えればこれ以上見合いを重ねること自体、面倒くさくなったからだ」

「はい……？」

説得力のあるような、ないような理屈に、彩香はぽかんとする。

「我が社は、代々本家の長男が社長に就任することが慣例となっている。そのため、最近次期社長である俺に対し、周囲からの『結婚しろ』『次の後継者をもうけろ』とのプレッシャーが尋常ではなくなってきた」

「はあ……」

「両親も周囲に煽《あお》られたのか、今までは仕事さえこなしていればなにも言ってこなかったのに、この頃やたらと俺に見合いをさせたがる。後継者の件はともかく、とりあえず結婚を考えろと」

潤斗は、その様子を思い出したのか「本当に面倒くさい」と呟《つぶや》き、話を続ける。

「恋愛も面倒くさい。結婚も面倒くさい。誰かと一緒に暮らすのも面倒くさい。……それでも久松家長男の義務を果たすために、誰かと見合い結婚をするべきだと思う」

「はあ……」

――なんなの、その中途半端な責任感。

内心呆れる彩香に、潤斗は「そうは思うのだが、正直、その見合いさえ面倒くさい」と深いため息を吐き、眉間を指で押さえた。そしてすぐにその指を彩香に向ける。

「だから君で手を打とうと思ったのだが、どうだろうか？」

……『だから』の意味はわかった。昨日は面倒くさくてお見合いをすっぽかした相手に、今日はお見合い自体が面倒くさくなったからプロポーズ。

わかったけれど、こんなプロポーズあり得ない。あり得なさすぎて、言葉が出てこない。

彩香は口をパクパクさせた。

お見合い結婚を否定する気はない。が、彩香が憧れているのは恋愛結婚だ。もしお見合いで知り合った相手と結婚するのだとしても、お互いの愛情を確認した上で結婚したい。

「俺の肩書は、この名刺に書いてある通り。情報が足りないようだったら、ネット検索でもすれば経済誌に掲載された情報が出てくると思う。俺から君に聞きたいことはない。別に、君に興味や好意を持っているわけじゃないから」

「……」

「俺と結婚する際の君のメリットは、経済的に安定することと、生涯浮気や離婚の心配がないことだと思う。浮気や離婚なんて面倒なことは、絶対にしない自信はある。俺のメリットは、これで周囲に結婚を催促《さいそく》されずに済むこと」

「……」

箇条書きのように続く潤斗の言葉に彩香が目を丸くしていると、颯太が笑う。

「クッ……ククッ……。マジにあり得ないでしょ？　潤君、面白すぎ」

そして彩香に「こんなプロポーズも斬新《ざんしん》って言えば斬新だし、いいと思うけど？　どうかな？」と問いかけて、止まっていた手を動かす。まだリスト作りは終わらないようだ。

想像もしていなかった展開に一時停止していた彩香の頭が、再び動き始める。

「冗談じゃないですっ！」

彩香は、テーブルを叩いて声を荒らげた。その振動で、彩香の前に置かれていたカップから紅茶が跳ねて、クロスに茶色い染みを作る。突然の大声に、店に居合わせた他の客まで彩香たちに視線を向けてくる。

それに気付いた彩香は声のトーンを下げて、「恋って、もっとロマンティックに始めるものです」と呟《つぶや》いた。

そんな彩香に、潤斗が淡々と返してくる。

「君は大きな誤解をしている。言っておくが、俺は君と恋を始めたいわけではない。ただ結婚における互いの条件とメリットを照らし合わせて、上手くかみ合うようなら結婚してもらえないだろうかと、交渉しているだけだ」

「交渉って……」

「これは交渉であって、恋愛じゃない。だから君が無理して俺を愛する必要もなければ、俺が君を愛する必要もない。だから安心するといい」

——それこそ、胸を張って言うことか！

再び口をパクパクさせる彩香に、潤斗はあの悪戯《いたずら》な微笑を浮かべて見せる。その微笑みが彼の本音を隠してしまうようで、どこまで本気にしていいのかわからなくなる。

「冗談はやめてください」

「本気だ。冗談を言うためだけに、こんな所まで来るはずがない」

「えっと……。それは、面倒くさいからなんですよね？」

いかにも、とばかりに無言で頷く潤斗。それを見た彩香の思考がまた停止しそうになる。ここまで堂々とされると、むしろ賞賛したくなる。

指先でこめかみを押さえる彩香を前に、潤斗はもう一枚名刺を取り出し、颯太からペンを奪って名刺の裏に数字を書き込んだ。

「これ、俺の携帯の番号。もし結婚する気になったら電話してほしい。あっ、断りの電話なら、話すのが面倒くさいから必要ない」

潤斗は颯太にペンを返しながらそう言って、伝票を片手に席を立った。

「あの……」

彩香は呆然とその背中を見送ることしかできない。

颯太も、今の今まで作っていた注文リストに素早くペンを走らせて立ち上がる。

「それ僕の番号とアドレス。残りの注文はメールでするから、玲緒さんの携帯からメール送っといて」

颯太はそう言うと、潤斗の後を追った。

「えっと……」

玲緒は颯太が残した紙を引き寄せると、自分のスマホを取り出した。

「バカ旦那にアドレス教えるの、なんか嫌だけどしょうがないか……」

「玲緒さんのアドレス教えるんですか？」

玲緒が意味深な笑みを浮かべた。

「なんかヤツとは、今後関わりが増えそうだからね。なにせ彩香の〝王子様〟とお友達なんだから」

「あんな人、王子様じゃありません」

玲緒は、ムッとする彩香を鼻で笑いながらアドレスを打ち込む。それから「理想の王子様が見つかってよかったわね」と言って、彩香の胸ポケットに潤斗の携帯番号入りの名刺を滑り込ませた。

「どこがですかっ！」

「衝撃的な出会いに、突然のプロポーズ。しかも浮気の心配もないそうよ。お伽噺《とぎばなし》のような恋の始まりの予感がするじゃない」

完全にからかい口調になっている玲緒に、彩香は「全然違います」とため息を吐いた。

お伽噺の王子様とお姫様の結婚に絶対不可欠な〝永遠の愛〟が、このプロポーズには欠けている。

◇　◇　◇

カフェを出た潤斗は、そのまま近くの立体駐車場に向かった。何台かの車の中で、颯太所有のオープンカーがひときわ目立っている。

潤斗は追いかけてくる颯太が鍵を開けるのを待たず、オープンカーのドアの上に手を突き、ヒラリと体を浮かせて助手席に乗り込んだ。

「ちょっと待ってくれれば、鍵開けるのに」

一足遅れて追いついた颯太が、鍵を開けて運転席に乗り込み、エンジンを掛ける。

けれど潤斗は「待つのが面倒くさい」と返して背中をシートに沈めた。

「本気で、あんなプロポーズでいいと思っているの？」

車を発進させ、料金所で駐車料金を払いながら、颯太がからかうような視線を向けてきた。

「なにか問題でも？」

「問題だよ。本気で結婚したいのなら、もっと乙女心に配慮したプロポーズをしなきゃ」

「……乙女心？」

まるで難解な専門用語のように潤斗が繰り返すと、颯太は大きく頷く。

「そう。大事なのは乙女心。女の子にとってプロポーズは人生の一大イベントなんだから、もっとドラマチックに演出してあげなきゃ。……例えば、夜景の見える観覧車の中でのプロポーズとか」

「そんなの面倒くさい。それにそんなことして、後で『観覧車でプロポーズなんて引く』とかSNSで呟《つぶや》かれたら面倒だろう」

颯太は「潤君らしい」とこっそり呟き、料金所の係員からお釣りを受け取ると、再び車を発進させる。

「でも、もし彼女と本気で結婚したいなら、そのくらいのことをすべきだったと思うよ。それに、もし彼女がそういうことをSNSで呟くタイプの子なら、今頃とっくに『プロポーズのことを〝交渉〟だって。引くよね』って書き込まれてるって」

「ああ、そこまでは考えてなかったな」

「でも彩香ちゃんはそんなタイプには見えないから、心配しなくても大丈夫だと思うよ。それに、彼女一人が潤君の実名出して呟いたところで、たいした問題じゃないだろうね。なんだったら、ヒサマツモーターの広報ですぐに対処してくれるだろうし」

「まあな」

「それより重要なのは、このままじゃ潤君は彩香ちゃんにプロポーズを断られるってことだよ。早目にチャンスを作って、もう一度プロポーズをやり直さなきゃ」

「何度もプロポーズするなんて、面倒くさいな」

――確かに彼女との見合い話は思いがけない幸運だったけれど……

心の中でこっそりそう付け足しつつ、潤斗はため息を吐いた。

そんな友人を見て、颯太は少しだけ真面目な口調で続ける。

「そんな顔するなよ。……一度断られたぐらいで諦めずに、彩香ちゃんを口説《くど》けよ。二人が仲良くなれば、それを切っ掛けに僕と玲緒さんとの距離も縮まるだろうし」

後半はいつもの軽い口調だった。潤斗は顔をしかめて、ハンドルを握る颯太を見る。

潤斗が邪険《じゃけん》に扱っても、さして気にする様子もなく付き纏《まと》ってくる颯太。

彼との付き合いは、学生時代までさかのぼる。その期間の大半において、彼は誰かに恋をしていた。しかも複数人相手の同時進行が常だ。今は、さっき一緒にいたブラン・レーヌのオーナー、尾関玲緒に恋しているらしい。そんな彼女の店で、他の女性に贈る花束を購入しているのだから、その〝恋〟とやらには怪しいものを感じるが。

――そう言えば今回の見合いも、こいつがあのオーナーと仲良くなる口実が欲しくて、俺の両親に持ちかけてきた話だったな。

いつまでも息子が結婚しないことに焦り、両親は次から次へと見合い話を持ってくる。その都度、潤斗は『面倒くさそうな女性だから無理』と断り続けていた。

そんな時に颯太が、両親と潤斗に『どんな良家の子でも潤君が断ってしまうなら、目先を変えてみれば？』と持ちかけてきた。聞けば、颯太がよく利用している花屋の店員とのことだった。

その時は興味がなかったので詳しいことは覚えていないが、彼女サイドにも結婚を焦る理由があるらしい。とはいえ、潤斗にその見合いに応じる義理はない。

渋《しぶ》る潤斗に、颯太は『僕のためにもぜひ』と言って、見合いの場であるホテルへの送迎まで買って出た。その見合いは、昨日のような結果に終わったわけだが。

「しかし昨日は驚いたよ。ホテルまで送った直後に潤君から『迎えに来い』って電話が掛かってきたんだから」

苦笑いする颯太に、潤斗が大きく息を吐く。

「しょうがないだろ。見合いする前に、相手がその見合いから逃走している場面に出くわしたんだから」

昨日、ホテルまで送ってもらった潤斗は、わずかに緊張していた。原因は直前まで放置していた相手の釣書《つりがき》。

――まさかこんな偶然があるとは。

そんなことを考えつつ階段を上っていたら、上の方で小さな悲鳴が聞こえ、誰かが転ぶ気配がした。思わず上を見上げた瞬間、額に硬い物が直撃する。

予想外の痛みに俯《うつむ》くと、パンプスが片方だけ落ちているのが見えた。それを拾い上げて再び上を見れば、階段の踊り場にしゃがみ込む彼女。

潤斗も、事前に彩香の顔や名前は知っていた。けれど今の彩香は、潤斗の知る彼女より、ずっと可愛らしい。

このお見合いのために、めいっぱいお洒落《しゃれ》をしたのだろうか。……そう考えると、馴《な》れないパンプスで階段を踏み外したという彼女の失態が微笑ましく思えた。

だから必死に謝る彼女に『気にしなくていいよ』と微笑みかけようとしたのに、彼女から聞かされたのは予想外の言葉。

『騙《だま》されて連れてこられた』『強制的に結婚』。

その上、自分との見合いを『最悪』とも言っていた。

――なんでだろう。あの瞬間のことを思い出すと、いまだにイライラする。

普段なら多少不愉快なことがあっても、深く考えるのが面倒くさいとすぐに忘れてしまうのに。

今回は、昨日感じた苛立《いらだ》ちを今日もまだ引きずっている。

あの時も、つい腹立たしさに任せて彼女のパンプスを高い場所に引っ掛けてきてしまった。

普段の自分ならその場に置いてくるだけだったろうが、何故かあの時は、そんな小学生レベルの意地悪までしたのだ。

「何事にも無関心な潤君を怒らせるだけでも、彼女、なかなかの大物だよね」

颯太は、昨日の潤斗のムスッとした顔を思い出したのか、クスクス笑う。

「うるさい……」

潤斗はそれだけ言って黙り込む。

実のところ、颯太は昨日も同じことを言って笑っていた。

そして『好きと嫌いって感情は、実はよく似ているんだよ。興味のない人には、なんの感情も持たないはずだからね。珍しく君をムカつかせた彼女と結婚しちゃえば？』と茶化《ちゃか》してきた。その言葉に妙な説得力があったので、今日のプロポーズに至ったのだけれど。

「で、この先はどうするの？」

「どうするって……。彼女から承諾の連絡があれば結婚するし、なければこれっきりだな。とりあえずこれで、親が別の見合い話を持ってきても、当分の間『この前プロポーズした女性からの返答を待っているので』と断れるし」

「あっ！　だからさっき、断りの電話なら掛けなくていいって言ったんだ」

「さあな」

納得する颯太に、潤斗は悪戯《いたずら》な微笑を返した。一応、スマホの画面を確認してみるが、まだ掛かってはきていない。そんな潤斗を見て、颯太が笑う。

「じゃあきっと、彩香ちゃんから電話が掛かってくることはないね。あんなロマンスの欠片《かけら》もないプロポーズで、乙女心を動かせるわけがないから」

「……」

何故かムッとして無言で視線を返すと、颯太が「でも、もし奇跡的に電話が掛かってきたなら……」と続ける。口調がまた少し真面目になっている。

「今度はちゃんと、夜の観覧車にでも乗って、ゴンドラが頂上に差しかかった時に、彼女に跪《ひざまず》いてプロポーズしてごらんよ。台詞《せりふ》も、あんな商談みたいなのじゃ駄目だ。彼女が結婚に前向きになれるような台詞を考えるべきだね」

「跪く……」

その言葉に、子供の頃に嗜《たしな》んだ合気道の作法を思い出す。稽古《けいこ》の始まりと終わりに、必ず床に両膝を突き、正座をして神前に礼をしていた。

――プロポーズとは、それほど神聖なものだということか？

確かに、結婚式では新郎新婦が神前で誓いを立てているから、その可能性はある。

――それに前向き……？　なにか目標意識を持って、結婚に臨《のぞ》めばいいのか？

仕事なら、売り上げ目標を定めて実績を上げていけばいい。だけど、それを結婚に置き換えた場合、なにを目標にすればいいのかわからない。

潤斗は、答えを求めて颯太を見やる。自分が少々ズレた解釈をしていることには気付かない。

「……」

「もし僕に教えを乞《こ》うなら、アドバイスしてあげてもいいけど？」

訳知り顔でそう微笑む颯太に、答えを求める気も消え失せる。

「別にいい。どうしても、彼女と結婚したいわけではないし」

「さすがヒサマツモーターの御曹司《おんぞうし》。人に頭を下げる習慣がないと、反応もひねくれているね。本当は教えてほしいんじゃないの？」

潤斗は、短く口笛を吹く颯太を睨《にら》んだ。

「必要ない」

静かに顔をしかめた潤斗に、颯太がニンマリ微笑む。

「じゃあ、これからも久松家の『潤君お見合いプロジェクト』は続くんだ」

「……それも、面倒くさいな」

確かにしばらくは見合いを断れるだろうが、それだっていつかは限界が来る。そのうち、新たな理由が必要になるだろう。潤斗は大きなため息を吐くと、スマホの画面へと視線を落とす。

そして着信を告げる様子のない液晶画面に、再び深いため息を吐いた。

2　夜空のプロポーズ

「なんだか、大変な一日だったな……」

いつもより少し遅めの帰宅時間。彩香は、家族と暮らすマンションのエレベーターに乗り込むと、今日一日の出来事を思い出して重いため息を吐いた。

昨日の潤斗との出会いの衝撃が冷めやらぬ状態での、今日の再会。そして昨日のお見合い相手が潤斗だったという衝撃的事実に、理解不能なプロポーズ。

それだけでも十分大変だったけど、店に戻ったら戻ったで、颯太から送られてきた注文リストを見ながら、玲緒と二人で大量のフラワーボックスや花束を作ることになった。その上、急なことで配送業者に配達を頼めなかったので、玲緒と手分けしてあちこちお届けすることに。それでこんな時間になってしまったのだ。

バカ旦那の名に恥じぬ交友関係（女性限定）の広さと金の使い方——と、玲緒も感心していた。

——着替える暇もなかった……

いつもは私服で通勤しているのだけれど、今日はお届け先から直帰したためお店のユニフォームのままだ。

ふと袖口に鼻を寄せると、深い緑の匂いがした。その匂いに、彩香は愛おしそうに目を細める。

小さい頃から花が好きで、花に関わる仕事に就《つ》きたいと思っていた。そんな彩香にとって今日の忙しさは心地よい。ホッと息を吐いて、自宅のある階でエレベーターを降りた。

——帰ったら、まずはお風呂に入りたいな。

——昨日はリラックス効果のあるライムフラワーの入浴剤にしたから、今日は……

入浴剤を集めるのが趣味である彩香は、その日の気分に合わせて入浴剤を選ぶ。今日の自分に最適な香りはなんだろうかと思いを巡《めぐ》らせながら玄関の鍵を開け、そのまま扉の隙間に体を滑り込ませた。

が、次の瞬間、玄関に立ちはだかる人の姿にビクンッと後ずさる。

鬼の形相——咄嗟《とっさ》にその言葉が頭に浮かんだ。

玄関に立ちはだかっていたのは、兄の一郎だった。

その表情と立ち姿は、鬼というか仁王《におう》と呼んだ方がいいかもしれない。

「……お兄ちゃん、ビックリさせないでよ。出張、明日までじゃなかったの？」

「……」

彩香が、愛想笑いを浮かべて後ろ手に扉を閉める。一郎は、そんな彩香を無言で睨《にら》むだけだ。

「仕事でなにかあった？　なんか今、大変な仕事を任されているんだよね？」

いつもなら笑顔で出迎えてくれる兄の険《けわ》しい表情に、嫌な予感がしてくる。

学生時代、剣道で体を鍛えてきた一郎は、そこそこ身長があり肩幅も広い。鋭い目つきに刈り上げた髪。糊《のり》のきいたワイシャツとスラックスを着て刑事だと名乗れば、信じる人も多いことだろう。

――う、気持ちで負けそうになる……。

そんな一郎に見下ろされていると、威圧感で息苦しくなる。

彩香はそそくさと靴を脱ぎ、頭を低くして一郎の脇をすり抜けた。

「彩香っ！」

一郎が彩香を呼び止める。怒りを押し殺したような低い声が怖い。

「なに……？」

「お前、昨日は、なにをしていた？」

――やっぱり……。

良くも悪くも自分を溺愛《できあい》している兄が、仕事の件で八つ当たりしてくるはずがない。だとすれば、どこかから昨日のお見合いの件を聞きつけたのだろう。

「なにって……、麻里子伯母《おば》さんと、食事をしにホテルに」

自分はそのつもりでホテルに行ったのだから、嘘ではない。お見合いはドタキャンされたのだから、したことにはならない。自分にそう言い聞かせる彩香に、一郎が「それだけか？」と訝《いぶか》しげな視線を向ける。

「それだけ……だよ。疑うなら伯母さんにも確認してみれば？　でも、どうして？」

「それだけのために、あんな可愛いワンピース買ったのか？　いつ買い物に行ったんだ？」

一郎の言葉に、彩香は弾かれたように振り向いた。

「――っ！　お兄ちゃん、私の部屋に入ったの？」

もういい大人なのだから、いくら家族でも留守中に勝手に部屋に入ってほしくはない。

険しい表情をする彩香に、一郎は悪びれる様子もなく答える。

「なんだ、その顔は？　お前が寂しがると思って急いで仕事を片付けて帰ってきてやったんだぞ。……そうしたら下駄箱に見慣れないパンプスがあったから、友達が来ているのかと思ってお前の部屋を覗いただけだ」

「……」

「ちゃんとノックはしたし、部屋を覗いただけで中には入っていないぞ。……む、念のために言っておくが、お兄ちゃんは別にお前の女友達に興味があったわけじゃないぞ。ただお前に、早くお土産《みやげ》のお菓子を食べさせてやりたくてだな……」

なおも不満げな顔をする彩香に、一郎は『お兄ちゃんなんだから当然だろう』とばかりにバーンと胸を張っている。そしてやや芝居がかった様子で続けた。

「いや、お前だけでなく、お前の大事なお友達ならお兄ちゃんだって大事におもてなししたいじゃないか。だからお前とお友達に、美味しいお菓子と紅茶でも出そうと思ってな。それで覗いてみたら、空っぽの部屋に見慣れないワンピースがあったんだ」

「ああ……」

そう言えば麻里子に買ってもらったパンプスは下駄箱に収めて、ワンピースはクリーニングに出すつもりで部屋の目立つ場所に掛けてあった。

「その上、お前はなかなか帰ってこないし、もしやお兄ちゃんが数日家を空けただけで悪いムシでも付いたんじゃないかと、心配したんだぞ」

お前のせいで気苦労が絶えないと言いたげに、一郎が大きく首を振る。

「まあワンピースの件はいい。俺も最近出張が多くてお前の買い物に毎回付いていけるような状態じゃないからな。それで、今日はどうして遅かったんだ？」

「仕事」

見たらわかるでしょ、と彩香が不満げに答えると、一郎が「うむ、それならしょうがない」と納得する。

「じゃあ、着替えて手を洗ってこい。さっき言ったお菓子、一緒に食べよう。留守番のご褒美《ほうび》だ」

一転、ご機嫌になった一郎が、彩香を追い越してリビングへと向かう。そのついでに、彩香が手にしていた鞄《かばん》を持ってあげることも忘れない。なんのかんの言って、寂しがっていたのは自分らしい。

——手を洗って、お留守番のご褒美のお菓子を一緒に食べようって……お兄ちゃん、私のことを何歳だと思っているの？

一郎の目には、彩香が小学生のままの姿で映っているのかもしれない。だから勝手に部屋を覗くし、過剰に干渉してくるのだろう。

——私、もう男の人からプロポーズされるくらいに大人なんですけど。

そのプロポーズの相手の人間性については、この際目を瞑《つむ》っておく。

彩香は湧き上がる反抗心を抑えて、前を歩く一郎に疑問を投げかけてみた。

「ねえ、お兄ちゃん。もし私が『実は昨日、お見合いしていたの』って、言ったらどうする？　しかもその相手からプロポーズされたって言ったら……」

——少しは私のこと、大人になったって認めてくれる？

そう言おうとしたら、血相を変えた一郎に遮《さえぎ》られた。

「彩香っ！　お、お前、お見合いしたのか!?」

一郎は駆《か》け寄って彩香の肩を掴み、「お前、いつからそんな不良になった!?」と叫ぶ。

——なんでお見合いを不良のカテゴリーに入れるのよ。

そう思いつつも、想像以上の兄の喰い付きに口ごもってしまう。

「あっ…………えっと…………」

『このままじゃ彩香は恋の一つもすることなく、処女のままお婆ちゃんになっちゃうわよ』

ふと、昨日の麻里子の言葉が耳に蘇《よみがえ》る。

──あり得る……

そう言えば、玲緒も一郎のことを『地獄の番犬』と揶揄《やゆ》していた。そんな危険なあだ名を持つ兄が目を光らせていては、この先も恋人を作るのは難しいだろう。彩香は気を取り直して反論する。

「お兄ちゃん、私を何歳だと思っているの？　私だってもう大人なんだから、恋愛や結婚を考えてもおかしくないんだからね」

「彩香にはまだ早いっ！」

「……」

──私、もう、二十三歳なんですけど。

唸《うな》る彩香に、一郎は「なんで急にそんなことを言い出すんだ。反抗期か？」と見当違いもはなはだしい見解を述べる。

「なんでそうなるのよ。子供扱いしないでって言っているだけでしょっ！　お兄ちゃんは私がこのまま生涯独身で過ごしてもいいの？」

「そっ、そこまでは言っていないだろう。ただ彩香にはまだ早いと思うだけだ」

「じゃあ、何歳になったら恋愛していいの？」

「うっ……そうだな……あと十年くらいかな？」

「……」

話にならない。十年経ったら彩香は三十過ぎだ。

一郎がこんなだから、麻里子だってあんな無茶苦茶なお見合いをセッティングしてきたのだろう。

そして彩香も、一郎のせいで男性に免疫《めんえき》もつかずに育ってしまったから、あんなものぐさ王子にときめいたりしたのだ。

——あんな面倒くさがり屋で意地悪な人に、一瞬でも見惚《みほ》れちゃったのはお兄ちゃんのせいだっ！

——お兄ちゃんがうるさく付き纏《まと》って、男の人に免疫がなかったせいだっ！

彩香の胸の内に、ふつふつと怒りが込み上げてくる。

よく考えたら、潤斗のあのロマンティックさの欠片《かけら》もないプロポーズが、生まれて初めてのプロポーズだ。そしてもしかしたら、あれが生涯最後のプロポーズになるかもしれない。

「お兄ちゃんのバカっ！」

彩香の厳しい声に、一郎が大きく目を見開き、持っていた彩香の鞄《かばん》を床に落とした。

そんな一郎に、彩香は「お兄ちゃんなんか、大嫌いっ！」と再び厳しい言葉をぶつける。

愛する妹からのそんな言葉だけの攻撃に、剣道の猛者《もさ》として名を馳《は》せた一郎が膝から崩れ落ちた。

普段から兄の過保護さを煩《わずら》わしく思うところがあっても、自分のためにしてくれているのだからと我慢していた。でも、今日という今日は我慢の限界だ。

「家出してやるっ！」

彩香はそう言い残すと、玄関に出しっぱなしだった突っかけサンダルを履いて、外へ飛び出した。

後ろで一郎が倒れ込む音が聞こえたけれど、今は心配する気になれない。

◇◇◇

「しまった。財布もスマホも家に置いてきちゃったっ！」

家を飛び出してしばらくやみくもに歩いていた彩香は、ふとそのことに気付いて呟《つぶや》いた。

冷静になって考えてみれば、財布も携帯もさっき一郎が床に落とした鞄《かばん》の中に入っている。

でも手ぶらだからといって、今すぐ家に帰る気にはなれない。財布にしまい忘れた小銭か電子マネーカードでも入っていないだろうかと、彩香はユニフォームのポケットを探ってみる。

すると胸ポケットの中で、カード状のなにかに指先が触れた。

取り出してみると、昼間潤斗が残していった名刺だ。

「……あぁ」

そう言えば、玲緒がこのポケットに名刺を入れたのだった。

久松潤斗。

一郎の次に助けを求めたくない人の名刺に彩香は小さくアカンベをして、再びポケットを探り始めた。

◇　◇　◇

潤斗は、自宅マンションでパソコンを操作しながら、チラリとスマホの画面に視線を向けた。

仕事を終えて帰宅してから二時間。ジーンズに薄手のインナーとカーディガンといったいつもの部屋着で過ごしていた潤斗は、小さくため息を吐いて引き続きマウスを動かす。

趣味であるチェスのネット対戦を楽しんでいる間も、鳴る気配のないスマホが気になってしまう。

「ポーンをここに……」

マウスをクリックして、想定通りの手順で対戦相手を追いつめながら、潤斗は昼間の一件を思い返す。

——電話、来るわけないか……

颯太の手前、認めるのが癪《しゃく》だったが、自分でもあのプロポーズの仕方は間違っていた気がしている。だからといって、ろくに言葉も交わしたことのない女性に、どうやって結婚を申し込めばいいのかわからない。

割とモテる方なので、交際経験はそれなりにある。でもこれまでの恋愛は全て、同じ理由で破局していた。相手から告白されて付き合うものの、やがて女性の方が、面倒くさがり屋で束縛を嫌う潤斗のペースに付き合い切れなくなって別れを告げる。その繰り返しだったので、自分から女性を口説《くど》いた経験がない。そしてここしばらくは、そんな付き合いさえも面倒くさくなって、恋愛自体を避けていた。

そんな自分が、彩香に対してだけは結婚まで考えるようになった。それには颯太の助言以外にも、理由があったのだけど。

――どうすればよかったんだ？

颯太は、もしもう一度彼女に会うことができたなら、『今度は跪《ひざまず》いて彼女が結婚に前向きになれるような台詞《せりふ》を言うべきだ』というようなことを言っていた。

潤斗はそんなことを思い出しながら、対戦相手の反応を見てまたマウスを動かす。

チェスは、時間潰しにいい遊びだ。『相手のキングを追いつめた方が勝ち』という明確なルールに基づき、そのミッションを果たすための最短コースを模索する頭脳ゲーム。

結婚というミッションも、チェスのように明確なルールがあれば楽なのに。

「チェックメイト」

『降参だ！』

潤斗が自分のクイーンを動かして呟《つぶや》くと、相手が敗北を認めた。そして『相変わらず強い！　一度、直接会って対戦しませんか？　私の屋敷にご招待します』といった趣旨のメッセージを英語で告げてくる。そのメッセージに、潤斗も英語で『面倒くさいからお断りします』と返し、パソコンをシャットダウンする。

「ネットチェスの利点は、会う手間を省いて強い相手と対戦できることなのに……」

そう呟いた時、スマホの画面が光った。

「なんだ……」

03……で始まる未登録の番号に、何故か落胆のような気持ちを覚える。仕事の電話だろうかと思いながら通話をクリックすると、どこかの店内らしきざわめきが聞こえてきた。

そして短い沈黙の後に「桜庭彩香ですけど」という、彼女の声。

「ああ……」

——電話を掛けてきたということは……

結婚の承諾だろうかと考えていると、彩香は、颯太に連絡が取れないか、と言ってきた。彼なら玲緒の連絡先を知っているはずだからと。遠慮がちに話す彼女の言葉に耳を傾けていると、どうやら財布も携帯電話も持たずに外出して、家にも帰れずにいるらしい。

何故そんな状況に陥《おちい》っているのかは謎だが、その経緯を確認するのは面倒くさいので止めておく。

「それなら……」

潤斗はスマホの画面を操作して、颯太の番号を表示した。そしてそれを読み上げようとして、颯太の言葉を思い出す。

颯太は、『奇跡的に電話が掛かってきたなら』と言っていた。

「………今、どこにいる？」

「え？」

この電話が奇跡だというのなら、颯太の助言を試してみるのも悪くない。

ビジネスでもチェスでも、形勢不利のまま迎えた終盤で、思いがけず逆転のチャンスが巡《めぐ》ってくることがある。そのチャンスを掴み取った者こそ、勝者になれるのだ。

一瞬戸惑ったように沈黙してから自分の居場所を告げる彩香に、「じゃあ、今からそこに行くから待っていて」と伝えて電話を切った。

「……とりあえず着替えるか」

潤斗は、暗いパソコン画面に映る自分の姿に、そう呟《つぶや》いた。

◇◇◇

彩香は、自宅の最寄り駅近くにある蕎麦屋《そばや》で支払いをする潤斗の姿を、不思議な思いで眺めていた。

人当たりのよさそうな高齢の夫婦が営《いとな》むこの店は、彩香も家族と何度か訪れたことがある。彩香が、財布も携帯電話も持っていないので電話を貸してほしいと頼むと、店主は彩香を快く迎え入れ、お茶まで出してくれた。

そこで彩香は、今夜は玲緒の家にでも泊めてもらおうと電話帳で調べたブラン・レーヌの番号に電話を掛けたのだが、店は営業時間を過ぎているため留守電になっていた。玲緒のスマホに直接掛けようにも自分のスマホがないと無理。

諦めて家に帰ろうかと考えた時に思い出したのが、昼のやり取りだ。昼間、玲緒が颯太にアドレスを教えていた。ということは、友人である潤斗に連絡を取れば、颯太を通して玲緒に連絡を取れるのではないか。そう思い、勇気を出して潤斗に電話をかけてみたのだ。

あの性格からして『教えるのが面倒くさい』と断られることも想定していたのだが、まさかわざわざ店まで来て、目の前で颯太に連絡を取ってくれるとは思わなかった。

彩香はその時、親切な店主から食事を勧められ、明日支払いに来ることを約束の上で蕎麦を食べていたのだが、その代金も潤斗が支払ってしまった。思いがけない状況に、彩香としては戸惑うほかない。

その上潤斗は、留守電に切り替わった颯太の携帯に折り返しの連絡を頼むメッセージを入れると、『食べたらここを出て、どこかで時間を潰そう』と提案してきた。

――玲緒さんと連絡が取れればそれで良かったんだけどな……

戸惑いつつも潤斗が支払いをするのを見届け、店主に礼を言って店の外に出る。すると潤斗が彩香を見た。

「さてと……これからどこに行こうか？」

「お任せします」

財布も持たず、自分が食べた蕎麦の支払いまで彼にさせてしまった以上、彩香に選択権はない。とはいえ、「こんな格好なので、あまり人目がある場所は避けたいです」とだけ付け足す。

目の前に立つ潤斗は、何故か昼とは違うスーツを着ていた。けれどやっぱり仕立ては良さそうな品で、手入れが行き届いた光沢のある革靴も、職人の技を感じる逸品《いっぴん》だ。そんな彼と、仕事のユニフォームにサンダル履きの自分ではバランスが悪すぎる。

彩香が居心地の悪さを感じていると、潤斗は一人頷いて口を開く。

「じゃあ、少し遠出になるけど、ドライブに行こう」

「え？」

「なにか不満でも？」

「いえ。……ただ久松さんって、『車の運転は面倒くさいから嫌』とか言うと思っていたから」

彩香の素直な感想に、潤斗が「ほぼ初対面なのに、俺のことをよく理解してくれているね」と小さく笑う。

「確かに面倒くさいから、必要のない運転はしない。だけど、退屈を抱えてぼんやり過ごすのはもっとごめんだね。時間の無駄だ。そのくらいなら運転するよ。それに、君を連れていきたい場所があるし」

「え？」

「彩香っ！　捜したぞっ！」

彩香が「どこですか？」と問いかけるより早く、今は一番聞きたくない声がはるか後方から飛んできた。

叫び声とともに、陸上選手もかくやという勢いで足音が近付いてくる。

——お兄ちゃん……なんでそんな遠くからでも私だってわかるの？

一郎との距離はまだ百メートルほどもある。これぞ妹を溺愛《できあい》する兄の成せる業《わざ》なのだろうか。

彩香に逃げる暇《いとま》も与えず、イノシシばりの迫力で駆《か》け寄ってきた一郎は、がっと妹の肩を後ろから掴んで引き寄せる。

「危ないっ！」

肩を引かれた拍子にバランスを崩しかけた彩香を、潤斗が咄嗟《とっさ》に支えた。

その瞬間、薄いブラウス越しに潤斗の大きな手の温もりを感じて、驚きのあまり体から力が抜けた。思わずそのまま彼の腕に重心を預けてしまう。潤斗は左手で彩香の肩を支え、右手で一郎の手を掴んだ。

庇《かば》うように自分の肩を抱く潤斗のたくましい腕。その感触に、男性に免疫《めんえき》のない彩香は窒息してしまいそうな息苦しさを感じ、姿勢を立て直せないでいた。

そんな二人の様子に、一郎が目を見開く。

「なんだお前は？　俺の妹に、なんの用だ？」

「妹？　……君のお兄さん？」

嚙みつかんばかりの一郎の言葉に、潤斗が怪訝《けげん》そうに確認してくる。

「……一応」

無理やり気持ちを落ち着かせた彩香は、姿勢を立て直しながら渋々頷いた。

そんな彩香の態度に、一郎が「一応とはなんだっ！」と怒鳴る。

「だって……」

「とにかく兄貴だってわかったなら、俺の妹からその汚い手を離せっ！　……ついでに俺の手もだっ……」

最後に付け足された言葉が気になって一郎を見る。すると、一郎は潤斗に掴まれた手首を振り払えずにもがいていた。

——お兄ちゃんが、力負けしている……

珍しい光景に驚いていると、彩香がちゃんと立っていることを確認した潤斗が肩から手を離した。そうして宥《なだ》めるように一郎に話しかける。

「少し、落ち着いてもらえませんか？」

「うるさいっ！　俺にも妹にも、馴《な》れ馴れしく触るなっ！」

潤斗は一郎の手首を掴んだまま、もう片方の手で肩を軽く叩いた。一郎はその手を思い切り振り払い、潤斗の胸ぐらを掴む。

「——っ！」

一瞬、そのまま潤斗を殴るのかとドキリとしたけれど、よく見たらもう一方の手は潤斗に掴まれたままだ。彩香が安堵している間に、一郎は胸ぐらを掴んでいた方の手も潤斗に掴まれ、両手の自由を失ってしまう。その上、身長も潤斗の方が少し高いようだ。

上目遣いに潤斗を睨《にら》み、「離せっ！」と騒ぐ一郎の姿は、柴犬が豹《ひょう》を相手に虚勢を張っているようにしか見えない。今の今まで、地獄の番犬だと思っていたのに。

「落ち着いてくれれば離します」

「落ち着いていられるかっ！　お前が、純真無垢《じゅんしんむく》な俺の妹をたぶらかしたんだろう。今までいい子だった彩香が、俺に向かって『大っ嫌い』なんて言葉を口にしたのは、お前のせいだっ！」

——お兄ちゃん、恥ずかしすぎる……

行き交う人たちがこちらをチラ見していく。中には、足を止めて遠巻きに見物している人もいるようだ。

「お兄ちゃん、恥ずかしいから静かにしてよ」

彩香に窘《たしな》められた一郎は、周囲を見渡して騒ぐのを止めた。すると潤斗も一郎を解放する。

「今日のところは、もういいっ！　彩香っ、こんな奴、放っておいて家に帰るぞっ！」

力負けしていることにはあえて触れず、一郎が彩香を促《うなが》す。

だが、彩香は潤斗の背中に隠れるようにしながら首を横に振った。

「嫌よ。私、家出しているんだから。今日は家に帰らない」

「――っ！」

一郎は息を呑み、潤斗を睨んだ。それでも殴りかかったりしないのは、さっき力負けしたことを警戒してのことだろう。

「なんか、面倒くさくなってきた……」

潤斗が大きく息を吐く。彼にしてみれば、訳もわからず桜庭家の兄妹喧嘩に巻き込まれているのだから当然だろう。

「……ごめんなさい」

謝る彩香に、一郎が「こんな奴に謝るなっ！」と怒る。

「お兄ちゃ……っ」

「だいたい、お前は妹のなんなんだ？」

彩香がなにか言い返す前に、一郎が再び潤斗に怒鳴る。その攻撃的な視線に潤斗は再びため息を吐くと、彩香の肩に手を回しながら腰を低く落とした。

「ごめん。もう限界」

「え？　えっ！　……キャッ！」

次の瞬間、もう一方の腕を彩香の膝裏に回して軽々と抱き上げる。

予想外の展開に、彩香は思わず潤斗の胸元にしがみついた。

――え、これって、噂に聞くお姫様抱っこ？

自分の置かれている状況を理解した途端、赤面してしまう彩香。

潤斗はそんな彩香に「面倒くさいから逃げるよ」と囁《ささや》くと、一郎に一礼をした。

「ご挨拶が遅れましたが、久松潤斗と申します。妹さんとは、結婚を前提にお付き合いさせていただいています」

「――っ!?」

予想外の言葉に、一郎も、潤斗の胸に抱かれる彩香も思わず動きを止める。

その隙に、潤斗は彩香を抱えたまま走り出した。

一歩遅れて一郎も「ま、待てっ！」と叫びながら走り出す。だけど一足出遅れたせいで、ちょうど色が変わった信号に進路を阻《はば》まれてしまった。一郎の前を、次々と車が行き来する。

一郎の声が遠ざかっていくのを聞きながら、彩香は走る潤斗の胸を軽く叩いて抗議する。

「ちょ……ちょっとなんでお兄ちゃんに、あんな嘘を言うんですか？」

「嘘っ？」

潤斗が、息を弾ませながら聞き返してくる。

「私たち、結婚前提のお付き合いなんて、してないじゃないですか」

「ん？　ああ。でも俺と君は、知り合いという意味ではお付き合いがあるし、俺は君に結婚を交渉中なんだから、なにも間違ってないと思うが？」

「そうかもしれないけど、もっとわかりやすい言い方が……」

そう反論する彩香の意見を「面倒くさい」と切り捨てて、潤斗は一郎の追跡をかわすべく、革靴とは思えない軽快な足取りで街中《まちなか》を走り続ける。

その間彩香は、お姫様抱っこでの逃避行というロマンティックなシチュエーションに、目眩《めまい》がする思いだった。


やがて一郎を完全に振り切ったことを確認すると、潤斗は走るのを止め、そのまま近くの駐車場に停めてあった車に彩香を連れていった。そして扉を開け、彩香を車の助手席に座らせたところで、ふと彩香の爪先に視線を向ける。

「どこかで靴を落とした？」

膝裏に回していた手をそのままふくらはぎへと滑らせて、彩香の踝《くるぶし》を撫《な》でる。

ストッキングの上を滑《なめ》らかに動く潤斗の手の感触に、彩香の肌がゾクリッと粟立《あわだ》つ。

潤斗のもう一方の腕が腰に回されたままなので、彼の息遣いも鼓動もリアルに肌に伝わってくる。

人ひとり抱きかかえて走った潤斗の鼓動は速く、首筋には薄《うっす》らと汗が浮かんでいた。その様子に、彩香の心臓が刺激される。

「…………」

彩香は息を押し殺して、その刺激に耐える。唇に潤斗の少し癖《くせ》のある髪が触れてくすぐったい。思わず息が漏れそうになるけれど、自分の息遣いを彼に知られるのは何故か怖い。

潤斗が、どこか感心したような声で呟《つぶや》く。

「小さい足……」

「――っ！」

次の瞬間、顔を上げた潤斗と見つめ合う。彼の顔のあまりの近さに、彩香は背中を反らした。でも車のシートに阻《はば》まれて、まったく距離を取ることができない。うっかりすれば唇が触れてしまいそうだ。

直後、潤斗がわずかに目を見開き、彩香から手を離して勢いよく立ち上がった。

「痛っ！」

彼は車の天井に頭をぶつけたが、すぐに「ごめん」と呟いて助手席のドアを閉めた。いつも淡々としている彼の思わぬ失態に、彩香の方がびっくりしてしまった。

潤斗は無表情のまま運転席に乗り込むと、彩香を見ることなく、もう一度「ごめん」と謝る。

「あまり小さくて、驚いたから……」

そう説明する潤斗に、彩香は「……大丈夫です」と顔を赤くして答えた。潤斗の手の感触が残る踝《くるぶし》がまだ熱い。

「しかし、君は、よく靴を落とすな」

車のエンジンを掛けながら、潤斗がぽつりと呟く。

「だって……久松さんが、乱暴に走るから」

サンダルを落としたのは彼が自分を抱きかかえて走り回ったせいなのに、そんなしょっちゅう靴を落としているように言われたくない。昨日の件は確かに彩香の失態なのだけど。

彩香の抗議に潤斗が頷く。

「なるほど。それは悪かった。……ではまず、新しい靴を買うことにしよう。ついでに服も、もう少しロマンティックな物に着替えるべきなのかもしれない」

一人納得したように呟き、潤斗が車を発進させた。

◇　◇　◇

「どこに向かうんですか？」

新しい服に着替えた彩香は、ハンドルを握る潤斗の顔を窺《うかが》った。

「説明するのが面倒くさい。着けばわかる」

――そう言うと思った。

彩香は半ば呆れながら、窓ガラスに映る自分の姿を確認した。淡いクリーム色をしたワンピースは、ハイウエストでの切り返しと黒いリボンのベルトがアクセントになった可愛らしい物だ。

先ほど潤斗は、彩香を個人経営のブティックに連れていってくれた。

その店にとって潤斗はよほどの上客《じょうきゃく》なのだろう、営業時間外にもかかわらず、潤斗の電話一本でオーナーが店を開けて待っていた。そしてオーナーは二人を出迎えると、潤斗に代わって彩香のために服を選んでくれたのだ。

その間潤斗はどこかに電話していたのだが、彩香がワンピースに着替えたのを確認すると、それに合わせたパンプスを選んでくれた。

――ああ、違うか……

潤斗が選んで履かせてくれたパンプスに視線を落とし、彩香は思い直す。

ストラップのついた薄い桜色のパンプス。

潤斗がこのパンプスを選んだのは、ワンピースに合わせたというよりは、彩香が落とさないようにと考えてのことだろう。彩香にパンプスを履かせ、「これで落とさない」と満足そうにベルトを留めていた彼の姿を思い出し、彩香は思わず目を細めた。

「そう言えば、今頃だけど、色々とごめんなさい。あと、ありがとうございます」

「なにが？」

頭を下げる彩香に、潤斗が不思議そうな顔をする。

「昨日のお見合いから、今日までのことについてです」

「……？　見合いをすっぽかしたのは、俺の方だが？」

それなのに何故君が謝るんだと、潤斗がちらりと視線で問いかける。

「昨日のお見合い、私のせいで嫌になったんですよね。階段で会った時に、私が『騙《だま》されて結婚させられる』とか『最悪』って騒いだから。……嫌な思いをさせてごめんなさい」

「……」

「昨日は久松さんがお見合いの相手だなんて知らなくて……私、伯母《おば》に騙されて、あれがお見合いだってことも知らないであの場所に連れていかれたから、動揺していたんです。相手がどんな人かも知らないのに、伯母が電話で『絶対私を結婚させる』って父に宣言しているのを聞いて、怖くなって逃げ出したところでした」

「ああ……そうなんだ」

掠《かす》れた声で呟《つぶや》く潤斗の横顔は無表情だ。この話に興味があるのかどうかもわからない。

それでも彩香は、事の発端が先ほど遭遇《そうぐう》した兄であることを話した。兄が過保護すぎることに不安を感じた伯母がお見合いをセッティングしたことや、兄のせいで色々と窮屈《きゅうくつ》な思いをしてきたことに怒りを感じて、家を飛び出してきたことなどを説明する。

「お兄さんが嫌いなの？」

潤斗が問いかける。彩香は、すぐに首を横に振った。

「嫌いじゃないです。子供の頃、両親が離婚して寂しかったのは兄も同じだと思うのに、悲しい顔を見せず、私のことばかり気にかけてくれました。兄の優しさには、感謝しています。でも……」

「でも？」

「私ももう大人なんだから、過剰に干渉してほしくないだけです」

「ああ……」

彩香の言葉に潤斗は唸《うな》り、「なんとなくわかるよ」と頷く。

潤斗が簡潔だけど親身な反応を示してくれたことで、彩香の気持ちは解《ほぐ》れていく。

「それと『ありがとう』は、色々です。いっぱいありすぎて、一言では説明できませんけど……」

さっきの蕎麦屋《そばや》の代金もそうだが、今彩香が身に着けているワンピースやパンプスについても、明日お金を払うつもりでいたのに、潤斗に断られてしまった。久松家の人間として、女性にお金を払わせるような習慣は持ち合わせていない――そう断言されたのだ。お金を支払う方が彼を不愉快にさせてしまうみたいなので、彩香は申し訳ないと思いつつもそれを受け入れることにした。

それ以外にも電話一本で駆《か》けつけてくれたことや、颯太と連絡が取れるまでこうして一緒に待っていてくれることなど、お礼を言いたいことはたくさんある。

けれど潤斗は「じゃあ、面倒くさいからいいや」と話を打ち切ったので、その一つ一つを言葉にする機会を失ってしまった。

「それと、昨日のことは謝る必要ないよ。あのくらいの言葉で傷付くような、面倒くさい思考回路をしていないから」

信号で車を停めた潤斗が、「俺、本当に面倒くさがり屋だから」と自慢げに笑う。

「面倒くさがり屋で、ありがとうございます」

「なんだそれ」

そう言って潤斗がおかしそうに小さく笑う。その横顔に彩香も微笑んだ。

「着いたよ」

「ここですか？」

潤斗が車を停めた場所に、彩香は驚きを隠せなかった。対して潤斗は、「そう言ったつもりだけど？」と肩をすくめて車を降りる。

彩香も慌てて車を降り、電飾に彩《いろど》られた遊園地の看板を不思議そうに見上げた。

少し先に広がっているのは、全国的に名の知られた遊園地。

そして今二人がいるのは、その遊園地専用の駐車場だ。

「ここ、もう閉園しているんじゃないですか？」

がらんとした薄暗い駐車場を見渡す彩香に、潤斗は「問題ない」と答え、入場ゲートへと向かう。

「この遊園地のアトラクションには、我が社のモーターを使用している物もあるんだ」

「はあ……」

意味がわからないまま、彩香もその背中を追う。

「その中の一つのモーターに不具合がないか確認したいと、ここのオーナーに連絡しておいた」

「それも久松さんのお仕事なんですか？」

彩香の言葉に、潤斗が驚いた顔で振り返る。

「まさか。俺がそんな面倒な仕事をするわけない。ただ閉園時間を過ぎているから、アトラクションを動かすために、一応それっぽい理由を作っただけだよ」

潤斗はそのまま後ろ向きに歩きながら、ポケットに手を入れて肩をすくめる。その足取りはしなやかで、彩香はやっぱり猫科の獣を思い出す。

王子様になったり、豹《ひょう》になったり。本当に不思議な人だ。

「……そんな理由でアトラクションが動かせるんですか？」

「久松家の人間である限り、適当な大義名分さえあれば、世間のルールを曲げるのは簡単だよ」

そう言って潤斗は悪戯《いたずら》な微笑を浮かべると、一瞬首を反らして夜の遊園地を確認した。

彩香としては、今さらながらにヒサマツモーターという企業が持つ権力に驚くほかない。すると潤斗が探るような視線を彩香に向けてくる。

「そうだ。もし俺と結婚すれば、こういった権力を、君も好きなだけ振りかざせるというメリットもあるな」

そう言われて、潤斗にプロポーズされていたことを思い出した。

「そういうメリットは別にいらないです。……きっと、使い処《どころ》がわからないから」

「そう。残念」

そう肩をすくめて再び微笑む潤斗の顔が、さっきよりどこか嬉しそうに見える。

気のせいだろうか——と目を凝《こ》らすと、潤斗は踵《きびす》を返して前を向いてしまった。

彩香はそのまま彼の背中を追いかけて入場ゲートに向かう。すると園内から従業員らしきスーツ姿の男性が出てきて、二人を出迎えた。もしかしてあれがこの遊園地のオーナーだろうか。

潤斗はその男性に軽く手を上げて応《こた》えるだけで、足を速める様子はない。潤斗を追い越して自分だけ男性に駆《か》け寄るのも変なので、彩香もゆっくりした足取りで入場ゲートへと向かう。

「私のワガママに付き合わせてしまって、申し訳ない」

男性を前にしてさりげなく一人称を『俺』から『私』に変えた潤斗は、会釈《えしゃく》程度に首を動かす。

「いえ。とんでもありません。専務のお越しをお待ちしていました」

再度深く頭を下げる男性に、潤斗が恐縮する様子はない。さっきのブティックでも感じたことだけど、潤斗は誰かに頭を下げられることにも、自分のワガママを通すことにも馴《な》れているらしい。

そしてそんな傲慢《ごうまん》とも思われかねない態度を、相手に不愉快と思わせないなにかを持ち合わせている。もしかしたら、こういうのをカリスマ性があるというのかもしれない、と彩香は思った。

――さすがヒサマツモーターの御曹司《おんぞうし》。

そう感心すると同時に、自分がそんな人にプロポーズされていることが余計に不思議になってくる。

「では、行きましょうか」

オーナーらしき男性に誘導され、潤斗が入場ゲートに足を向ける。

「あ、そうだ……」

彩香が入場料も払わずゲートを潜《くぐ》ってよいものかと悩んでいると、潤斗が指を鳴らして振り返った。

「君、ＳＮＳで色々呟《つぶや》く趣味とかある？」

「…………？　いいえ」

彩香が首を横に振ると、潤斗が「そう。よかった」と呟いた。

「じゃあ、行こうか」

潤斗がそのまま入場ゲートを潜《くぐ》るので、彩香は訳がわからないまま彼の後を追った。


――どうしても観覧車に乗りたかったのかな？

音もなくゆっくりと夜空に上っていく観覧車の中で、彩香は向かいに座る潤斗を見た。

座席が低めということもあり、スーツ姿の潤斗は長い手足を持て余すように足を大きく開き、膝に頬杖をついている。そして無言のまま、ぼんやりと外を眺めていた。

その視線を辿《たど》ると、眼下に広がる夜の遊園地が見えた。清掃も終わり、地面の濡れた遊園地は、ぽつぽつと灯されているオレンジ色の照明を反射させ、幻想的な光景を描《えが》いている。

――綺麗。……もしかして、この景色が見たかったのかな？

「夜の遊園地が、好きなんですか？」

「全然」

あっさりと首を振られ、彩香はガクッとなる。

「じゃあ、純粋に観覧車が好きなんですか？」

「別に」

――じゃあ、どうしてここにいるんですか？

無理を言って閉園後の遊園地を開けてまで、二人して観覧車に乗っている意味がわからない。

これ以上どう会話を続ければいいかわからず黙り込んでいると、潤斗が口を開いた。

「俺、チェスが趣味なんだけど」

「ああ、そうなんですか」

珍しく彼が自分のことを話し始めたので、彩香は大きく相槌《あいづち》を打つ。が、潤斗は「まあそれは、どうでもいいんだけど」と話を終了させてしまった。

彩香としては「……はあ」と返すしかない。潤斗はそのまま話を続ける。

「ゲームって、果たすべきミッションが明確で、ルールがシンプルだから楽しいんだと思う」

ここで下手に相槌を打てば、また会話が終了してしまうかもしれない。そう思って黙っていると、潤斗が問いかけてきた。

「君は、どんな目標やミッションを掲《かか》げれば、前向きな気持ちで結婚に取り組める？」

「え？　えっと……」

これは理想の結婚像を聞かれているのだろうか。面倒くさがり屋の彼は、必要な説明を省いてしまうので意図が理解しにくい。

彩香はしばらく悩んでから「離婚しない家庭作りかな」と答えた。答えてから、やっぱり両親の離婚が今でもトラウマになっているのだと気付く。彩香がこの年まで恋愛経験もなく過ごしてきたのは、もちろん一郎の過保護のせいでもあるけれど、両親の離婚があったからでもあるのだろう。

かつては仲の良かった両親の間から愛情が消え、家庭が解体されていく光景を見るのは辛かった。

だから自分の子供には、そんな光景を見せたくない。

そんなことを一人考える彩香に、潤斗が「なら簡単なことだ」と明るい表情を見せる。

「俺となら、離婚の心配はない」

「…………久松さんの思っているのとは、ちょっと違います」

「なにが？」

「私が言っているのは、離婚する必要がないくらい、愛情が溢《あふ》れた家庭を作りたいって意味です」

――面倒くさいから離婚しないなんて、そんな考え方と一緒にしないでください。

そう不満げな声をあげる彩香に、今度は潤斗が黙り込む。

「……愛のある家庭……というのは、俺が君を愛せばいい？　それとも君が、俺を愛せばいい？」

「両方です」

彩香の答えに、潤斗がまた黙り込む。

――恋愛感情なんて面倒くさい感情なのに……とか、思っているんだろうな。

潤斗の胸の内を想像して、彩香は小さく笑った。まだ出会って間もないのに、潤斗の考えそうなことがわかってしまう。

けれど――と彩香は思う。自分の方はどうなのだろう。もし本気で結婚を考えるとして、自分は潤斗を愛せるのだろうか。彩香は、目の前に座る面倒くさがり屋な王子様を観察してみた。

大企業の御曹司《おんぞうし》で育ちがいい上に、容姿だってハイレベルだ。一郎から逃げるためにお姫様抱っこをされた時には、正直、お伽噺《とぎばなし》の主人公にでもなったようでドキドキした。それに最初に思っていたほど、意地の悪い人でもないらしい。

「努力……じゃ、駄目だろうか？」

潤斗の提案に、彩香は瞬《まばた》きをした。

「はい？」

「俺は君を愛する努力をするし、君に愛される努力もしてみる。そこからでは、駄目だろうか？」

「恋愛なんて、面倒くさいんじゃないですか？」

「面倒くさい」

即答されて、彩香はまたガクッとなる。

「面倒くさいけれど、また新しい女性を探す方が面倒くさい。だから妥協《だきょう》しようと思う」

「……恋愛って、妥協で始めるものじゃないです」

相変わらずな潤斗の言葉に、彩香は呆れてしまう。けれど潤斗はなおも言葉を続けた。

「それにもし、君が俺の提案を受け入れてくれるのであれば、婚約者という理由で、お兄さんと離れて暮らす環境を君に提供することができるが」

「…………」

その提案を聞いて、彩香の胸の中にある不安が浮かんでくる。

――あのお兄ちゃんをかわして私にプロポーズしてくれる人なんて、この先現れるかな……

二十三年生きてきて、一郎の攻撃をものともせずに自分を求めてくれる人に初めて会った。そして今後また、そんな人が現れるという保証はない。

確かに潤斗は、多少難のある性格をしている。けれどここで断ったら、自分は結婚どころか、恋愛するチャンスさえ失うのかもしれない。

彩香が考え込んでいると、潤斗が「そろそろ頂上かな？」と呟《つぶや》き、突然立ち上がった。

「――えっ？」

何事かと思って見守っていると、潤斗はそのまま観覧車の狭い床に、両膝をついて座り込む。潤斗としては颯太の助言に従って跪《ひざまず》いたつもりなのだが、彩香がそれを知る由《よし》もない。というか土下座の準備にしか見えなかった。そんな体勢で、潤斗が彩香を睨《にら》むように見上げる。

「じゃあ『互いに恋愛感情を持つ』ということを、結婚に向けたミッションとして掲《かか》げた上で婚約と同居から始めないか？　同居の間、俺は君に恋愛感情を持つ努力を義務とする。それだけの覚悟はしよう」

「だから、恋愛って『努力』や『義務』や『覚悟』を掲げて取り組むものじゃないです。少年漫画じゃないんだから」

突っ込んではみるものの、潤斗の目は妙に真剣だ。

――あっ！　もし私がここで断ったら、久松さんは土下座するつもりなの？

そう思い至ったものの、潤斗がそこまで自分と結婚したがっているようには思えない。彼の言動は、いつもどこか意味不明だ。

とはいえ、彩香はなんだかおかしくなってきた。言葉足らずな彼とのやり取りはどこか言葉遊びのようだし、言動も突っ込みどころ満載だ。こんなにかっこいい人なのに。

そんなことを思いながら潤斗を見ていると、視界の端に彼の履かせてくれたパンプスが見えた。

また彩香が落とさないようにと選んでくれた、ストラップ付きのパンプス。そんな風に配慮してくれた潤斗は、悪い人ではないと思う。

最初は腹立たしいだけの相手だったのに、一緒にいることが何故か楽しくなってきている。それに、彼の仕草にドキドキすることだってある。

――これって、恋を始めるのに悪くない条件じゃないかな？

――それに、お兄ちゃんの監視から解放されるチャンス……

彩香は、決意して大きく頷いた。

「じゃあ、恋愛することを目標に、婚約者として同居から始めましょう」

「よしっ」

そう呟いて、潤斗が立ち上がる。

一瞬、抱きしめられるのかと思ったけれど、潤斗は「じゃあ、交渉成立ということで」とそのまま自分が座っていた場所に戻った。

そしてまた夜空を下っていく観覧車の外の景色を眺める。淡々としたその顔は、どう見てもこんなロマンティックなシチュエーションが好きなように見えない。

そんな潤斗の姿に、彩香はやっぱり意味がわからない人だと静かに笑った。

3　新生活の始め方

潤斗のプロポーズから二週間後のブラン・レーヌの定休日。彩香はキャリーバッグを引きつつ、スマホの地図アプリを頼りに街路樹の並ぶ歩道を歩いていた。公園や有名私立校が多いこのエリアは都心でも緑が多く、高い建物が少ない。

彩香は、秋風にそよぐ街路樹の葉に目を細めつつ、込み上げてくる疲労感にあくびを噛み殺す。

――婚約成立から今日まで、本当に怒涛《どとう》の忙しさだったな。

まずは観覧車を降りたタイミングで電話を掛けてきた颯太に、潤斗が婚約の報告をしたのだが、彼は、受話器を耳に当てていない彩香にも聞こえるほどの大声で驚いていた。

その後、彩香の父と伯母《おば》、潤斗の両親、玲緒と報告するたびに、颯太と同じような反応と祝福の言葉が返ってきた。

父敏夫と伯母麻里子、そして雇い主である玲緒は、潤斗が一郎をかわしてまで彩香にプロポーズをしたという経緯に感動を禁じえなかったらしい。麻里子は『彩香の相手は、彼しかいない』と断言し、後で彩香を通してその発言を聞いた他の二人も、もっともだと頷いていた。また、麻里子の『この件は一郎に知られないよう内密に進めましょう』という意見にも即座に同意した。

また潤斗サイドも、やっと息子が結婚する気になったことが嬉しかったのか、二人が婚約者として同棲を始めることに一切異存は述べなかった。それどころか、婚約報告の挨拶に伺《うかが》った際には涙ながらに彩香の手を握り、『どうかこのまま息子と結婚してくれ』と懇願《こんがん》してきた。

幸いにも一郎は今、大事なプロジェクトを任されているとかで、いつになく出張が多い。今朝も、お見合い騒動の直後で彩香から片時も離れたくないだろうに、『でもこの商談が失敗すれば、地方に左遷《させん》される可能性もあるから他人任せにできない』と唸《うな》りながら出かけていった。

彩香と潤斗の同棲は、そのタイミングを見計らって決行されることになったのだ。さしあたって今日は、彩香が必要最低限の私物をキャリーバッグに詰め込んで移動し、残りの荷物は明日、同居先に配送されることになっている。

「ここ……？」

彩香はナビの指し示した場所に立つマンションを見上げて、ポカンと口を開けた。

都内一等地の高層マンション。このマンションの最上階に潤斗の部屋はあるらしい。

――さすが御曹司《おんぞうし》……

今日から自分もここに住むという実感が湧かない。

潤斗の両親が、婚約成立のお祝いに新居を用意すると申し出てくれたが、潤斗が『今のマンションも二人で暮らせる広さがあるし、引っ越しは面倒くさい』と断った。

目の前のマンションを見れば納得である。中を見るまでもなく、こんな高級マンションなら空間に余裕のある間取りになっていることは明らかだ。

事前に潤斗に教えてもらった暗証番号でマンションに入り、ロビーのコンシェルジュの案内を受けて凝《こ》った装飾付きのエレベーターに乗り込む。この時点で彩香には、もうここがマンションなのかホテルなのかわからなくなっていた。

「なんか生活感のないマンションだよね」

管理人さんならぬコンシェルジュが待ち受けるマンションには、錆《さ》びた画鋲《がびょう》の刺さる掲示板もなければ、出しっぱなしの三輪車もない。今まで家族で暮らしていたマンションとは根本的に違う。

なんとなく気後《きおく》れしてため息を吐く彩香は、潤斗の部屋に辿《たど》り着くと、また違った意味での生活感のなさに驚くことになった。


「なんなんですか、この部屋はっ！」

「俺の住居」

驚きすぎて思わず怒ったような声をあげた彩香に、潤斗があっさり答える。そんなことは、たった今潤斗本人に部屋を案内してもらったのでわかっている。

「そうじゃなくて……〝それ〟に始まり、〝これ〟はなんなんですか」

「それ？　に始まり……これ？」

彩香の言う『それ』が、床をせわしなく動き回る四台のお掃除ロボットのことだと認識した潤斗は、しかし『これ』の意味がわからないとばかりに首を傾げた。

「どうして、ここまで物がないんですか？」

彩香の言葉に、潤斗は室内を見渡す。

眺望に優れた南向きの窓からは優しい秋の日差しが差し込み、白い大理石の床に淡く反射している。そんなリビングには、三人掛けのソファーとガラステーブル、テレビの載ったローボードとノートパソコンしかない。続き間のダイニングには、備え付けのアイランドキッチンと食器棚以外は冷蔵庫と電子レンジだけ。コーヒーカップ以外の食器や調理器具は一切ない。

――……物がなさすぎる。

潤斗も今日引っ越してきたのだと言われれば納得してしまうだろう。無駄な物が一切ない、がらんとした部屋。彩香の問いに潤斗は淡々と答える。

「必要がないから」

「こんな部屋で、食事はどうしているんですか？」

「基本は外食。出かける用事がない日は、冷凍食品で済ませている」

だからこれで問題ない、と潤斗が冷蔵庫と電子レンジを見る。

「洗濯物は？」

さっき案内された時に見た脱衣室には、洗濯機もなかった。その他の部屋も、潤斗が寝室として使っている部屋以外は、カーテンさえ掛けられていない。

「洗濯代行業者に任せているから、必要ない」

洗濯物を専用のバッグに入れて一階のフロントに預けておけば、このマンションと契約している業者がやってくれるのだと言う。

「もしかして、料理や洗濯が面倒くさいんですか？」

「その通り」

俺のこと理解しているじゃないか——とばかりに、潤斗が微笑を浮かべる。

ここはそんな魅力的な笑みを見せる場だろうか、と彩香はどきまぎしつつも呆れてしまう。

自分で家事をするのが面倒くさいのなら家政婦でも頼んで、もっと快適で家庭的な生活をすればいいのに——言ってはなんだけどお金はあるんだから。

潤斗は、そんな彩香の意見を『人を家に入れるのが面倒くさい』と却下した。普段は家族でさえ家に入れないらしい。そんな彼の言葉に、彩香は今さらながらに彼の両親の尋常ではない喜び方の理由を理解した。

——想像を超えるものぐさ……

「じゃあ、どうしてこの子たちは四匹もいるんですか？」

彩香は、せわしなく床を掃《は》くお掃除ロボットの一台を捕まえて、潤斗の方へと突き出してみせた。

丸いフォルムのお掃除ロボットが、捕らえられた亀のようにもがいている。バタバタとローラーを回転させる姿が愛らしくて、つい『四台』ではなく『四匹』と表現したくなる。

そんなお掃除ロボットの腹を眺めながら、潤斗が「ああ……」と話し始める。

「勝手に掃除してくれるから面倒くさくなくていいと思って、ネットで買ったんだ。でも買う時に間違えて四回クリックしたらしい」

「それなら……」

——買い物かごの決定ボタンをクリックする前に、三台キャンセルすればいいのでは……

そう言いかけて、彩香は言葉を呑み込んだ。きっと注文数を修正するのが面倒くさかったのだろう。もしくは、面倒くさくて確認しなかったかだ。

「納得した？」

「なんとなく……」

彩香が納得したことを理解して、潤斗がクスリと笑う。

「そういうわけで、ようこそ我が家へ。……今日から君の家でもあるんだから、遠慮なく寛《くつろ》いで」

潤斗が両手を広げて、爽《さわ》やかに微笑む。一瞬、その笑顔につられて頷きそうになるが、彩香はグッと堪《こら》えた。

「絶対に嫌ですっ！」

リビングのソファーの方へと向かいかけていた潤斗は、彩香の声に足を止めた。

「嫌？　寛ぐのが？」

「そうじゃなくて、こんな生活感のない空間を家とは言いません。家ってもっと、そこで暮らす人の気配を感じられる場所のことを言うんです」

「……」

「私は自分の衣類は自分で洗濯したいし、洗ったらお日様の光で乾かしたいです。ご飯だって、なるべく自分で調理した物を食べたいです」

「……め……」

「家庭的な暮らしをする。それは、この『互いに恋愛感情を持つ』っていうミッションに、必要不可欠ですっ！」

彩香は、潤斗が『面倒くさい』と言うより早くそう断言した。

もし本当にこのまま潤斗と結婚することになるのであれば、ここが我が家になる。こんな生活感のない部屋で、暮らしたくない。それにこんな暮らし方、潤斗のためにもよくない気がする。

けれどそれを潤斗に訴えたところで、彼が素直に納得してくれるとは思えない。だからこそあえて『ミッションに、必要不可欠』と訴えたのだ。

彩香の頑《かたく》なな表情に、潤斗は黙ってため息を吐く。きっと『面倒くさい』と思っているのだろう。

それでも彩香の意見を却下する気はないらしく、「わかったよ」と呟《つぶや》いて、ソファーの前に置かれているガラステーブルへと向かった。そしてそこに投げ出してあった財布を手に戻ってくると、中から黒光りするクレジットカードを出し、差し出してきた。

「これで、洗濯機でも調理器具でも、君が必要だと思う物を買い揃えればいい」

「え？　私一人で買いに行くんですか？　この家で使う物なのに？」

それに、他人のカードで勝手に買い物することに抵抗がある。いや、一応婚約者なのだけど、気持ち的にはまだ他人だ。

「上限額はないに等しいから、気兼ねしなくて大丈夫だよ」

「……」

あまりの金持ち発言に目眩《めまい》がしかけたが、気を取り直して言葉を続ける。

「……そうじゃなくて、この家で一緒に使う物なのだから、一緒に選びませんか？」

「興味ないからいい」

彩香がなかなか受け取らないせいか、潤斗はカードをヒラヒラと揺らしている。

それでもカードを受け取らずにいると、潤斗は「君の意見を受け入れている。これは俺としては、かなり頑張ってミッションを果たす努力をしているつもりなんだけれど」と不満げな顔をした。

彩香は大きく息を吸った。そして潤斗を見据えて断言する。

「この家で使う生活用品を、一緒に選んで買い揃える。……これは、ミッションをクリアするために必要な条件ですっ！」

「………」

潤斗は、なにか言いたげに眉を寄せる。そしてしばらく考えた後で「わかった。一緒に出かけよう」と、諦めた様子で髪を掻き上げた。

◇◇◇

面倒くさがり屋のものぐさというわりには、潤斗はフットワークが軽い。

家電量販店で会計を済ませる潤斗の姿に、彩香は内心感心していた。

一緒に家電量販店に来てくれた彼は、家電の性能や特性の違いがわからず悩む彩香に代わって、店員にそれらの点を確認してくれた。そして彩香が買う品を決めると、最初は数日後になると言われた配送日を明日の晩にしてもらえるよう話を取りまとめた。家電がなくて困っている現況を説明し、加えて他店との比較もしつつ、店員を不快にさせることなく上手く特別対応を引き出した感じだ。

——そう言えば久松さんは仕事ができるって、永棟さんが話していたよね。

さっきの店員への交渉の仕方を見ると納得がいく。きっと仕事の際にも、柔らかい物腰で相手に配慮しつつ、持ち前のカリスマ性で自分の意見を通しているのだろう。

そこまで考えて彩香は、潤斗には働く必要がないほどの資産があると颯太が話していたことを思い出した。

——久松さんって、本当にものぐさなのかな？

彩香は、店を出て前を歩く潤斗の背中を不思議な気分で見上げていた。そんなにお金があるなら、ものぐさな人は働かないんじゃないだろうか。

生活に必要な全てのことを面倒くさがり、がらんとした部屋で暮らす彼と、効率よく店員と話を纏《まと》める彼が、同一人物とは思えない。王子様になったり、豹《ひょう》になったり。潤斗という人は、どこか捉《とら》えどころがない人だ。

——どっちが本物の久松さんなのかな？

そんなことを考えていると、潤斗が不意に足を止めた。

「きゃっ！」

大きな背中にぶつかり、彩香は慌てて一歩後ろに下がった。すると彼が振り返り、鼻を押さえていた彩香に右手を差し出す。

「平日だけど、人が増えてきたから」

確かに道を行き交う人の数は、店に入る前より増えている。「本当ですね」と頷く彩香の鼻先で、潤斗が右手を揺らす。

「こういうの、ミッションを果たすために必要？」

そう言われて、潤斗が暗に手を繋ごうと言っていることに気付いた。

「ああ……。ありがとうございます」

ぎこちなく指先を伸ばすと、潤斗の大きな手が彩香の手を包み込むように握りしめてくる。

その大きくたくましい手の感触に、彩香の心臓がドキッと跳ねた。潤斗はそんな彩香の手を引きながら歩き出す。

「迷子になられると、面倒くさいから」

——はあ、そうですか。

せっかくのときめきも冷めそうな発言に、彩香は少しささくれた気分になる。

「…………あっ！　そう言えば、久松さんは今日は会社行かなくてよかったんですか？」

自分は平日が休みなので忘れていたけれど、一般的な勤務形態の企業は仕事をしている時間だ。

今さらながらの質問に、潤斗がクスクス笑う。

「ようやく決まった婚約者様が引っ越してくる日に、俺の親が出社させると思う？　それに会社を休んで君と買い物をしていたって報告すれば、それだけで大喜びするよ」

「ああぁ」

――確かに。

と、言葉にするのは失礼な気がして、彩香は黙って頷いた。

「そんなことより。……後は、なにが欲しいの？」

手を引きながら一歩前を歩く潤斗が、振り向くことなく問いかけてくる。

「えっと……食料品と調理器具、作った料理を盛る食器も欲しいです。なるべく毎日、自分でご飯を作りたいから」

「了解」

潤斗は前を向いたまま頷くと、人の流れを上手くかわしながら彩香を目的の店へと誘導していった。


二人が入ったのは、近くにある三階建ての輸入雑貨店だった。一言で輸入雑貨店といっても、この店は食器や調理器具に加え、ベッドやダイニングテーブルといった家具も少しばかり扱っている。しかも一定の金額以上の買い物をすれば、翌日には品物を届けてくれるのだという。

「そうだ。家具は買わなくていいの？」

潤斗が青いお茶碗を買い物カゴに入れながら声をかけてくる。彩香が自分の分は自分で選ぶように言ったからだ。

「ああ……」

彩香は彼の問いかけに、冷蔵庫と電子レンジしかないダイニングスペースを思い出した。

確かに、きちんと食事をとるためにはダイニングテーブルも欲しい。でもどうせ選ぶなら、もっと品揃えの多いお店でゆっくり選びたい気もする。

彩香は、そう判断して「今日はいいです」と答えた。

「少し一緒に暮らしてみて、久松さんの好みも理解してから選んだ方がいいと思うし」

彩香の答えに、潤斗が一瞬キョトンとして目を丸くする。

「え？　俺、そんなに特殊な趣味とか好みとか無いから、君の好きにすればいいよ？　というか、使うのは君なんだし」

潤斗の発言に、彩香はムッと眉を寄せる。

確かに、なるべく自分で作った物を食べたいというのは彩香の意向で、潤斗には関心のないことかもしれない。それでも同居する以上、潤斗にも一緒に食卓についてほしいと思っているのに。

「婚約して一緒に暮らすんだから、そういうことは一緒に楽しむべきだと思いますっ！」

「ああ……まあ、そう言えば、そうなんだけど………」

どこか困った様子で前髪を掻《か》き上げる潤斗を、彩香は睨《にら》みつける。

――もしかして『ご飯をちゃんと食卓で食べるのが面倒くさい』とか言う気なの？

そんなことは認めないとばかりに視線で牽制《けんせい》していると、しばらくなにかを考え込んでいた潤斗は「まあいいか」と息を吐いた。

「最悪、リビングのあれも広いから代用できるし」

『あれ』がなんなのかはわからないが、どうやら彩香の意見を尊重して、一緒に食事をとることにしてくれたらしい。彩香は嬉しくなって、「私、頑張りますから」と自分の分のお茶碗を選んだ。

潤斗は、そんな彩香の姿に「積極的だね」と苦笑いを浮かべた。

◇　◇　◇

「ねえ、お風呂に入ってベッドに行った方がいいんじゃない？」

潤斗に肩を叩かれ、彩香は重い瞼《まぶた》を開けた。

結局、雑貨店で買った調理器具が思った以上の重さになったので、配達してもらうことになった。

それで今日は料理を諦めて外で食事を済ませたのだけど、マンションに帰ってきたところまでしか記憶がない。

「えっと……」

引っ越しやら買い出しやらの疲れで、いつの間にかソファーでうとうとしていたらしい。彩香は、目を擦《こす》りながら時計を確認した。午後九時過ぎ。いつもならまだ寝るような時間ではないけれど、確かに眠くてしょうがない。彩香は掠《かす》れた声で「そうですね」と頷く。

「じゃあ、先にお風呂に入って、寝室に行っていて」

「――えっ？」

肘掛《ひじか》けに寄りかかってまだ半分寝ぼけていた彩香は、それを聞いて弾かれたように体を起こした。

「ん？」

そんな彩香の反応に、ソファーの背もたれ越しに話しかけていた潤斗がわずかに首を傾げる。

「…………あぁ、えっと……」

「それとも一緒に入る？」

潤斗が何気ない様子で問いかける。彩香は、ぶんぶんと首を大きく振る。

「いえ。大丈夫ですっ！　一人で入れますっ！」

そう宣言して、一人バスルームへと向かった。


——広いお風呂。

よくある長方形ではなく円形をした湯船は、彩香が片端にもたれかかって足を伸ばしても爪先が反対側に届かない。ここまで広々としていると逆に落ち着かず、彩香は湯船の中で膝を抱えた。

——ジャグジー機能も付いてる。好きな入浴剤を入れて、のんびり入ったら気持ちいいだろうな。

膝に顔を埋めて鼻まで湯に沈めていた彩香だったが、がばっと顔を上げて大きく息を吸った。

「私のバカっ！　男の人と一緒に暮らすって意味を、なにも考えてなかったでしょっ！」

そう叫びながら、顔を洗うように両手で頬を叩いた。

——昼間、久松さんが気にしていた家具って、きっとベッドのことだったんだ……

少し一緒に暮らしてみて、久松さんの好みも理解して……

俺、そんなに特殊な趣味とか好みとか無いから、君の好きにすればいいよ？　というか、使うのは君なんだし……

一緒に暮らすんだから、そういうことは一緒に楽しむべきだと思います……

ああ……まあ、そう言えば、そうなんだけど……

私、頑張りますから……

積極的だね……


昼間の会話を頭の中で再現した彩香は、声にならない悲鳴をあげながら再び湯に顔を沈めていく。そうしてしばらくすると顔を上げ、また洗うように両手で頬を叩く。そんなことを幾度となく繰り返していると、備え付けのインターフォンから「お湯の中で寝ていない？」と潤斗の声がした。

「大丈夫です。もう出ます」

彩香がそう返すと、潤斗は「そう」と通話を終わらせた。

少しして、ようやくお風呂から上がった彩香は、パジャマに着がえ、タオルで髪を拭き、ふと自分の手に視線を向けた。手を握ったり広げたりを繰り返していると、先ほどこの手を包みこむように握ってくれた潤斗の手の感触が蘇《よみがえ》ってくる。

「……」

彩香は、ぎゅっと手を握りしめ、その拳《こぶし》に唇を寄せた。

麻里子が心配しているように、処女のままお婆ちゃんになる気はない。だとすれば、人生のどこかでこういう日を迎えるのは当然だ。その相手が潤斗であることは、そんなに悪いことではない気がする……

「うん。大丈夫」

彩香は、自分で自分を納得させるように頷いた。

◇　◇　◇

——さっきまで、あんなに眠たかったのに……

清潔なシーツの敷かれたベッドに潜《もぐ》り込んだ彩香は、部屋の薄暗い空気の中に大きく息を吐き出した。さっきまで襲ってきていた睡魔が嘘のように消えて、自分の鼓動がやけに耳に付く。

こういう時に、どんなふうに男の人を待てばいいのかわからない。覚悟を決めたはずなのに、怖くてしょうがない。

「……」

さっきお風呂で温めたはずの体から熱が逃げていく。窓の方を向いて背中を丸め、冷えた指先を温めるために左右の手を組み合わせる。

やがて、寝室の扉が開く音がした。

「——っ！」

「起きている？」

息を呑んで体を硬直させる彩香に、潤斗が遠慮がちに声をかける。丸めた背中の後ろでマットレスが揺れ、潤斗がベッドサイドに腰掛ける気配がした。彩香は「はい」と小さな声で答える。

「ライトは、消したままの方がいい？」

「……」

潤斗の手が毛布越しに自分の肩を掴むのを感じながら、彩香は無言で頷いた。

薄暗闇の中、彩香の動きを見逃さなかった潤斗は、「わかった」と言って、部屋の照明を点《つ》けることなくベッドの中に潜《もぐ》り込んできた。

「――っ！」

彩香の体に緊張が走る。

潤斗はそのまま大きな手で彩香の肩を引いて、仰向けにした。そうして腕でバランスを取りながら、押しつぶさないようにして彩香の上に覆《おお》いかぶさってくる。

向き合ってみて、彩香は彼が上半身裸であることに気付く。

「………っ……」

自分を見下ろす潤斗の顔が、カーテンの隙間から差し込む月明かりに青白く照らされる。

洋服越しにも引き締まった筋肉の存在は感じていたけれど、こうして見ると潤斗の体はやはりたくましかった。この薄暗さの中でも筋肉の隆起がそれとなくわかる。そんな彼に、野性的な欲望混じりの眼差しで見下ろされていると、彩香は自分が捕食される側にいることを思い知らされてしまう。

「緊張している？」

ゴクリと唾を呑んだ彩香の喉の動きに、潤斗が問いかけてくる。

「………っ」

彩香は緊張で上手く声を出せず、無言のまま頷いた。潤斗は右手で彩香の頬を撫《な》でる。

「大丈夫だよ。優しく触るから」

そう言いながら、彩香の頬から首筋へと、ゆっくり手を移動させる。その手つきは確かにふわふわと優しい。だから体の力を抜いて——そう言いたげに、潤斗が彩香の目を覗き込み、優しく笑う。

——やっぱり久松さんって、綺麗な顔をしているな……

彩香は、こんな状況でもそう感嘆せずにはいられなかった。このしなやかな獣のような彼に、自分はどう扱われるのだろうか。

——任せて大丈夫。久松さんは、ひどいことなんてしない。

理解不能な面はあるが基本的には優しい潤斗のことだ。それは確信している。

彩香が自分を納得させていると、潤斗の顔が接近してきて、その薄い唇で唇を塞がれる。

クチュリッ……と、冷たく湿った感触が彩香の唇を痺《しび》れさせた。唇を合わせたまま潤斗が息を吐くと、その吐息が彩香の口内に触れる。

——ああ、これがキスなんだ……

互いの唇を通して、潤斗の呼吸がリアルに伝わってくる。

男性と付き合ったことのない彩香は、キスもこれが初めてだ。誰かの呼吸や鼓動を、これほど近くに感じたことはない。圧倒的とも言える潤斗の存在感に、目眩《めまい》を覚えずにはいられなかった。

潤斗が重ねた唇を動かすのに合わせて、彩香もまたおずおずと唇を動かして応じる。そうしているだけで、さっきまで冷え切っていた指先が熱くなってくる。

——久松さん……

「触っていい？」

「……」

彩香が無言で頷くと、パジャマの裾の方から潤斗の手が入ってきた。下着は付けていなかったので、柔らかな腹部に潤斗の手が直《じか》に触れる。

「——っ……ぁっ」

その手が腰のくびれを撫《な》でるようにして上に進む。やがてそれが胸の膨《ふく》らみに触れると、彩香は肩を跳ねさせ、体を横に捻《よじ》った。

潤斗はそんな彩香を後ろから包み込むように抱きしめる。そしてその柔らかい耳たぶを甘く噛んだ。痛みを感じるか感じないかのギリギリのライン。そうやって歯で捕らえた耳たぶを、今度は舌で弄《もてあそ》ぶ。

クチュクチュと粘《ねば》っこい水音を立てながら舌で撫でられると、彩香の全身に奇妙な痺《しび》れが走る。

「…………っぅ……」

喉の奥から声が漏れそうになったけれど、男性経験のない彩香には声を出すことがひどく恥ずかしく感じられて、じっと声を押し殺した。

潤斗は、そんな彩香の反応を楽しむように、さらに舌を耳に絡めてくる。

「やぁっ……くすぐったい……っ」

観念して声をあげると、潤斗は小さく笑って彩香の胸に添えていただけの手を動かす。

「冷たい肌だね。それに鼓動が速い。……緊張している？」

囁《ささや》くような声で問いかけながら、彩香の胸の膨らみを揉み始める。

「――っ！」

最初は痛みを感じるほどに強く揉まれたが、彩香が体を固くするとすぐに指の力は緩《ゆる》む。かと思えばまた力が込められた。

そんな風に大きな手で強く弱く胸を揉まれていると、痛みだと思っていたものが熱に変化していく。彩香の肌の変化を指先で感じているのか、潤斗が「熱くなってきた」と呟《つぶや》いた。

そして胸を揉んでいた指を少し浮かせ、今度は指先だけで彩香の胸の先端に触れる。

「あっ！ ……っ」

潤斗は右腕で彩香の体を抱き、左手の指先で右胸の先端を刺激し始めた。

ゆっくりと乳輪の上を這《は》う指が、不意にその乳首を捕らえる。

「硬くなってきた」

潤斗がそう言って熱い息を吐く。

「言わないで……ください」

言葉で教えられるまでもなく、潤斗の指先の動きで自分のそこが変化したのがわかる。

彼の指が動くたびに、全身をゾクゾクとした感覚が突き抜ける。それをどう処理すればいいかわからず、彩香は息苦しくなって背中を反らした。すると、腰の辺りに熱い存在が触れる。

「――っ！」

徐々に熱を帯びる自分の肌よりも熱い、潤斗の興奮。その感触に、彩香は再び背中を丸めた。

そんな彩香の体を抱え込み、潤斗は右手を彩香の下半身へと進める。

男性経験がない彩香にも、その手がどこに向かっているのはわかる。

パジャマの上から彩香の足の付け根に触れ、彩香の耳元に唇を寄せて優しく囁《ささや》く。

「大丈夫。……足の力を抜いて」

「はい……っ」

無意識のうちに足を強く閉じていた彩香は、その声に操《あやつ》られるように足の力を抜いた。すると潤斗の手が彩香の下着の中へと潜《もぐ》り込んでくる。

——……っ！

アンダーヘアに指が触れるだけでも、体はひどく緊張してしまう。潤斗はそんな彩香を宥《なだ》めるように、アンダーヘアーを指に絡めて弄《もてあそ》んだ。しばらく彼の指はそこの感触を楽しんでいたが、やがて彩香のさらに深い場所を目指して移動を始める。

「——っ！」

自分でもまず触れることのない場所への愛撫《あいぶ》に、彩香は唇を噛んで目を固く閉じた。

彼の指が、丹念に自分の割れ目を撫《な》でている。下から上へ、上から下へと繰り返し辿《たど》られると、自分の体の奥から熱いなにかが込み上げてくる。

「あっ……っくぅ……っ」

ムズムズと堪《こら》えようのない疼《うず》きに、意図せず声が漏れてしまう。それと同時に、触れている場所の奥からドロリと熱い蜜が溢《あふ》れ出してきた。

「ほら、濡れてきた」

彩香の体の反応をありのままに伝える潤斗の声。茶化《ちゃか》されているわけでもないのに、彩香は全身が熱くなるのを感じた。と同時に、秘所からはさらに愛蜜が溢れてくる。

潤斗は、徐々に量と濃さを増す彩香の愛蜜を指に絡めて、ゆっくりと秘所へと指を沈めていく。

──やっ……痛いっ……怖い……っ……っ！

長くしなやかな潤斗の指が自分の肉芽を撫《な》でながら、蜜襞を押し広げて分け入ってくる。その感触に彩香は体を強張《こわば》らせ、息苦しさに腰をくねらせた。

潤斗はゆっくりかき混ぜるように指を動かしながら、彩香の奥へと触れようとする。

「……っぁっ！」

その時、潤斗がふと何かに気付いたように息を呑み、指の動きを止めた。

「やぁっ……怖いっ！」

彩香は、自分でもよく知らない場所を触れられる恐怖に耐えかね、体を震わせた。潤斗は彩香の中から指を抜くと、そのまま背後から強く抱きしめてくる。

「ごめん。……もしかして、初めて？」

「…………」

彩香は無言で頷く。

「どうして言わないかな……。頑張るとか楽しむとか言うから、てっきりその気なんだと思ってた」

彩香を抱きしめる腕に力を込め、潤斗が「ごめん」と小さく謝る。

彩香にはその表情を確認することはできないけれど、彼の声音に後悔の色があることはわかった。

「大丈夫です。その……覚悟は、できています。だって、一緒に住むんだし。今のは、ちょっと痛くて怖くなっただけで、…………大丈夫です」

そう呟《つぶや》く彩香の髪に、潤斗のため息が触れた。潤斗はそのまま彩香の体を離すと、ベッドから抜け出そうとする。

「あの……？」

彩香も慌てて体を起こして、潤斗の手首を掴んだ。

潤斗はそんな彩香を振り返り、「今日はここまで。別々に寝よう」と優しく笑う。

「えっと……私、久松さんを、怒らせましたか？」

先ほど拒絶したのは自分の方なのに、自分が彼に拒絶されたような気分になってしまう。

そんな彩香に、潤斗はいつもの悪戯《いたずら》な微笑を浮かべる。

「このくらいのことで、怒るわけがないよ。ただ、その気のない女の子をその気にさせるのが面倒くさくなっただけ」

「大丈夫です。ちゃんと、覚悟はできています」

言いつのる彩香に、潤斗が困ったように息を吐く。

「俺、リビングのソファーで寝るよ。もともとそのつもりだったし。……明日、自分の好きなデザインのベッドを買っておいで」

やっぱり昼間に彼が気にしていたのは、彩香のベッドのことだったらしい。潤斗は最初から、彩香にその気がなければなにもするつもりはなく、寝室も別にする気でいたのだ。

男女が一緒に暮らすことの意味を深く考えず、同棲を始めた自分の幼稚さが恥ずかしくなる。

「じゃあ、私がソファーで寝ます。私が悪いんだからっ！」

慌ててベッドを出ようとする彩香のおでこを、潤斗が人差し指で押さえる。

「これは、誰も悪くないから」

「……私が悪いです……」

「そうやって意味のない罪悪感を持たれても、俺が困るだけだよ」

そんなふうに言われてしまうと、それ以上なにも言うことができない。

俯《うつむ》く彩香の頭を、潤斗がぽんぽんっと、軽いリズムで叩いた。その手の温かさに、彩香はさらに深く項垂《うなだ》れる。

「それに君は誤解している。男って確かにスケベな生き物だけど、セックスできればどんな状況でもいいってわけじゃないんだよ。それなりにこだわりがあるんだ」

「……」

「そして俺のこだわりとしては、罪悪感や妙な覚悟で抱かれようとする女の子とはセックスする気になれないだけだよ」

「でも、ごめんなさい……」

それでも謝ってしまう彩香の耳に、潤斗の優しい息遣いが触れる。

「謝る必要はないって。俺のこだわりの問題だから」

潤斗はそう言って笑う。自分の頭に触れる彼の手を、彩香は俯《うつむ》いたまま掴んだ。

「…………っ」

「俺が悪いんだから、君が泣く必要もない」

シーツに水滴が落ちる。潤斗は掴まれている手で彩香の頬を撫《な》でた。その仕草にまた泣きたくなる。

「でも、久松さんが、ソファーで寝ちゃ駄目です」

「そういうのは、ズルイよ。このまま君にソファーに行かれると、俺が意地悪しているみたいになる。かと言って泣かれちゃうと、俺もソファーに行きにくい」

そう言って彩香の頬を撫で続ける潤斗は、「だから、泣き止んで」と、今度は彩香の背中に手を回してぽんぽんと優しく叩いた。

「……だってっ……ぅっ婚約したん……だし」

彼の遠まわしな優しさに、涙が止まらない。そんな彩香に、潤斗がまた優しく囁《ささや》く。

「大丈夫だよ。君を抱きたくないわけじゃなくて、今日じゃなくていいと思っただけだから。だって一緒に暮らしているんだから、いつでも機会はあるだろ。ただ今日は……俺が面倒くさいだけだよ」

喉を詰まらせるように泣いていた彩香は、「じゃあ……それは、いつ……ですか？」と途切れ途切れに質問する。すると、潤斗が少し考えて答えた。

「そうだな……じゃあ、君が俺のことを苗字じゃなく、名前で呼ぶようになったら？」

半疑問形の口調につられて顔を上げると、潤斗が「だって、セックスの最中に『久松さん』って呼ばれたら引くし」と笑う。その言葉に、どう返せばいいのかわからない。

そう言えば彼は自分のことを『彩香』と呼び捨てにせず、『君』とだけ呼んでいる。けれど、こういうことをする時にそんな呼び方をされるのは自分だって嫌かもしれない。

そんなことを考えているうちに、ついさっき触れていた潤斗の唇の感触が蘇《よみがえ》ってくる。

「……」

顔を赤らめて黙り込んでいると、潤斗が「だから今日は、もう眠ろう」と言ってベッドに押し倒してくる。

「きゃっ！」

小さな悲鳴をあげると、潤斗が強く抱きしめてきた。

「もういいよ。……ソファーに行くのも面倒くさくなったから、今日はこのまま一緒に眠ろう」

頭のてっぺんに「なにもしないから」と優しくあやす潤斗の吐息が触れる。その感触が、くすぐったくて心地いい。

その心地よさに身を委《ゆだ》ねながら瞼《まぶた》を閉じると、どこかに行ってしまったと思っていた睡魔が戻ってきた。

「……久松さん」

眠気を含んだ声で彼を呼ぶと、潤斗が「ん？」と返事をする。

「私が、久松さんのことを名前で呼ぶようになったら、久松さんも私のことを『君』じゃなく、名前で呼んでくれますか？」

「……ああ、そうだね。そうするよ」

潤斗が頷くと、彩香は「よかった」と呟《つぶや》いた。そしてそのまま眠りの世界へと入っていく。

◇◇◇

——子供みたいだな。

潤斗は眠る彩香の頬から軽く髪を払って、小さく笑う。さっきまで怯《おび》え切った顔をしていたくせに、なにもしないと言った途端、こんなに安らかに熟睡するなんて……

潤斗の胸に、愛おしさと憎らしさが混ぜこぜになった感情が込み上げてくる。

「…………」

ふと、頬を抓《つね》ってやりたい衝動に駆《か》られたけれど、さっき『なにもしない』と宣言した以上、我慢しておく。ましてや頬に口付けをするなんて、許されるわけがない。

男なのだから、多少は好感を持っている女の子の無防備な寝顔に、なにも感じないわけがない。けれどさっきの彼女の姿を思い出すと、そんな本能的な欲望はたやすく理性に押さえ込まれる。

——こういうの、切ないんだよ。

相手に求められているからと自分の本音を押し殺し、相手の求める形に自分を嵌《は》め込もうとした彩香。その姿が、子供の頃からの自分の姿に重なって苦しい。

「君は、覚えている？」

君のなにげない一言が、俺の心を救ったことを——とは、言葉にしない。

問いかけるまでもなく彩香が自分を覚えていないのは、あの階段で〝再会〟した時から気付いている。自分を見下ろす彩香の顔には、少しの懐かしさも浮かんでいなかった。

「バカだな……」

自分はそんな小さなことを気にするような、面倒くさい性格をしていない。そんな性格では、久松家の跡取りは務まらない。

そう投げやりに息を吐いた潤斗は、彩香の髪を指で弄《もてあそ》びながら、彼女と〝初めて〟出会った日のことを思い出した。

◇　◇　◇

彩香に初めて出会ったのは、ちょうど一年前。その頃の潤斗は、新しく展開した若い女性向け軽自動車の発表会に向けて、下準備に忙殺《ぼうさつ》されていた。

新車発表における機密保持の重要性は、既存車のモデルチェンジとは比べ物にならない。

エンジン形態、デザイン、燃費、価格、狙うべき客層、ＣＭキャラクター。ライバル社に出し抜かれないためにも守るべき情報は山ほどある。しかもちょうど同時期に、ライバル社も同クラスの新車を発表するという情報を入手していたので、社内の緊張感は半端なものではなかった。当然、プロジェクト推進の中核を担《にな》う潤斗の負担も大きい。

「大丈夫ですか？　お疲れのようですが……」

新車発表会の当日、会場に入っていた潤斗は、体調を心配するような女性社員の言葉にわずかに目を見開いた。そんな潤斗の腕に、女性社員が手を触れてくる。彼女の纏《まと》う甘い香りと媚《こ》びた笑みが、疲れた脳に不快な刺激を与えてくる。

潤斗は面倒くさそうに息を吐いて、髪を掻《か》き上げるついでに彼女の手を払う。

「さあ、どうかな？　疲れを気にするのが面倒くさいから、気にしてなかったな」

「専務ったら、また……」

女性社員は続く言葉を声にすることなく、甘えたように笑う。

潤斗の極度のものぐさは、家族だけでなく社員たちも知るところだ。『面倒くさいからこそ、効率よく仕事を片付けたい』という理念と、それを実現するだけの処理能力の高さを承知しているので、彼女も潤斗がそこまで疲れているとは思っていないのだろう。だからこそ、続くねぎらいの言葉が出てこないのだ。

それでいい、と潤斗は一人頷く。誰かに労をねぎらわれたところで、自分の置かれている状況は変わらない。だから、気遣われるのもわずらわしい。

「私にできることがあったら、なんでも言ってください。私、専務のことを、心から心配しているんです」

彼女の形ばかりの言葉に、潤斗が苦笑いを浮かべる。

——もし俺が『死にそうだから、この仕事代わってください』って頼んでも困るだけだろう？

そんな言葉を、心の中だけで呟《つぶや》く。

別に仕事が嫌いなわけではないが、時々どうしようもない息苦しさを感じるのは事実だ。

久松家の長男として生まれた時から、唯一無二の存在としてヒサマツモーターを背負う運命にあることは承知している。

他にスペアのない存在。だからこそ小さい頃から、どんなワガママも聞いてもらえたし、欲しい物も与えられてきた。そして大人になった今は、欲しい物を自由に買えるだけの収入がある。

深く自分を知ろうとしない人には、自分がなに不自由なく育った『幸福な王子様』に見えるだろう——潤斗は早いうちからそのことに気付いていた。

できることなら、そんなふうに自分を羨《うらや》む人々に問いかけてみたい。その『幸福な王子様』として生きる代わりに、自分の人生の全てを差し出す覚悟があるのかと……

大人たちが自分の望みを叶えるのは、自分が『ヒサマツモーターの王様』の玉座から逃げ出さないようにするためだ。だからこそ、なにかを望むことが怖かった。願いが叶えられるたびに、その甘い鎖《くさり》が自分に絡みついて、自分から自由を奪っていく気がした。

そして自分は、その鎖を無理やり振りほどけないぐらいに、家族や会社に愛着を持っている。

時々無性に自由に生きたいと思う時があるけど、周囲に迷惑をかけてまで手に入れるほど、その自由に価値があるとは思えない。それに、望んでも手に入らない〝自由〟について考えるのは無駄なことだ。考えるのも面倒くさい。

──そんなふうに思った時から、潤斗の中でなにかが変わった。

どうせ叶うことはないのだから、別の生き方を願うことさえも『面倒くさい』と切り捨てて、心に蓋《ふた》をしてしまおう。なにも求めずに、ヒサマツモーターの王子様として生きた方が、きっと楽だ。

女性社員の〝心配〟のせいで余計なことまで思い出し、潤斗は息を吐く。そして、

「……私のことは、気にしなくていい」

と言って軽く手を上げ、女性社員から離れた。それから一人になれる場所を探して会場の裏の通路を歩く。

そこでふと、おかしな物を見つけた。

──花束が、歩いている？

思わず首を傾げたが、すぐに大量の花を抱える細い腕に気付いた。花に隠れるようにして栗色の髪が揺れている。

ひょこひょこと歩く花束の進行を妨《さまた》げないように、潤斗は通路の壁に背中を寄せる。すると花束の中の頭が小さく会釈《えしやく》して前を通り過ぎていった。

その瞬間、甘い花の匂いが潤斗の鼻孔《びこう》を刺激する。

条件反射のように深く息を吸い込むと、疲れ切っていた脳に生花の匂いが心地よく染み渡った。

香水のような人工的な要素のない匂いを一人静かに楽しんでいると、花束の中の頭──ではなく

持ち主が足を止め、潤斗の方を振り向いた。どうやら女性のようだ。

「ヒサマツモーターの方ですか?」

花束の隙間から覗く彼女の目が、潤斗の襟元にある社員バッジに向いている。

「まあ、そうです」

頷く潤斗に彼女は、会場の花のレイアウト担当をしている、『ブラン・レーヌ』というフラワーショップの店員だと名乗った。名前は、桜庭彩香です、と。

「ああ……」

新車のターゲットが若い女性なので、発表会を彩《いろど》る花は若い社員からすすめられたフラワーショップに頼んだ——そう部下から報告されていたことを思い出す。個人経営の小規模な店だが、センスが良く、若い女性向けの雑誌で取り上げられたこともあると話していた気がする。

「この花、照明の妨げになるから撤去して処分するように言われたんですけど……」

花束を軽く揺らす彩香の言葉から、ゴミを捨てる場所を聞かれているのだと察する。そこでゴミ捨てのために用意したコンテナの場所を教えようとすると、彩香が「これで花束を作ってもいいですか?」と聞いてきた。

「花束?」

「駄目ですか?」

彼女はそう言って顔を上げたが、咲き誇る花に視界を遮《さえぎ》られて、お互いの視線が合うことはなかった。潤斗から彩香の顔がよく見えないのと同様に、彩香にも潤斗の顔はよく見えていないのだろう。

「いや。……駄目じゃないけれど、どうして？　なんのために？」

「もし問題がないようでしたら、会場を訪れた一般モニターの人が記念に持って帰れるように、小さな花束をいくつか作りたいんです。セロハンとかリボンとか、花束を作るのに必要な一式は持っていますから」

今回の発表会には、若い女性に人気がある俳優をゲストとして起用した。さらに発表会後には新車に対する簡単なアンケートに答えてもらうという名目で、一般モニターを抽選公募した。その結果、彼目当ての女性から驚くほど多くの応募があったと聞いている。そういった女性たちには既に記念品を用意してあるが、それと一緒に渡したいということらしい。

「構わないが……なんのために？　そんな無駄なことしなくても君の店には、最初に契約した通り、撤去した花の分も含めた金額が支払われるはずだが」

ある程度、レイアウトの方向性を決めてから業者に発注を掛けても、現場に入ってみないとわからないことは多々ある。彼女が言うように、照明の当たり具合などで、一度配置された装飾を主催者側が部分的に撤去させるのはよくあることだ。

こちらの都合で撤去させるのだから、そういった際には業者に最初の規定通りの料金を支払う。

「それはわかっているんですけど……このまま捨ててしまうのは、お花に申し訳ないから」

申し訳ない――という言葉が、潤斗の心に優しく触れる。『もったいない』ではなく『申し訳ない』。その言葉で、彼女の心が花に寄り添っているのがわかる。が、ひどく疲れていた潤斗は、それを素直に受け止められなかった。

「でも花束にしたところで、そのうち枯れて捨てられてしまうのは一緒だ。そんな無駄で面倒くさいこと、する必要なんかないとは思わないのか？」

そんな言葉にも構わず、彩香が花の向こうで頭を振る。

「ひと手間掛けることで、この子たちの存在をなかったことにしなくて済むんだから、面倒くさくなんかないですよ。……最初から存在しないのと、自分が楽をするために、そこにある存在をなかったことにしてしまうのとでは、意味が全然違います」

完敗だ――と、思った。

彼女のなにに、どう負けたのかはわからない。けれども、本能に近い場所で敗北を感じる。

どうせ誰も自分の気持ちに寄り添ってはくれない――そう拗《す》ねて、心に蓋《ふた》をしていた自分が少し恥ずかしくなった。と同時に、疲れてささくれていた心が癒《い》やされていくのを感じる。

「では、さく……君の、好きにすればいい」

自分の名前を聞こうともしない相手の名前を覚えていたことが面白くなくて、潤斗は彩香を『桜庭さん』ではなく、『君』と呼ぶ。それから「会場スタッフに、花束を作るためのスペースを確保させるから、ここで待っていて」と言い残してその場を去った。

そしてその先で捕まえた社員に、彩香の申し出の件と、一般モニターが帰る際には彼女の作った花束も一緒に渡すよう伝えたのだった。

◇　◇　◇

――あんな出会い、いちいち覚えている方がおかしいか……

潤斗は、彩香の髪から手を離してシーツに顔を埋める。

あの日、彩香が用意した花束を、モニターの女性たちは喜んで持ち帰っていた。次々に手に取られる花束たちに、彩香がそっと手を振っていたのを覚えている。潤斗はその様子を遠くから見ていたので彩香の顔を知っていたけれど、彩香にしてみれば、花に埋もれて短い会話をした男の顔など覚えてもいないだろう。その時は二度と会うこともないから、それでいいと思っていた。

――そう、思っていたのに……

どういう偶然か、見合いを断り続ける潤斗に、颯太が彩香との見合い話を持ち込んできた。颯太が彼女のことを知っているはずはないから偶然なのだろうが、見合い直前に釣書《つりがき》を見た時には心底驚いたものだ。

久松家の跡取りとして、いつかは結婚しなくてはいけないことは承知している。

それでも、香水の人工的な匂いを漂わせた女性たちの中から、生涯の伴侶《はんりょ》を決める気にはなれなかった。彼女たちが、全てを面倒くさいと言い切る潤斗に戸惑いつつも近付いてくるのは、明らかに潤斗個人ではなく、『ヒサマツモーターの次期社長』という肩書を見ているからだ。潤斗はそのことにも辟易《へきえき》していた。

外ではちゃんと久松家の跡取り息子を演じるから、家の中でくらいは自分でいたい。

――とは言うものの、面倒くさいからと無関心を決め込んできた私生活には、守るべきなにかさえ見当たらないのだけれど。

そんな時に舞い込んだ彩香との見合い話。あの日、疲れてささくれていた自分の心を癒《い》やしてくれた彼女となら、暮らしてみるのも悪くない気がした。そして彼女なら、この空っぽの私生活になにかを持ち込んでくれるかもしれないと思った。

――そのためには、俺も頑張らなくちゃいけないんだろうけれど……

今まで面倒くさいと全てのことを放置してきたので、なにをどう頑張ればいいのかわからない。特に恋愛に関しては、努力の方向性など皆目《かいもく》見当がつかない。とりあえず親しくなるところから始めたいとも思うのだけれど、その術《すべ》すらわからず、仲良くなるどころか同居初日から彼女を泣かせてしまった。

前途多難だとため息を吐いた潤斗は、それ以上考えるのも億劫《おっくう》になり、そのまま瞼《まぶた》を閉じた。

4　吊り橋効果？

桜庭家の朝は、一郎の作るお味噌汁の匂いで始まる。

栄養と愛情がたっぷり詰まったお味噌汁は、それ一品だけで十分朝のおかずとなり得る存在だった。しかもそれを屈強な男がエプロン姿で差し出してくるのだから、朝から胃に溜まる物が色々ある。父敏夫と彩香はその姿にこっそり苦笑しつつも、ありがたくいただいていたのだけれど。

——ああ、そうだ。お兄ちゃん、出張中だっけ……

無機質でなんの物音も匂いもしない朝の気配に、彩香はそんなことを思い出す。それじゃ今日は自分が朝ご飯を作ってお父さんを起こしてあげなきゃ……と、体を起こそうとしたけれど重くて動かない。

なにかが自分に絡みついている。その感覚に薄目を開ければ、すぐそこに潤斗の寝顔があった。

「——っ！」

自分の置かれている状況が理解できずパニックを起こしかけたけれど、一瞬遅れて潤斗と同居を始めたことを思い出した。

——ああ、そうだ……

昨日一緒に眠ることになった経緯を思い出して頬を熱くした彩香は、潤斗を起こさないよう注意しながら、自分に絡む彼の手足を解《ほど》いて体を起こした。

ふと、わずかに髭《ひげ》が伸びた潤斗の頬に触れてみると、彼がお伽噺《とぎばなし》の王子様ではなく、生身の人間であることを実感する。

——お父さんとお兄ちゃん以外の男の人の寝顔、初めて見たかも。久松さん、やっぱり綺麗な顔をしているな。

婚約も同棲開始もドタバタだったけど、今こうして彼の寝顔を見ていると、それだけで心がふわふわしてくる。この思いを愛情と呼んでいいのか、恋愛経験のない彩香にはわからない。けれどこの人の腕の中にいるのは、まるで暖かな陽だまりの中にいるようで心地よい。心地よすぎて頭の奥がくすぐったい。自分が彼のことをどう思っているのか上手く考えられない。

——……潤斗さん。

彩香は、心の中で彼の名前を呼ぶ練習をして、その左頬にそっと口付けをする。それからベッドを抜け出した。今日の朝は一緒にモーニングを食べに行く予定だ。

——昨日頼んだ家電とか雑貨、今日の夕方に届くんだよね。

それらの荷物は早めに帰った潤斗が受け取ることになっている。

昨日と今日は料理ができないけれど、明日からはちゃんとご飯を作ろう。それに彼が望むなら、お弁当も作ろう。

そんな風に家族になる準備をしてから、昨日の続きをすればいい。

そうやって一歩一歩進んでいくことが、自分にとっての、『互いに恋愛感情を持つ』というミッションをクリアする方法だ。

◇　◇　◇

ヒサマツモーター本社の潤斗のオフィス。そこで書類に視線を走らせていた潤斗は、今朝自分の頬に触れた彩香の柔らかな唇の感触を思い出し、その場所を指で撫《な》でてみた。もうお昼過ぎだというのに、朝の余韻《よいん》が消えない。

――あれは、どういう意味だったのだろう？

実は彩香の起きる気配で自分も目覚めていたのだけれど、いつの間にか彩香を抱きしめていたことが恥ずかしくて、そのまま狸寝入《たぬきねい》りを決め込んでいた。すると、彩香の唇が自分の頬に触れた。

――昨日はあんなに怯《おび》えていたのに、意味がわからない……

口付けされた潤斗はどう反応すればいいかわからず狸寝入りを続け、彩香が部屋を出ていくのを待った。これが颯太なら、口付けの意味も理解して、上手に対応できるのだろう。

――不覚にも、颯太を羨《うらや》ましく思う日が来るとは……

潤斗が忌々《いまいま》しく思いながら息を吐くと、扉をノックする音が聞こえた。

そして返事をする前にドアノブが動く。それで潤斗は来訪者が誰なのか察した。

「颯太、勝手にドアを開けるなって、何度も言っているだろ」

――そして受付も秘書も、勝手にこいつを通すな。

心の中でそう悪態《あくたい》を吐く。いくら自分の学生時代からの友人で、両親である社長夫妻とも親交が深いからといって、フリーパスで通してしまうのはいかがなものかと思う。

潤斗が掌《てのひら》をひらひらさせて追い返すジェスチャーをしているにもかかわらず、颯太は花束片手に扉の内側へと体を滑り込ませてくる。

「この近くに用があったから、ついでに遊びに来てあげたよ」

「会社は遊び場じゃないと、何度も言っているはずだ。学習能力のない……」

「僕が学ばないということを学ばない潤君も、学習能力がないね」

そうからかう颯太は、手にしていた花束を潤斗のデスクに置いた。青い花を基調にした花束は、落ち着きがあって好感が持てる。

「これは？」

「お土産《みやげ》。さっき玲緒さんの顔が見たくて、ブラン・レーヌに行ってきたんだ。それ彩香ちゃんに作ってもらった花束」

花束の花から竜胆《りんどう》を一本抜き取った颯太が、「君と違って、僕は暇だからね」と胸を張る。

「ふうん」

潤斗は、さして興味もなさそうに颯太の差し出す竜胆を受け取る。

「花を買うついでに、彩香ちゃんに君のこと色々と教えておいてあげたよ」

「……なにを？」

「そんな露骨《ろこつ》に嫌そうな顔をするなよ。僕が親友の悪口を未来の奥さんに言うわけないだろ」

「……」

信用できない――視線でそう答えた潤斗は「まだ、彼女と結婚すると決まったわけじゃない」と颯太の言葉を訂正する。

「あれ、そうなの？　結婚するつもりもない女の子と、婚約して同棲を始めたの？　ものぐさな潤君が？　珍しい……」

「うるさい。それより俺のなにについて話してきた？」

「ああ……。私立の小学校時代からの同級生だとか、お互いの利害関係が一致していて、その上、気が合うから今まで友情が続いている、とか。そんな他愛もない話だよ」

「…………俺は、お前と利害関係が一致していると思ったことはないが？」

呆れ気味の潤斗に、颯太が「まただ」と笑う。

「二人の長い歴史を思い出してみなよ。小学校の時から孤立しがちだった潤君に、中学校時代声をかけて友達になってあげたのは僕だったよね？　それから、僕がいつも潤君を窮地《きゅうち》から救ってきたんじゃないか」

「よくも……」

――よくもそこまで自分に都合よく記憶を改ざんできるな。

と、潤斗はため息を吐く。

確かに中学生の頃、颯太に『友達になろう』と声をかけられた。それは間違いない。

だがその時颯太は、『潤君って、ハンサムで育ちが良くて女の子に人気があるよね。だから僕、潤君と友達になろうと思うんだ』と言ってきたのだ。そして唖然《あぜん》とする潤斗に、『だって潤君と一緒に行動すれば、女の子の視線が僕にも集まるだろ。それに潤君って面倒くさがり屋で、執着心ないから、女の子の取り合いになる心配がないと思うし』と告げて、押しかけ嫁ならぬ押しかけ友人になった。それで追い払うのも面倒で、そのままずるずると付き合いを続け、結果、今に至る。

訂正したい点はもう一つある。

「俺には、お前に窮地を救ってもらった記憶はないが？」

「潤君が女の子からラブレターを受け取ったり、告白に呼び出されたりするたびに、僕が代わりに断りに行ってあげたじゃないか」

「ああ、そのついでにその女の子を片っ端から口説《くど》いていたな」

「ああ……そんなこともあったね」

気まずそうに笑う颯太が、「でも全員じゃないよ」と言い訳する。

「あれはどう考えても、中学生になって女子に興味を持つようになったお前が、俺を利用していただけだと思うが」

呆れる潤斗に、颯太は「失礼な。僕は本当に、潤君の親友のつもりだよ」と胸を張る。

「だから今回友情の証《あかし》として、君に最高のお見合い相手を見つけてきてあげたんじゃないか」

玲緒を口説く口実として仕組んだ見合いのくせに、恩着せがましい——とも思うが、それを口にするのもアホらしい。

「わかったよ。……感謝してやるから帰れ」

潤斗は手にしていた竜胆《りんどう》をデスクの隅に置き、追い払うようにまた掌《てのひら》をひらひらさせる。

そんな潤斗に、颯太が「本当に帰っていいの？」と意味ありげな笑みを浮かべる。

「なにが言いたい？」

「いや僕としては、潤君が恋の達人である僕に、彩香ちゃんと仲良く暮らすためのアドバイスを求めたいんじゃないかと思ったんだけど？」

「誰が……」

お前なんかにアドバイスを求めるか、と言いかけて、その言葉を呑み込む。

失恋も恋愛としてカウントできるのであれば、確かに颯太は恋の達人だ。そして、そんな颯太のアドバイスを実践したところ、彩香と婚約までこぎつけられたというのもまた事実。

「ほら、なにか聞きたいことがあるんじゃないか？」

だからと言って、こんな風に言われて教えを乞《こ》うのも癪《しゃく》に障《さわ》る。

不満げに黙り込む潤斗に、颯太はやれやれとばかりに首を振る。

「まず女の子と仲良くなりたいのなら、男は聞き役に回ることが大事だ」

「……」

「女の子の好みはそれぞれだから、まずは相手の話をよく聞いて、彼女がなにを好きなのか理解するところから始めていくんだ」

「それなら問題ない」

自分が話すのは面倒くさいが、彩香が話したいなら好きなだけ話せばいい。よほど忙しくなければ、それを聞くだけの度量はあるつもりだ。

自信を持って頷く潤斗に、颯太は先ほどの竜胆《りんどう》を手に取りながら「わかってないな」と言い放つ。

「女の子との会話に、沈黙は禁止だよ。……女の子は聞いてほしくて話すんだから、聞き役である男は、彼女が気持ちよく話せるように相槌《あいづち》を打つ義務がある」

「ぎ……む……」

「そんな面倒くさそうな顔をしない。女の子の話は情報の宝庫なんだから、ありがたく拝聴する気持ちで聞かなきゃ。ちゃんと相手の目を見て、一言一言に相槌を打ってあげるんだ」

「情報？」

「そう。女の子の話を聞くことで、彼女の趣味や好み、それに今プレゼントとして贈れば喜ばれる物なんかがわかってくるんだから」

「そんなこと、知りたい時に直接聞けばいいだろう」

すると颯太は、自身のジャケットの胸ポケットに竜胆を挿《さ》してから指を左右に振ってみせた。

「そんな色気のないやり方じゃダメだ。女の子と仲良くするためには、戦略を立てなきゃ。そのためには、情報収集は欠かせない」

「なるほど……」

仲良くなるための情報収集。それがミッションをクリアする有効な方法か——そう考えると、彩香の話を聞いて相槌を打つことに必要性を感じる。

納得した潤斗は、小さく咳払いをして颯太を見上げる。すると颯太は、ふふん、とばかりに続けた。

「他に質問があるなら、受け付けてあげるよ。なにせ僕と潤君は、親友だからね」

——こいつはこれだから……

呆れはするものの、潤斗には他に助言を求める相手がいない。

「……ほかにアドバイスがあるなら……聞いてやってもいいが？」

「さすがヒサマツモーターの御曹司《おんぞうし》。ブレないね」

「……」

「しょうがないな～。まあ、親友だから、その聞き方で妥協《だきょう》してあげるよ」

「……別に、どうしても聞きたいわけではないし………」

「またまた、無理しちゃって」

「無理はしていないが、話さないのなら帰ってくれ」

「本当は、知りたいんでしょ？　女の子と会話を弾ませるコツはね、『キコリの歌』だよ」

「キコリ？　……の、歌？」

これは胡散《うさん》くさいかもと、潤斗は眉間に皺《しわ》を寄せる。

「そう。キコリは木を切る時に、『へい、へい、ほ～』って口ずさんで、リズムを取りながら斧《おの》を振るうんだ。そうすることで、彼らは効率よく目の前の大木を倒すことができる」

「聞いたことのない話だが？」

「それは潤君が世間知らずだからだ」

「……」

——いや違う。そんな感じのかけ声をなにかで聞いた気がするが、キコリが木を切るためのものじゃなかった気がするだけだ。颯太は胡散くさそうな潤斗の視線にも構わず、持論をくり広げる。

「だからキコリさんの効率の良さに学んで、女の子が話している間、『へい、へい、ほ～』って歌っていればいいんだよ。ただし、節《ふし》を現代的に『うん、うん、それで』とかに置き換えて、そのテンポを相手の話すリズムに合わせることを忘れちゃ駄目だよ」

「……」

――なんだかどうでも良くなってきた。

途中から完全に興味を失っている潤斗に、颯太は「あと吊り橋効果っていうのも、よく効く方法だよ」と言って、人差し指を立てて見せる。

「吊り橋効果？」

「一緒に恐怖体験をすると、相手との親密さが増す……っていう説のこと。手っ取り早い方法だと、ホラー映画を一緒に見るとかが有効らしいよ」

「ふうん」

ぼんやりと考え込む潤斗に、颯太は「これも興味ない？」とつまらなそうに唇を尖《とが》らせる。

「それじゃあねぇ………」

「いや。もういい、話を聞くだけ時間の無駄だ」

潤斗が煩《わずら》わしそうに三度《みたび》右手をひらひらさせると、颯太が腕時計に目をやる。そして「お、ちょうどいい時間」と呟《つぶや》き、潤斗に背中を向けた。

どうやら、誰かとの待ち合わせまでの暇つぶしのためにここに寄ったらしい。

「じゃあ、時間がきたからバイバイ」

「颯太」

ドアノブに手を掛ける颯太を、潤斗は呼び止める。

「ん？　なに？」

「参考までに聞きたいんだが、女子が付き合ってもいない男の頬にキスするのは、どんな時だと思う？」

颯太は、チラリと天井を見上げてから肩をすくめる。

「欧米の文化圏で育ったんじゃないの？」

そのとぼけた表情を見るに、本気で答えていないのは明白だ。

「…………なるほど。まったく参考にならない参考意見をありがとう」

「どういたしまして」

「ところで颯太。俺は、真っ昼間から胸に花を挿《さ》して堂々と歩く男を友達とは認めんぞ」

その言葉を聞くと、颯太は胸ポケットから竜胆《りんどう》を抜き、扉近くのチェストの上に置く。

「潤君との、友情の証《あかし》」

颯太はヘラリとした笑みを残して、扉の向こうに姿を消した。

潤斗はため息を吐くと、一人残されたオフィスで鍵付きの抽斗《ひきだし》から書類を取り出す。

見合い前に一通り目を通したつもりだったが、見落とした点があったのかもしれない。そう思って、彩香の釣書《つりがき》を読み返す。だが、彼女が欧米の文化圏で育った記録はない。

「やっぱり、日本生まれの日本育ちの日本人だし。では……」

潤斗は訳もわからないままに、自分の左頬を再び撫《な》でる。

そうして先ほど颯太が示した〝彩香と仲良くなる方法〟をもう一度考え直していた。

◇　◇　◇

コンシェルジュの出迎えに恐縮しながらマンションのロビーを通過した彩香は、エレベーターで最上階まで上る。そして潤斗から貰った鍵で部屋の扉を開け、「お邪魔します」と言って中に入った。

そのままリビングに向かうと、先に帰宅していた潤斗に「おかえり」と出迎えられる。

「ただいま……です」

そう応《こた》えつつも、ここが自分の家なのだという事実がなかなか受け止め切れない。

「君の家から、荷物が届いていたよ」

ソファーに座る潤斗が、膝に載せたパソコンを操作しながら言う。見るともなく画面を見ると、どうやらネットでチェスを楽しんでいるらしい。

「ああ、ありがとうございます」

新生活を始めたばかりだからと玲緒が早く上がらせてくれたが、荷物の方が先に届いてしまったようだ。昨日頼んだ家電は、まだ届いていないらしい。

「とりあえず、君の荷物は空いている部屋に適当に運んでおいたけど、気に入った部屋を自分の部屋にすればいいよ。……ん？　どうかした？」

潤斗がパソコンから視線を離して彩香を見た。彩香が自分をじっと見ていることに気付いたらしい。

けれど。


「いえ。なんでもないです」

彩香は首を横に振ってそう答える。実のところ、あることが気になって潤斗を見つめていたのだ

――久松さんって、本当は面倒くさがり屋じゃないんじゃないかな？

昨日も思ったことだけど、潤斗が極度の面倒くさがり屋なら、彩香に代わって宅配の荷物を受け取ったり、受け取った荷物を部屋に運んだりはしない気がする。

でもそれを本人に問うのは失礼な気がして、言葉を濁《にご》してしまった。

すると潤斗は、特に気にする様子もなく話題を変えた。

「そう言えば、ベッドはどうした？」

「ああ……」

今朝、潤斗がベッドを買うようにと、あの黒光りするクレジットカードを預けようとしてきた。彩香が断ると、次に彼は、自分の名刺と、いくつか家具店の名前が書かれたメモを渡してきた。それらの店で買えば、請求は後で自分に回されるからと言って。

黙っていると、潤斗が確認してくる。

「今日中に届く？」

だが彩香は首を横に振り、「買ってないです」と答えた。

「どうして？」

「えっと……このままじゃ駄目ですか？」

「……？」

潤斗が不思議そうに彩香を見る。彩香は恥ずかしくなって視線を逸《そ》らすものの、ぽつり、と自分の考えを話した。

「久松さんのベッド広いし、このまま、久松さんと同じベッドで寝ちゃ駄目ですか？」

今朝、潤斗の腕の中で迎えた目覚めが心地よくて、また彼の腕の中で眠りたいと思った。

それはワガママだろうか——と弱気な視線を向けると、潤斗は困ったように「それは、ミッションクリアに必要なこと？」と確認してくる。

「はい。………たぶん」

頷く彩香に、潤斗は「じゃあしょうがない」と大きく肩をすくめて、悪戯《いたずら》な微笑を浮かべる。

「でも俺、面倒くさがりだから、我慢するのを面倒くさいって思ったら、こだわり云々《うんぬん》は無視して、昨日の続きをしちゃうかもしれない」

「………っ」

彼の言葉がどこまで本気かはわからない。けれど潤斗にその表情を見せられると、どうしても緊張して鼓動が速くなってしまう。

彩香は思わず自分の胸を押さえたが、すぐに大丈夫と微笑を浮かべる。

——きっとこの人は、相手の嫌がることを無理強いしたりしないと思う。

まだ知り合って間もないけれど、彼の些細《ささい》な言動からそう確信できる。

——だからきっと昨日の続きをする時は、私が彼に恋愛感情を抱《いだ》いた後だ。

「大丈夫です。久松さんのこと、少しは理解していますから。久松さんは、人が嫌がるようなことしませんよ」

「……」

自信を持って宣言すると、潤斗がまじまじと彩香を見つめてくる。その頬は気のせいか、少し赤い。

彼が初めて見せたそんな表情に、彩香もつい見つめ返してしまう。

ふと、潤斗は気恥ずかしそうに視線を逸《そ》らし、無言のままパソコンのマウスを操作し始めた。どうやらチェスを再開したようだ。

――え、まさかのスルーですか？

先ほどの照れたような表情に、なにかしらの反応を期待していた彩香は思わず彼を睨《にら》んだ。だが潤斗がそんな彩香の視線に気付く様子はない。というか、随分とマウスをカチカチと鳴らしている。負けそうなのだろうか。

「あ、負けた……」

動揺した様子で呟《つぶや》く潤斗に、彩香は「少しいい気味かも」と心の中で舌を出した。

それから、届いた荷物の荷ほどきでもしようかと踵《きびす》を返すと、潤斗が「ちょっと待って」と呼び止めてきた。

「ここに座って、少し話さないか？」

潤斗は、彩香に自分が座っているソファーの隣を示す。

「……いいですけど」

潤斗から話をしようだなんて珍しい。彩香は内心驚きながら、ソファーに腰を下ろした。

――この人、本気で誰かを家に招くつもりがなかったんだろうな。

幅広でゆったりと座れるソファーは、本来いくつかのソファーとセットで売られていそうな気がするが、ここには三人掛けのこのソファー一脚だけ。彩香が座ると、ガラステーブルを挟んで大型テレビと向かい合う形になる。彩香は、電源の入っていない黒いテレビ画面に映る自分と潤斗の姿をなんとはなしに眺めた。

「なにか話して」

潤斗は膝に載せていたノートパソコンを閉じてガラステーブルに置くと、彩香の方を向いた。

「なにかって、なんですか？」

「君が話したいことでいいよ」

――少し話さないかって、私が一方的に話せって意味ですか⁉

相変わらず潤斗の考えていることは、いまいち理解できない。そう呆れながらも、彩香はなにかなかったかと会話のネタを探す。

「そう言えば……今日お店に、永棟さんが来ました」

「うん」

「それで、花束を買ってくれました。久松さんに持っていくって言っていたから、青を基調にした花束にしました」

「うん」

「気に入ってもらえたなら、嬉しいです」

「それで？」

「それで……？　気に入らなかったですか？」

その問いに不思議そうに首を傾げていることから察するに、別に彩香が作った花束に不満があるわけじゃないらしい。

——ていうか、なんでガン見……

ソファーに並んで座る潤斗の視線が、真剣すぎてちょっと怖い。

「じゃあ次のこと、話して」

「次？　次ですか？　……そうですね」

有無を言わさぬ気迫で別の話を要求されて、彩香は記憶を辿《たど》る。

「あっ！　今日、仕事をしている時に、ずっと誰かに見られているような気がしたんですよ」

「うん」

「なんだか気になって、周囲を確認したんですけど誰もいなくて、なんかちょっと怖かったです」

「うん」

「そういう感じがする時って、ありますよね」

「それで？」

「それで……、特になにもありませんでした」

「そう。じゃあ、次のこと話して」

「次……」

——だからなんでガン見……

これ以上見つめ合うことが気まずくて、彩香は床に視線を落とした。視界の端を、お掃除ロボットがのんびり移動していく。

——なんだろうこの状況。シュールすぎる。

なんだかおかしくなってきた彩香に、潤斗が「俺を見て話して」とまた催促《さいそく》してくる。

「……」

仕方なく顔を上げると、潤斗が相変わらず真剣な眼差しを自分に向けている。

——もしかして、なにか怒っているのかな？

——あ、やっぱり寝室を別にしたいのかも。

先ほど一緒に眠りたいと言ったのは、やはりワガママだったのかと急に不安になってくる。

「あの……怒っていますか？　それとも、寝室はやっぱり別の方がいいですか？」

「え？　なんで？」

潤斗が、驚いた様子で彩香を見た。どうやら怒っているわけでもないらしい。

「じゃあ、なにか私に話してほしいことでもあるんですか？」

「別に」

軽く首を横に振る潤斗に、彩香は両手で頬を包んでこめかみを押さえた。

――相変わらず、久松さんの考えていることが理解できない。

悩む彩香を前に、潤斗が「じゃあ……」となにか言いかけた時、ドアチャイムの音が響いた。

インターフォンで来客を確認すると、家電の配送業者だった。家に招き入れて設置をしてもらっていると、その間に雑貨屋で買った商品も届き、部屋はたちまち慌ただしくなる。

波が引くように業者たちがぞろぞろと帰っていくと、室内はまた静かになった。

ものぐさとはいえ、実物を目にすると興味が湧くのか、潤斗はキッチンで炊飯器の時間設定をしつつ説明書に読みふけっている。そんな彼を少し微笑ましく思いながら、彩香は新しい洗濯機を見に洗面スペースに向かった。

「ん？」

彩香が取扱説明書を片手に、設置されたばかりの洗濯機の基本的な操作を確認していると、不意に誰かの視線を感じた。

潤斗も新しい洗濯機を見に来たのだろうかと振り返ってみたけれど、そこには誰もいなかった。代わりに、お掃除ロボットが一台廊下を移動していく。

彩香はホッと息を吐いて、その丸いフォルムを見送った。

「勘違いか……」

そう言えば、昼間も誰かの視線を感じたが、特に怪しい人影はなかったのだった。

環境が変わったばかりで、神経が過敏になっているのかもしれない――そう納得した彩香は、洗濯機の操作を一通り確認すると、洗面スペースを出てキッチンに向かった。

パタパタとスリッパを鳴らしながら廊下を歩き、使われていない部屋の前を通り過ぎた時、彩香の背後で音もなく扉が開く。そして中から姿を現した人影が、彩香の腕を掴んだ。

「……っ！　キャア――っ！」

突然のことに悲鳴を上げた彩香は、次の瞬間、腕を掴む人物の姿に別の意味で驚いた。そしてそのままへなへなと廊下に座り込む。

彩香の悲鳴に、リビングにいた潤斗も駆《か》けつけてきた。

「どうしたっ！　………あれ？」

廊下に立つ人物の姿に、潤斗が意表を突かれたように目を見開く。

そこにいたのは、鬼のような形相をした一郎だった。仕事帰りなのかスーツを着ている。

一郎は彩香の腕を掴んだまま、潤斗を睨《にら》みつける。怒りのあまり話もできないのか、一郎が大きく息を吸い込む音だけが廊下に響いた。

「君が呼んだの？　会いたかったの？」

先日の喧嘩を見ているせいか、潤斗が意外そうな顔をする。彩香は、首をぶんぶんと横に振った。そんな質問をしてくるということは、潤斗が招き入れたわけでもないのだろう。

「……お兄ちゃん……どうやってここに？」

息を整えた彩香は、なんとか声を絞り出す。一郎は彩香の腕を離し、仁王立《におうだ》ちになって見下ろしてきた。

「出張から戻ってきたら、親父と麻里子おばさんから、お前の婚約と同居の話を聞かされた。だから迎えに来たんだ。……お兄ちゃんは、こんなこと認めんぞっ！」

声を荒らげる一郎に、彩香は「そうじゃなくて……」と唸《うな》る。突然のことに驚きはしたが、気持ちが落ち着いてくると、色々と問いつめたい気持ちが湧いてくる。

「そうじゃなくて、どうやってこの部屋に忍び込んだの？」

彩香は、最初にこのマンションに入ってきた時、セキュリティの高さに驚いた記憶がある。

暗証番号を入力するか、マンション内の住人の認証を受けてロックを解除してもらわなければエントランス内に立ち入ることもできないし、入ったところで見慣れぬ来訪者はコンシェルジュに訪問先を確認される。

だから誰も招き入れていないのに、一郎がどうやって部屋まで入ってきたのか謎だ。

「さっき、洗濯機とか運ぶ人に紛れて入ってきた」

「お兄ちゃん、それ犯罪だから」

「で、落ち着くまで、その部屋で隠れていた」

「それも犯罪」

「ちなみに住所は、お前の部屋に残っていた宅配業者の送り状の控えを見た」

悪びれる様子もなく胸を張る一郎。

「それ、プライバシーの侵害……」

そうは言うものの、彩香は自分の荷物をこのマンションに送る際、送り状の控えを回収してこなかったことを悔《く》いた。が、後の祭りだ。

「そんなことよりお前、今、彩香のことを『君』呼ばわりしただろうっ！」

頭を抱える彩香を余所《よそ》に、一郎は潤斗の胸ぐらを掴んだ。

本来なら壁にでも押さえつけたいところだろうけれど、あいにくとここは広々とした間取りが売りの高級マンション。潤斗は、一郎に押されるままにひょいひょいと後退していく。

やがて開けっ放しになっていた扉を潜《くぐ》ってリビングに入ると、上手に体の角度を変えて一郎をソファーの前に誘導し、「まあまあ」と言いつつ足払いを掛けて、一郎の尻をソファーの上に着地させた。

二人を追ってリビングに入った彩香もそれを見ていたが、なんだかコントのようなやり取りだ。

あっさり座らせられてしまったのが恥ずかしいのか、一郎は悔しそうに体をソファーに沈めた。

ソファーが一脚しかないので、潤斗は一郎と向き合うべく向かいのガラステーブルに腰を下ろす。

彩香は、一郎を宥《なだ》めるためソファーの方に腰を下ろした。

「まずは、妹を『君』呼ばわりしたことを謝れっ！」

「先にお兄ちゃんが、久松さんに謝るべきでしょっ！」

抗議する一郎を、彩香が窘《たしな》める。だが一郎はふんぞり返るだけだ。

「それこそ、なんで俺が謝らなきゃいけないんだ」

そんな一郎を前に、潤斗が呆れた様子で髪を掻《か》き上げる。

彼は少しの間不機嫌そうに一郎と彩香を見比べると、ふとなにかを思いついた様子で例の悪戯《いたずら》な微笑を浮かべた。そして彩香に視線を据え、抑揚のない声でこう呼びかける。

「ハニー」

「――っ！」

「オイッ！」

予想外の呼びかけに赤面する彩香の隣で、一郎が絶叫して立ち上がる。それでも潤斗に殴りかかったりしないのは、これまで散々力負けしていたからだろう。

「と言うわけで、俺に妹さんを『ハニー』って呼ばせたくないなら、『君』でいいですよね、お兄さん？　それと座ってください。じゃないと、強制的に座らせますよ」

「お前に、お兄さん呼ばわりされる筋合いはないっ！」

一郎は、不敵な笑みを浮かべる潤斗を睨《にら》みながらも、ソファーに座り直した。

その態度に、潤斗は「よし」と頷く。その態度から、人を屈服させることに馴《な》れているのがわかる。これも彼のカリスマ性の片鱗《へんりん》だろうか。

「えっと……では………一郎さん？」

うろ覚えなのか、語尾を上げながら名前を呼ぶ潤斗に、一郎がまた噛み付く。

「名前で呼ぶなっ！　馴れ馴れしいっ！」

「じゃあ、桜庭さん……」

「でも、私もまだ桜庭だから……」

彩香の「まだ」という言葉に、一郎が目をむく。

「おまっ…………っ！」

「わかった。時間の無駄だから止めましょう」

一郎が騒ぎ出す前に、掌《てのひら》をかざして遮《さえぎ》る潤斗。そして「君」と言って彩香を指し、「貴方《あなた》」と言って一郎を指す。

「このままじゃ、話が進みません。これで妥協《だきょう》してください。というか、時間の無駄だから嫌でも妥協させます。……貴方がここに来たのは、俺になんて呼ばれたいか議論するためじゃないでしょ？」

潤斗の言葉に、一郎は渋々といった様子で頷き、咳払いをする。

「コホッ……で、だな。俺はお前たちの婚約も同居も認めない。俺の許可なく妹を連れ去るなんて、誘拐も同然だ」

真顔で断言する一郎に、潤斗は呆れた様子で目を細める。

「婚約も同居も、彼女のお父さんの了承を得ています」

「親父が許しても、兄の俺が許可していないんだから、こんな婚約無効だっ！」

「お父さんが納得しているなら、お兄ちゃんには関係ないでしょ」

そう抗議する彩香を、一郎が睨む。

「関係ないわけないだろ。『保護者』を意味する『父兄』って漢字を思い出してみろっ！『父』って漢字の後に『兄』って漢字が続くだろ。その字を見てもわかるように、兄は父親同等の権利をもって妹の人生に干渉することができるんだ」

「どんな理屈よっ」

ムッとする彩香に対し、一郎はなおも婚約を無効にして家に戻るよう騒ぎたてる。

「だいたいお前っ！」

一郎が、急に攻撃の矛先《ほこさき》を潤斗に向ける。

「……………はい？」

「……なんだそのやる気のない顔は。お前は、俺とちゃんと戦う覚悟があるのか？」

「なんで、戦わないといけないんです？」

露骨《ろこつ》に嫌そうな顔をする潤斗に、彩香は「無視してください」と囁《ささや》いた。そんなやり取りに一郎がまた噛み付く。

「俺を無視して話をするな。……彩香、冷静に考えてみろ。お兄ちゃんは、お前に悲しい思いをしてほしくない。色々なことから守ってやりたいんだ。こんな奴に騙《だま》されて結婚なんてしたら、すぐに離婚してお前が傷付く羽目になるぞっ！」

「それなら心配ないですよ。俺は、彼女と結婚したら離婚しない自信がありますから」

「…………」

毅然《きぜん》と答える潤斗の姿に、彩香はこめかみを押さえる。何故そう言い切れるのかは既に聞いている。面倒くさいからだ。

『どうせ離婚する』と結婚を反対する家族に、『離婚なんてありえない』と断言する婚約者。本来なら感動的なシーンのはずなのに……

――なんだろう、このただただくだらない展開は……

呆れる彩香の隣で、一郎が潤斗を睨《にら》む。

「じゃあお前は、俺以上に妹を愛しているって断言できるのか？」

「あ………えっと……」

一瞬、形の良い目を見開いた潤斗が、少しだけ気まずそうに視線を逸《そ》らす。そんな素振りを、一郎が見逃すわけがない。

「あ、お前、俺に勝つ自信がないんだなっ！　俺は兄として、彩香を慈《いつく》しんで育てた。その思いは誰にも負けない自信がある。……言っておくが、俺は全ての面において俺を超える男でなければ、認めないからなっ！」

「貴方《あなた》を超える……とは？」

「例えば収入。こう見えても俺は、国内有数の企業向けプログラム開発の会社に勤めているから、収入もそこそこあるぞ」

「収入？　ああ、それならヒサマツモーターの専務取締役として、それなりの所得はありますが」

「ヒサマツモーター？　『世界のヒサマツ』のヒサマツ？　そこの専務取締役？　久松……って、あの久松？」

一郎がギョッと目を見開き、彩香を見る。

――お兄ちゃん、潤斗さんの経歴とか確認しないで乗り込んできたの？

無言で頷く彩香に、一郎は己《おのれ》の形勢不利を感じたのだろう。顔をしかめてコクリと喉を鳴らす。

そんな一郎相手に、潤斗がさらに言葉を重ねた。

「所得税率で言えば、収入の四〇％を税金として納めている感じですね」

悪戯《いたずら》な微笑を浮かべる潤斗に、一郎が息を呑む。

彩香にはピンとこない表現だが、どうやら潤斗は相当な高額所得者らしい。

一郎はそれでも負けを認める気にはなれないのか、「金が全てだと思うなよ」と吼《ほ》える。

――収入を先に出したのは、お兄ちゃんでしょ……

「家柄は……関係ない」

一般家庭で育った一郎には、ヒサマツモーターの創業者一族という家柄にケチを付ける隙が見つけられないのだろう。

「では他には？」

「容姿や身長……は、まあこの際置いておく」

一郎は、潤斗に視線を走らせて咳払いをする。

「運動面においても、特に人より劣っていると感じたことはありませんが？　先日の追いかけっこでも、貴方《あなた》に勝ちましたし」

潤斗は、一郎の言い出しそうな言葉を予測して先手を打つ。一郎は悔しそうに唇を噛んだ。

これで諦めるかと彩香が隣を窺《うかが》うと、一郎が不意に明るい表情を見せた。

「そうだ。学歴っ！　俺は妹の相手として、日本最高峰の大学を卒業した男しか認めないぞっ！」

「学歴？　それなら……」

潤斗が述べたのは、日本の最高峰どころか、アメリカにある世界屈指の大学の名前だった。これには一郎も仰《の》け反《ぞ》る。

が、次の瞬間、一郎はなにかを思いついた様子で潤斗を指さす。

「あっ！　ということはお前は、日本での最終学歴は高卒じゃないかっ！」

「ああ、確かにそうなりますね」

今までそんなふうに考えたことはなかった、とばかりに目を丸くする潤斗。そんな彼に一郎が
「日本基準で語れば、お話にならないな」と言って、ふふんと鼻を鳴らす。

「ここは日本だ。なんでもかんでも世界基準で話せばいいってもんじゃないんだよっ！」

「外資系の会社で働いてる人がなに言ってるのよっ」

突っ込む彩香に、一郎が「それとこれは別問題だ」と小声でそっぽを向いた。

「め…………」

潤斗が、何かを言いかけて言葉を呑み込む。そして立ち上がってベランダへと出ていった。

――「面倒くさい」って言うのも面倒になってきたんだろうな……

潤斗は柵の外を見下ろしてすぐに戻ってくると、続いて一郎の全身を視線で確認する。

「丈夫そうだけど、さすがにまずいよな」

続いて「ここが一階か二階だったらよかったのに」と呟《つぶや》いているところを見ると、一郎を窓から投げ捨てたかったのかもしれない。そんな潤斗を前に、一郎が勝ち誇ったように腕を組む。

「なんだ、外の空気を吸って頭を冷やしてきたのか？　頭を冷やしたなら、今すぐここで謝れ」

「…………なんで俺が……」

久松家の長男に生まれ、人に傅《かしず》かれることには馴《な》れていても、こんな理不尽な状況で謝る習慣など持っているようには見えない。彩香がはらはらしながら見ていると、一郎は「だいたいお前は、彩香を泣かせないために、なにかしたことがあるのか？」と問いかける。

「彼女のために、なにか…………？」

潤斗は少しの間考え込む素振りを見せたが、やがて眉をひそめて「強《し》いて言えば……なにもしなかったこととか？　あ、でも結局泣かせたか」と呟《つぶや》いた。

「あ……っ」

彩香は、その言葉に昨夜のことを思い出した。赤面する彩香に気付いているのかいないのか、一郎はまた激怒する。

「彩香を泣かせただ？　ふざけるなっ！　俺はなぁ、彩香を生涯養う覚悟で剣道に励むかたわら勉強にも励み、大手企業に就職して……」

「あっ」

潤斗が、突然なにかに気付いたように一郎の胸元を指さした。彩香と一郎もつられて潤斗の指の先を確認する。

「俺の社員バッジがどうかしたか？」

「企業向けのシステムプログラム開発会社って言っていたけど……貴方《あなた》の会社、自動車部品なんかにも使う電子基盤を製造するための、制御プログラムがメインの企業ですよね？」

「よく知っているじゃないか」

「ええ、よく知っています。……失礼」

不意に潤斗が立ち上がり、リビングを出ていく。その様子に、一郎が嬉々とした声をあげた。

「見ろ、敵前逃亡したぞ」

「お兄ちゃん、いい加減にしてよねっ！」

どこか誇らしげに潤斗の背中を見送る一郎に、ついに彩香が怒鳴った。

「え……っ？」

「なんで、そんなに私の邪魔をするの？　本当は私のこと嫌いなの？」

「邪魔って……。俺は、お前のことを心配してだな……」

彩香の怒りを見て焦ったのか、一郎が仰《の》け反《ぞ》らんばかりに体を引いて口ごもる。彩香は、そんな一郎を睨《にら》んでまくしたてた。

「ずっとそうっ！　お兄ちゃんのせいで、今まで誰かと付き合うどころか、男の子とろくに口をきいたこともないんだからっ！　お兄ちゃんには、強面《こわもて》男子の眼光鋭い怨念《おんねん》を背負って青春時代を過ごした私の気持ちなんて理解できないんでしょ？」

「怨念を背負っての青春時代？　なんのことだ？」

自分で口にしておいて、その言葉に心がざらつく。今さら過去の苦い記憶を話す気にはなれない。

「それはもういいの。とにかくお兄ちゃんは、いつも私が男の人に近付いただけで目くじら立てて邪魔をして。私に一生独身でいろって言うの？」

「そんなこと言っていないだろ。ただ兄として、世間知らずで、男に免疫《めんえき》のないお前が、悪い男に騙《だま》されるんじゃないかって心配して……」

「私がそうなっちゃったのは、お兄ちゃんのせいでしょっ！」

「うっ……そっそうかもしれないが、そんなに焦ることはないだろ。万が一お前が結婚できなくても、俺は親父と彩香の老後まで面倒見る覚悟で仕事を頑張っているんだ」

「お兄ちゃんは、わかってないっ！　結婚って、お金の心配がないからしなくていいとか、そういう基準で決めることじゃないんだからねっ！」

昨夜の潤斗の優しさ、髪に触れる潤斗の吐息、今朝のふわふわした思い。

——こんなことしていたら、久松さんに『面倒くさい』って婚約解消されちゃいそう。

彩香がそんな不安を胸に兄を睨《にら》みつけると、一郎は弱気な目をする。

「お兄ちゃんは、……お前が傷付く姿を見たくないんだ」

「……なんで傷付くこと前提なのよ？」

彩香がそう呟《つぶや》くと、突然「なるほどっ！」と感嘆したような声がリビングに響いた。見るといつの間にか戻ってきた潤斗が、一郎を見て得意気に目を細めている。

「君のお兄さんは、君が誰かに愛される価値がないと思っているらしいな」

「なにをっ！」

声を荒らげる一郎に向かって、潤斗が「だってそうでしょう？」と返してニヤリと笑う。

「貴方《あなた》は、彼女が誰かと付き合っても振られると決めつけて話をしている。貴方が溺愛《できあい》して育てた妹さんは、俺に愛される価値がないと決めつけているじゃないですか」

「失礼なことを言うなっ！」

「ええ、俺は彼女が誰にも愛されないようなつまらない女性だとは思っていません。でも貴方は、自分の妹さんを、誰にも愛されない哀《あわ》れな女性だと思っているからこそ、彼女の恋愛を邪魔するんですよね？」

どこか芝居がかった様子で話す潤斗は、彩香に視線を向けて「実のお兄さんに信じてもらえないなんて可哀想に」と深いため息を吐く。その様子に、一郎が怒鳴った。

「妹をバカにするな。彩香が誰にも愛されないなんてことあるかっ！　お前が妹に振られることがあっても、妹がお前に振られるなんてこと、あるわけないじゃないか」

「ですよね。俺が彼女に振られることはあっても、彼女が俺に振られる心配はない。なので、彼女が傷付くこともない……ということで、安心して俺たちを見守ってください」

潤斗が、勝ち誇った様子でニンマリ笑う。

その笑顔に一郎は目を見開く。その顔にはわかりやすく「しまったっ！」と書かれていた。

それでもなにか言い返そうと口をパクパクさせる一郎に、彩香がすかさず止《とど》めを刺す。

「私のこと、信じてくれているなら帰って。でないと、兄妹の縁を切っちゃうからっ！」

毅然《きぜん》とした彩香の宣言に、一郎が青ざめる。

「彩香、お前は、家族のために頑張っているお兄ちゃんより、こんな、なにもしないと胸を張るものぐさ男と、暮らす方がいいっていうのか？」

色々、理解していない——だからといって、説明する気にもなれない。説明したらものすごくややこしいことになりそうだ。

「いい加減にしてっ！　今すぐ出ていくか、絶交して兄妹の縁を切るか、二つに一つよ」

そう怒鳴る彩香に、一郎が背筋を伸ばした瞬間、彼のスマホが鳴った。

一郎は、上着のポケットに入っていたスマホの着信画面を確認すると、「あっ！」と呟《つぶや》き、彩香の言葉を止めるように手をかざして電話に出る。

「はい、桜庭です。……部長、お疲れ様です。…………えっ！　あの会社の社長っ！　なんで俺なんですか？　俺、面識ないですよね？　……知るか？　そうですよね。ですが………まあ、そうですね。もちろんです」

彩香が黙っていると、一郎が相槌《あいづち》を打ちながらもその顔をどんどん困惑の色に染めていく。

そして「えっ！　今からですか？」と悲鳴にも似た声をあげたかと思うと、彩香と腕時計を見比べて会話を続けた。

「いえ。迷惑だなんてとんでもないっ！　……はい。もちろん。喜んで……」

見えない相手にその場で何度もお辞儀をして、一郎は電話を切った。そして彩香に視線を送り、苦悶《くもん》の表情を浮かべて眉間を押さえる。

「どうしたの？　仕事のトラブル？」

思わず声をかけた彩香に、一郎は「意味がわからん」と唸《うな》ったものの、状況を説明してくれた。

「ウチの会社の国内最大手である取引先の社長が、俺を指名して大至急、話がしたいと言っているらしい。……担当が違うから、俺との面識はないはずなのに……」

「お兄ちゃん、なにか悪いことしたの？」

「まさかっ！　会ったこともないんだぞ」

心配そうな表情を浮かべる彩香に、一郎が激しく首を振る。が、その表情は硬い。

「どうするの？」

「部長命令だし、とりあえず相手の社長に会いに行く。で、誰の尻拭《しりぬぐ》いかはわからんが、必要なら誠心誠意を込めて謝罪する」

さすが、良くも悪くも生真面目が売りの一郎だけある。一郎は勢い良く立ち上がると、彩香と潤斗に向かってビシッと指を突きつけた。

「いいか、彩香。とりあえず今日のところは仕事に行くが、お兄ちゃんは二人の関係を認めたわけじゃないからなっ！」

そう断言しリビングを出ていこうとして、ふと足を止めて彩香を振り返る。

「なに？　お兄ちゃん？」

「……その、どんな形でもとりあえず今すぐ出ていく形を取ったんだから、兄妹の縁を切ったりしないよな？」

捨てられた犬ばりの、今にも泣き出しそうな顔。それを見て彩香は額を押さえた。

――それ、そんなに気にしていたんだ。

なんだかんだ言って優しいこの兄を、そうそう嫌いになれるわけがない。ただ妹べったり状態を卒業して、もう少し静かに見守ってほしいだけだ。

「うん」

唇を尖《とが》らせながらも頷く彩香に、一郎は一転、晴れ晴れとした顔になる。そしてすぐに険《けわ》しい表情になり、潤斗を睨《にら》んだ。

「今日は、突然のことでお前を糾弾《きゅうだん》するだけの情報が不足しているから帰ってやる。だが、お前が妹に相応《ふさわ》しくない証拠を掴んで、近いうちにちゃんと話し合うからな」

「はいはい。俺の経歴、好きなだけ調べて粗探《あらさが》ししてください」

息巻く一郎に、潤斗が興味はないとばかりに軽く手を上げて答える。一郎はなにか言いたげにしていたが、腕時計に視線を落とし、大きく息を吸ってリビングを出ていった。

そんな一郎を玄関まで送ってリビングに戻ると、ソファーに座っていた潤斗が視線を向けてくる。

「お兄さん、帰った？」

「うん。お兄ちゃん、仕事が大変なことにならなければいいけど……」

心配げに息を吐きながらソファーに座る彩香に、潤斗が「心配ないよ」と笑う。

「君のお兄さんを呼び出すように指示したのは俺だから」

「え？」

キョトンとする彩香に、潤斗が悪戯《いたずら》な微笑を浮かべる。

「君のお兄さんが勤めている会社は、よく知っているよ。我が社の下請け会社でも利用しているところは多いからね」

「あ、お兄ちゃんがさっき言っていた、日本での最大手の取引先って……」

「うちの下請け」

つまり潤斗が、先方の社長に一郎を呼び出すように指示したのだろう。一郎が「意味がわからん」と言った理由に納得がいく。裏でそんなやりとりがあっただなんて普通は思いつかない。

「そう言えば、あそこが日本での最大手の取引先なんだ……。だとしたら、次に拡大したい市場はあの辺かな……。君のお兄さんは戦いの場を日本国内に限定しているみたいだし」

潤斗が鼻先で笑う。さっき『どれだけ優れているか』の問答に付き合わされたあげく、『日本基準じゃお話にならない』と因縁を付けられたことが面白くなかったのだろう。

「お兄ちゃん、怒られます？」

一郎のしたことを考えれば、潤斗が怒っても仕方がないと思う。それでもあまりひどいことにならないようにしてほしい。つい心配してしまう彩香に、潤斗が「大丈夫」と笑う。

「俺や我が社の名前を出すことなく、彼が酔い潰れるまで楽しく飲み歩いてくれるよう手を回しただけだから。『決して彼の機嫌を損ねることのないように』と念を押しておいたし、きっと君のお兄さんは最大級のおもてなしを受けるはずだよ」

にっこりと笑う潤斗に、彩香は「はあ……」と相槌《あいづち》を打つことしかできない。

緊急事態だと思い駆《か》けつけた取引先の社長に、ひたすら気を遣われながら飲む酒。……酔いたくても酔えないことだろう。潤斗もそれは予想していたらしく、「ちょっといい気味」と笑う。だが、すぐに「しかし」と重い息を吐いた。

「結婚は大変だとは聞いていたが、ここまでとは。……結婚の準備って、本当に面倒くさいな」

――ごめんなさい。この面倒くささは、我が家だけの特性だと思います。

心の中で手を合わせて謝罪する彩香を、潤斗がまじまじと見つめる。

「あの……」

「もう一度、これを最初から他の誰かとやるくらいなら、俺は本気で君と結婚したいと思う」

「ありがとう……ございます」

根本的な動機がズレていると思いつつ、彩香はとりあえずお礼を言った。そんな彩香の肩を、潤斗が掴む。

「そのためには、君の出した結婚の条件を早くクリアするべきだと思う。だから……」

潤斗があまりにも真剣な眼差しを向けてくるので、彩香はもしや昨日の続きを求められるのかと息を呑んだ。そんな彩香に、潤斗はこう続ける。

「一緒に映画観《み》ない？」

「……はい？」

拍子抜けする彩香に、潤斗が「嫌？」と首を傾げる。その真面目な表情に、自分が淫《みだ》らな想像をしてしまったことが恥ずかしくなる。

彩香は、慌てて首を横に振った。

「一緒に観たいです」

潤斗の選んだ映画を観れば、彼の趣味がわかるし、共通の会話も増えるかもしれない。これも彼の言う〝ミッション〟解決のためと思い、彩香は声を弾ませた。

◇ ◇ ◇

『……ッ貴女《あなた》だけでも逃げてっ！　あぁぁっ！』

『キャ～っ！　お母さんが化け物に……！』

少女の悲鳴。飛び散る血しぶき。生き血だけでは満足できず、内臓まで啜《すす》るゾンビ……

テレビ画面の中で繰り広げられる惨劇《さんげき》に、彩香は「ヒィッ！」と息を呑んで目を瞑《つむ》った。

──なんでこうなるの？

潤斗に一緒に映画を観ようと誘われ快諾したけれど、まさかゾンビ系スプラッター映画だとは思っていなかった。

薄目を開けてチラリと隣を見ると、潤斗は無表情のまま画面を眺めている。流血物や心霊物が苦手な彩香にとって、ゾンビ系スプラッターは最も苦手なジャンルだが、どうやら潤斗はこういう映画が好きらしい。

──こんな怖い映画のどこが面白いの？

それでも潤斗との共通の会話を作るべく画面に視線を向けてみるものの、あまりの惨劇に思わず潤斗の服の袖を掴んでしまう。

──怖いっ！

本当なら、潤斗に抱きつきたい。せめて手を繋いでほしい。そう思うくらい怖い映画なのだけれど、さすがにそれを申し出るのは恥ずかしい。

「キャッ！」

潤斗の邪魔をしないよう必死に声を押し殺すけど、怖くて怖くて、一度掴んだ潤斗の袖を離すことができない。

そうやって恐怖の時間を乗り切った彩香は、映画のエンドロール画面が流れ始めると、安堵のあまりソファーの背もたれにぐったりと体を預けた。

「あ、ごめんなさい。カーディガン、伸びちゃいました？　それ、ブランド物ですよね」

冷静さを取り戻した彩香が、ずっと掴んでいた潤斗の袖から手を離した。

「別にいいよ。着られれば、少しくらい伸びていても問題ないし」

潤斗は、少し伸びたカーディガンの袖口を確認して、ＤＶＤのリモコンを操作して電源を切る。

そして、彩香になにか言いたげな視線を向けた。

「……なんですか？」

「どう？」

「どうって……」

――久松さんが選んだ映画を、頭ごなしに否定しちゃ悪いよね。

そう考えた彩香は、「私は、ちょっと苦手な分野かも」と曖昧《あいまい》な笑みを浮かべてみせる。

そんな彩香に、潤斗が「俺も」と頷く。

「はい――⁉　久松さん、ホラー映画が好きなんじゃないんですか？」

「全然」

潤斗が、悪びれる様子もなくフルフルと首を振る。

――好きじゃないなら、借りてこないでっ！

そう叫びたいのを我慢して、彩香は大きく息を吸う。この映画を選んだのは潤斗だ。彼と仲良くなろうと思えばこそ、怖いのを我慢していたのに。

「一応ネットで調べて、一番話題になっている恐怖映画を選んだんだけど。……俺も苦手だな」

潤斗は、ずっと無表情に画面を眺めていた。だからてっきりホラー好きな彼が趣味の映画を選んだはいいが、物足りなくてあんな表情をしているんだと思っていたのに。

彩香の心の声に気付くことなく、潤斗は眉間に皺《しわ》を寄せてやれやれとばかりに首を小さく振っている。

「もういいですっ！」

彩香はすくっと立ち上がった。

「え？　どうかした？」

「お風呂に入ります。そしてそのまま寝ますっ！」

潤斗の言動が時々理解不能なのは、今に始まったことではない。でも今回のことは、すごく怖かっただけに腹が立つ。彩香は威嚇《いかく》するように足音を響かせて扉へと向かう。

「なにか怒っている？　俺に怒っていて一緒にいたくないなら、俺はソファーで寝るけど？」

潤斗の問いかけに、彩香は思わず足を止めた。

「………」

――どうしてそんな優しいこと言っちゃうのかな。

もしここで彩香が自分がソファーで寝ると言っても、潤斗はベッドを彩香に譲《ゆず》って強引にソファーで寝てしまうのだろう。唇を尖《とが》らせて、彩香は潤斗を振り返った。

「一緒にベッドで寝てください。……その……婚約者だし。怒っているわけじゃないし」

つい先ほどまでの怒りは、いつの間にかしぼんでしまっている。

「そう。よかった」

彩香の言葉に、潤斗がホッとしたように笑う。

その笑みは、いつもの悪戯《いたずら》な微笑みよりずっと幼く見えた。それを見た彩香は、頬が熱くなるのを感じながらバスルームに向かうのだった。

◇　◇　◇

広いベッドの端っこで微睡《まどろ》んでいた彩香は、高い電子音に起こされて瞼《まぶた》を押し開けた。

――なに……？

半分寝ぼけた頭で音の出所を探していると、反対側の端っこで眠っていた潤斗が体を起こした。

ぼんやりとしたシルエットの動きから、潤斗が周囲を見渡しているのがわかる。

「ああ……」

小さく呟《つぶや》いた潤斗は、ベッドサイドのナイトテーブルの上で光る自分のスマホへと手を伸ばした。

どうやら彼のスマホの着信音だったらしい。けれど潤斗はその画面を眺めるだけで、通話ボタンに触れる気配がない。

「誰からですか？」

彩香の寝ぼけ声に、潤斗が「起こしてごめん」と謝る。その間に着信音は途切れた。

「悪戯電話ですか？」

「イヤ。……知っている人だけど、出ると面倒くさいから」

置時計を確認すると、その針は深夜を示している。こんな時間に電話をかけてくるなんて、よほどの急用のような気もするけれど、潤斗の態度からすると酔っ払った友達とかかもしれない。

彩香が確たる根拠もなく颯太に当たりをつけていると、潤斗が「起きたついでに……」とスマホを元の位置に戻してベッドを抜け出した。どうやらトイレに行くつもりらしい。

潤斗が部屋を出ていく気配に、彩香は再び瞼を閉じる。

——なんでこうなっちゃうんだろう……

彩香は中途半端に覚醒してしまった頭で、今日の色々なことについて思い返していた。

——お兄ちゃんもお兄ちゃんだけど、久松さんも、あのホラー映画はなんだったんだろう？

嫌がらせの類《たぐい》でないのはわかっている。それでも仲良く一緒に眠る気にはなれず、こうしてベッドの両端で体が触れないよう離れて眠る形になった。

今朝みたいに寄り添って眠りたい気持ちもあるけど、素直になれない。喧嘩とまではいかない、こんな中途半端な気まずい空気を、世の中の恋人同士たちはどうやって解消しているのだろうか……

そんなことを考えていると、潤斗が戻ってくる気配がした。

「――っ！　久松さん？」

早足でベッドに入ってきた潤斗が、そのままの勢いで彩香を背後から強く抱きしめてきた。

驚く彩香に、潤斗が「ビックリした」と呟《つぶや》く。

「あんな映画観《み》たから、暗がりで動くお掃除ロボットに本気で驚いてしまった」

「ああ……」

そう言えば彩香も、今日洗濯機の機能を確認している時に、廊下を移動するお掃除ロボットの存在に驚いてしまった。

潤斗がどういう設定にしているのかはわからないけれど、自動充電、自動走行のお掃除ロボットは、気紛れなタイミングで動き出す。そして潤斗が開けっ放しにした扉からリビングを抜け出して廊下を自由に徘徊《はいかい》していることが多々あるのだ。

潤斗もそんなお掃除ロボットの気配に驚き、思わずこうして彩香に抱きついてしまったということらしい。

――もしかしてさっきの久松さんの無表情は、怖かったから？

そう思い至った途端、潤斗のことがやけに可愛く思えてくる。彩香はクスクス笑ってしまった。

彩香は、自分を抱きしめる潤斗の腕に手を添えて、「私も、すごく怖かったです」と頷く。

「ああ、そうなんだ」

そんな彩香の髪に顔を近付けて、潤斗が深く息を吐く。肌に触れるその息がくすぐったい。

「いい匂いがする……そう言えば今日の湯船は、これと同じ匂いがしたな。それに色も薄い紫だった」

「ああ……ごめんなさい。勝手に入浴剤入れました」

映画の件で腹の虫が収まらなかったので、さっきお風呂に入った時、潤斗に許可を取ることなく湯船に入浴剤を入れたのだった。

「謝る必要はない。君の好きにすればいいよ。これ、なんの匂い？」

「シトラスラベンダー」

潤斗が深く息を吸い、ホッと吐く。

「いい匂いだった。優しい気持ちになれる」

「うん」

そう、優しい気持ちになりたくて、リフレッシュとリラックス効果のあるシトラスラベンダーの入浴剤を選んだのだ。そのことを思い出して、彩香は潤斗に優しく囁《ささや》く。

「もし今度一緒に映画を観る時は、もっと楽しい映画を選んでください。怖い映画は嫌いです」

「わかった」

そう頷く潤斗が、「ああ、こういうことだったんだ……」と嬉しそうに笑う。

「なにがですか？」

「颯太に騙《だま》されたかと思ったけど、アレはこういうことだったのか」

「……？」

それ以上の説明をすることなく、潤斗は一人で納得している。

相変わらず潤斗の言動は、いまいち意味不明だ。

思わず大きく息を吐き、また息を吸うと、潤斗の体からも自分と同じ匂いがするのに気付いた。

それだけで、優しい気持ちになれる。

「……………潤斗さん」

自然と彩香の唇から言葉が零《こぼ》れた。と同時に、潤斗の腕に力がこもる。

「昨日の今日で、その呼び方はズルイよ」

俺も男だからさ……と、潤斗が困ったように息を吐く。背中で感じる彼の鼓動がやけに速くて、彩香はそわそわしてくる。

それでも潤斗の鼓動を確かめながら、もう一度彼の名前を呼んだ。

「潤斗さん」

そうして彩香は潤斗の腕の中でもぞもぞと体を反転させ、辛うじて顔が見える薄闇の中で彼の顔を見つめた。

「この状況で、そんな上目遣いされるのも困る。……色々と、面倒くさい」

潤斗が唸《うな》りつつも、自身の欲望を抑えようとしてくれているのがわかる。

思った通り、潤斗は人が嫌がることを無理強いしたりしない優しい人だ。でも彼は、そんな自分の優しさを『面倒くさい』という言葉で誤魔化してしまう。そんな素直じゃない彼を、好きだと思う自分がいる。

――これが、誰かを愛するってことなのかな？

単なる〝好意〟と〝愛〟の境界線が、どこにあるのかはわからない。

でも彩香は、確実に潤斗を好きだと思っている。そしてそれは、かなり〝愛〟に近い感情ではないだろうか。この先、二人の関係がどう進むのかわからない。それでも今は、彼に体を委《ゆだ》ねたいと思う。昨日のような〝覚悟〟ではなく、純粋な〝欲求〟として……

「潤斗さんのことが、好きです」

「彩香……」

彩香の気持ちを確かめるように、潤斗が名前を呼ぶ。それだけで彩香の心臓は大きく跳ねた。

緊張しながら頷くと、潤斗の端整な顔が近付いてくる。そしてそのまま、彩香の唇を塞いだ。

「……っはぁっ…………くふぅっ……――っ」

首の角度を調整してその唇を受け入れようとしていたら、潤斗が唇を合わせたまま荒々しい息を吐く。口内に入ってくる熱い息遣いに、彩香は鼓動が高鳴るのを感じた。休む間もなく鳴り響くそれは、夏の蝉《せみ》しぐれのようにうるさい。

息が苦しくて、浅い呼吸を小刻みに繰り返していると、緊張に震えるその唇に、潤斗の舌が触れた。

「――っ！」

自分の唇を軽く撫《な》でる舌の感覚に、彩香は息を呑む。その間に、それは彩香の口内へと侵入してきた。唾液を纏《まと》う舌にヌルリと頬の内側を撫でられると、それだけで全身に甘い痺《しび》れが走る。

彩香は未知の刺激に体を硬直させた。

潤斗の舌は、クチュクチュと粘《ねば》っこい水音を立てながら、彩香の舌を撫でている。

彩香は緊張で身動きもできない。そんな彩香に対し、潤斗が一瞬唇を離して優しく諭《さと》す。

「彩香、怖くないから舌を絡めるんだ」

「……」

「大丈夫。君が怖がるようなことはしないから。……時間をかけて気持ち良くしてあげるよ」

潤斗に優しくそう囁《ささや》かれると、もう拒《こば》めない。潤斗の言葉は信用できる。彩香はそれを確信していた。

再び口内に侵入する彼の舌に、彩香は恐るおそる、自分の舌を絡める。

そうすると彩香は、自分の唾液と潤斗のそれが混じり合うのを感じた。それだけでも、説明不可能なほどの羞恥心《しゅうちしん》に襲われるのに、潤斗の舌はさらに丹念に彩香の口内を蹂躙《じゅうりん》していく。

彼は息を深く吸って彩香の舌を自身の口内に誘い込むと、薄い前歯で捕らえて舐め回し、舌の付け根まで愛撫《あいぶ》する。そうされていると、彩香は頭がくらくらしてくる。

その上呼吸のタイミングすらよくわからず、潤斗の熱い吐息をそのまま吸い込んでしまう。彩香は自分の体の深い場所まで侵されていくような恐怖に駆《か》られたが、それは同時に、彩香の体を甘く痺れさせる刺激でもあった。

潤斗の手が彩香の着ているパジャマのボタンに触れる。潤斗はそれを片手で器用に外していき、全て外し終えたところで顔を上げ、そのまま見下ろしてくる。

かすかに青色に染まった暗がりの中でさえ、潤斗の顔の端整さが見て取れる。そしてその目は、猫科の獣のような獰猛《どうもう》さを含んでいた。

「触っていい？　さすがに、今日は昨日みたいに途中で止めてあげられないよ」

「……うん」

緊張しながらも頷くと、潤斗は彩香の両肩を撫でるようにしてパジャマを脱がせた。

彩香もかすかに背中を浮かせる。するとシュルリと衣擦《きぬず》れの音がして、パジャマが体から剥《は》がされる。背中で上等なシーツの質感を直接感じると、肌が緊張で粟立《あわだ》った。

露《あら》わになった彩香の上半身を、潤斗が凝視《ぎょうし》する。

「恥ずかしい……」

両手をクロスさせて胸を隠そうとすると、潤斗が手首を掴んでその動きを阻止する。

「恥ずかしがらなくていいよ。暗くてよく見えないから、大丈夫。……それにお互い、見るのではなく感じるために肌を晒《さら》け出すのだから」

潤斗はそう囁いて彩香の手を離し、自分の衣服を脱いでいく。

薄暗い中で露わになっていく潤斗の体は、引き締まっていて筋肉質だ。

贅肉《ぜいにく》を体に付けるのは面倒くさいんだろうか——そんな妙なことまで考えてしまう。

やがて裸になった潤斗が、彩香の上に覆《おお》いかぶさる。

「――っ！」

素肌で感じる彼の存在に緊張し、彩香は思わず瞼《まぶた》を固く閉じた。

そうすることで、真っ直ぐに自分を見据える彼の視線から逃れられた気がしてホッと息を吐く。

そんな彩香の乳房を潤斗の大きな右手が鷲掴《わしづか》みにする。彩香はまるで心臓まで鷲掴みにされたような心地になる。

潤斗が指先の力を弱める。けれどまたすぐに、彩香の乳房に深く指を喰い込ませた。

彼が緩急《かんきゅう》をつけながらその動作を繰り返すと、彩香の体には痺《しび》れを含んだ甘い熱が込み上げてくる。

「…………っ」

苦しいほどではないが、じんわりとした胸の痛みに囚われ、彩香は重苦しい息を吐いた。

潤斗に胸を揉みしだかれる。それだけでも十分に恥ずかしいのに、不意に潤斗の唇が彩香の右胸に触れた。緊張で強張《こわば》る彩香の体を解《ほぐ》すように、潤斗の舌がヌルリとそこを撫《な》でる。

「やぁっ――っ！」

体の奥から湧き上がる甘い痺れに耐えかねて、彩香は潤斗の胸を両手で押した。

でも潤斗には、そんな些細《ささい》な抵抗を気にする様子はない。彩香の華奢《きゃしゃ》な両手首を左手で捕らえると、そのまま頭の上で押さえつけた。するとこれまでよりも大きく胸を差し出すような姿勢になってしまう。

恥ずかしくて思わず目を開くと、自分を見下ろす潤斗と目が合った。

潤斗は、彩香の耳元に顔を寄せて囁《ささや》く。

「初めてで怖いのはわかるけど、少しだけ我慢して。ちゃんと気持ち良くなるから」

彩香の体を彩香以上に把握しているとばかりに、潤斗が断言する。その態度に、潤斗にとって自分が初めての相手ではないのだと今さらながらに思い知る。考えてみれば当然のことなのだけど。

——他の女の人は、こんなに恥ずかしがったりしないの？

そう思うと、恥ずかしくて抵抗するのが悪いことのように思えてしまう。

「……」

彩香がゆっくりと体の力を抜くと、潤斗がからかうように「いい子だ」と囁き、唇を彩香の胸へと戻す。

潤斗の舌が再び肌を這《は》い始めた。体に力を入れまいとするものの、それでも彩香の唇は震えてしまう。潤斗の舌のねっとりとした感触に、彩香は無意識に肩を跳ねさせる。彼の舌が這った場所には唾液のぬめりが残り、それが空気に触れてひんやりと肌を冷やした。

潤斗は彩香の右乳房全体を丹念に舌で辿《たど》ると、不意に薄桃色の先端を唇で捕らえた。

「——っ！」

彩香は衝撃的なその感覚に驚き、体をよじって逃れようとする。けれど、両手を掴まれているのでそれも叶わない。彩香の反応に、潤斗の唇がかすかな微笑を作る。そしてそのまま、捕えた先端を舌で転がし始めた。

初めて味わう淫靡《いんび》な感触に、彩香の体には息苦しいほどの衝撃が走った。いつの間にか硬くなっているそこに、潤斗の舌が絡み付く。クチュクチュと、わざと音を立てて胸を吸われ、彩香は自由にならない腕に力を込めて身悶《みもだ》えた。

潤斗はそんな彩香の姿を楽しむように、さらに激しく彼女の胸を攻め立てる。先端を強く吸われ、チリチリした痛みに、彩香は眉間に薄く皺《しわ》を刻む。すると潤斗は今度は乳首を丹念に、優しく舐め始める。

ねっとりと蠢《うごめ》く舌の淫《みだ》らな感触に、彩香は熱に浮かされたように身悶《みもだ》えた。胸を刺激されているというのに、下腹部が熱く疼《うず》く。

「あぁぁ……やぁっ……」

彩香は下腹部に溜まる熱に耐え切れず、甘い声を漏らした。けれどすぐに恥ずかしくなって唇を噛む。そんな彩香の反応に気付き、潤斗が顔を上げる。

「感じているなら、恥ずかしがらずに声を出していいんだよ。その方が、どうすれば君が気持ち良くなるのかがよくわかるから」

「……やっ……やっぱり恥ずかしい」

油断するとさっきのような甘い声が無意識に出てしまいそうで、彩香は首を横に振る。そんな彩香の髪を、潤斗は優しく撫《な》でた。

「恥ずかしがることじゃないよ。……自分の声で、自分の感じる場所を俺に教えるんだ。そうやってしっかり感じておいた方が後々痛くないから」

「……」

潤斗の言葉に、彩香の体がまた緊張する。

この歳になれば、初めてのセックスが痛みを伴《ともな》うことぐらい知っている。だが潤斗に改めてそう言われてしまうと、その痛みとはどれほどのものなのかと不安になる。

そんな彩香の気持ちを読み取ったのか、潤斗が「大丈夫」と宥《なだ》めてくれる。

「たくさん感じてから挿《い》れれば、それほど痛くないから」

潤斗はそう囁《ささや》くとまた彩香の胸に顔を埋め、唇でそこを刺激しながら、右手を彩香の下半身へと移動させていく。腰のくびれを確認するような優しい手の動きがくすぐったい。

彩香が体をかすかによじると、潤斗が突然、窘《たしな》めるように胸の先端を甘噛みした。

「あぁぁっ――っ」

彩香の全身に熱い痺《しび》れが走る。彩香は、体の奥から湧き上がるその淫靡な痺れに耐えられず、思わず声を漏らした。

細く響く喘《あえ》ぎ声に、潤斗が「それでいいよ」と優しく囁く。

「もっと声を出して、俺に君を淫らにする場所を教えるんだ」

満足そうな呟《つぶや》きとともに、潤斗はさらに丹念に彩香の乳首を刺激した。唇で食《は》み、ヌルヌルとした舌で撫で、次第に彩香の官能を引き出していく。徐々に激しくなっていくその動きに、彩香は翻《ほん》弄《ろう》された。

「あっ！　っはぁ…………ぁあっ」

一度声を漏らしてしまうと、もう堪《こら》えることができない。彩香は、自分のものとは思えないほど甘く鼻にかかった声を、次々と静かな室内に響かせた。

そんな彩香の声に煽《あお》られるように、潤斗は一層激しく音を立てて硬く震える乳首をしゃぶる。そうして右手をさらに下へと進めていった。

「はぁ…………ああ…………んっ」

彩香は胸に与えられる刺激に喘《あえ》ぎながら、彼の手が進む場所を予測して思わず瞼《まぶた》をぎゅっと閉じた。潤斗の手がパジャマのズボンの中に侵入してきて、下着の上から割れ目をそっと撫《な》でる。上から下、下から上へと、ゆっくり反復する指の動きに、彩香の下腹部はジンジンと痺《しび》れてくる。

「もう、濡れてきているよ」

その言葉に、彩香はビクッと肩を震わせた。自分でもなんとなくそこに湿り気を感じていたけれど、それをあえて指摘されるとたまらなく恥ずかしい。

潤斗が、窮屈《きゅうくつ》な下着の中に指を滑り込ませ、彩香の具合を確認する。そこにある蜜口はかすかに湿り出しているが、未知の体験を前にまだ固く閉じたままだ。

潤斗は「大丈夫だよ」と囁《ささや》き、そこを撫でながら言葉を続ける。

「君を乱暴に抱いたりしない。もっと君がリラックスしてから挿《い》れるから。……だから、怖がらずに、体の力を抜いて」

「…………」

いつの間にかまた体を強張《こわば》らせていた彩香は、潤斗の言葉に操《あやつ》られるように徐々に力を抜いていく。

潤斗は溢《あふ》れた蜜で肌に張り付いた下着を剥《は》がすようにずらし、改めてその秘められた入り口に触れる。その瞬間、なんとも淫靡《いんび》な震えが彩香の全身を包んだ。

「あっ……っ」

「いい子だ。そうやってもっと素直に声に出して」

彩香が小さく体を震わせると、潤斗はその手首を解放して、両手で彼女の下着を完全に脱がしてしまう。両手首には鈍《にぶ》い痺れが残っており、彩香はまだ潤斗に拘束されているような錯覚をおぼえた。

彩香を一糸纏《まと》わぬ姿にした潤斗は、左腕で彩香の腰を固定し、そのまま右手を彩香の蜜口へと伸ばした。そしてその柔かく敏感な場所を傷付けてしまわないよう指に愛蜜を絡めてから、そこにある小さな花弁に触れる。

「あぁぁっ………ぁっ」

これまでにない痺れが体を走り、彩香は弓なりに背中を反らした。そうして突き出すような形になった乳首を、すかさず潤斗が舌先で転がす。

「ヤッ！」

慌てて体を丸めようとしたけれど、背中に回されている腕がそれを阻《はば》む。

潤斗が腕に力を込めて引き寄せると、彩香はさらに大きく胸を突き出す体勢になった。潤斗はそれを唇で存分に嬲《なぶ》る。ピチャピチャと粘《ねば》つく水音を立てながら先端を吸い上げ、右手で濡れ始めた秘所を愛撫《あいぶ》した。

そして秘所を覆《おお》っていた肉襞に指先を添わせ、その割れ目を優しく撫《な》でた。

「潤斗さんっ……」

静かな部屋で、自分の鼓動ばかりが耳につく。

潤斗が確認するようにそこを数回指を上下させる。するとその動きが徐々に滑《なめ》らかになっていくのがわかった。彩香の秘所から濃厚な愛蜜が溢《あふ》れ始める。潤斗は、それを指に絡め、割れ目の奥にある蜜洞の入り口を撫でた。

「あ――っ！」

触られたのは、ほんの入り口に過ぎないのに、蜜洞の奥深い場所が激しく収縮する。

それでも彩香のそこは、さらなる刺激をねだるように愛蜜の量を増やしていく。

「だいぶ、濡れてきたよ」

潤斗の吐き出す熱い息が胸の谷間に触れる。彩香はそれだけで心臓まで震えそうになるのを感じた。

「………っ――はぁっ」

愛蜜を絡めた彼の指が膣壁を撫でるたびに、くちゅくちゅと淫靡《いんび》な水音が彩香の鼓膜を刺激する。

もう恥ずかしくてどうにかなってしまいそうなのに、潤斗はその間も硬く尖《とが》った胸の先端を舌で嬲《なぶ》るので堪《たま》らない。

「はぁ……あっぁ……んっ……ヤダっ」

途切れ途切れの喘《あえ》ぎ声を漏らしながら、彩香は小刻みに体を震わせた。

潤斗はゆっくりと、蜜口の緊張を解くように指を動かしていく。そうしながら腰に回していた左腕を上へとずらし、彩香を抱え込んだままその左乳房を掴む。そして指の間からはみ出した乳首をしごいて刺激した。その状態で右の乳首も舌で弄《もてあそ》ばれ、彩香は背中を仰《の》け反《ぞ》らせて喉を鳴らすことしかできない。

「んっ……そんな……あっぁ……いっぺんに触らないで。はぁ……体が熱……ふぅっ……くて……溶けちゃう」

もう羞恥心《しゅうちしん》なんて感じている余裕はない。彩香は、潤斗から与えられる快楽に翻弄《ほんろう》されて身悶《みもだ》えるだけだ。そんなどうしようもない快楽の渦《うず》に身を委《ゆだ》ねていると、じわじわと熱く淫《みだ》らな熱が体中へ広がっていく。

「やぁ……触っちゃ駄目っ……はぁっ……ぁぁ」

潤斗はそんな懇願《こんがん》を聞き入れることなく、さらに執拗《しつよう》に彩香を攻め立てる。彼から与えられる快楽で頭がおかしくなってしまいそうだ。

潤斗が小刻みな振動で熱く熟した肉芽を弄ぶ。すると体中の熱が一気に破裂し、爪先から頭のてっぺんまで突き抜けた。

「潤斗さん――っ！」

一気に込み上げた快楽に体の芯を溶かされ、彩香は潤斗の腕の中でぐったりとなる。

「イった？」

壊れたおもちゃのようにビクビクと腰を痙攣《けいれん》させる彩香の髪を掻《か》き上げ、潤斗が確認してくる。

彩香はその問いに頷きながら、この感覚が『イく』ということなのかと理解した。

「そう。……じゃあ、もう少しだね」

潤斗は、彩香の体を我が物顔で開き始める。

彩香の腰に回していた手を解き、両手で彼女の左右の膝を掴む。そうして、脱力感でベッドの上に投げ出されていた両足を持ち上げた。

彩香は咄嗟《とっさ》に足に力を入れ、膝を立てた状態で抵抗する。が、潤斗はなんなく彼女の足を左右に押し広げてしまう。

「――っ!」

彩香は、予想外の潤斗の行動に息を呑んだ。彩香の秘められた場所が彼の目に晒《さら》されている。

彩香が驚きと羞恥心《しゅうちしん》で硬直している間に、潤斗はその両側にある白い内ももに唇を這《は》わせていく。

「潤斗さん……」

少しだけ突き出した舌と柔らかな唇。その両方で同時に刺激されると、柔肌を伝って爪先にまで痺《しび》れが走る。

彩香は体を激しくよじった。だが潤斗は彩香のその動きを利用して、より大きく彼女の下肢を押し広げる。

そして内ももから徐々に上へと舌を移動させ、愛蜜に濡れた肉芽を刺激した。

「ヤダッ! そんなところ舐めないでっ……恥ずかしい……」

思いもしなかった箇所への愛撫《あいぶ》に驚き、彩香は潤斗の頭を押した。けれど体が痺れて、あまり力が入らない。顔を上げた潤斗は、彩香のその細い指を包み込むように握ると、「知っている」と少し意地悪な笑みを浮かべた。

「ここを誰かに舐められるなんて、考えたこともなかった？　すごく恥ずかしい？」

「……」

彩香は、無言で頷いた。この部屋が薄暗くてよかった。耳の先まで熱くなった自分の顔は、きっとひどく赤くなっていることだろう。

そんな彩香の掌《てのひら》に、潤斗は口付けをする。そして「でも我慢するんだ」と、どこか命令口調で囁《ささや》いた。

「俺は君を虐《いじ》めたいわけじゃない。ただ君に痛みを感じさせることなく、俺を受け入れてほしいだけだから……」

その言葉に、全身がゾクゾクとわななく。

自分を見つめる潤斗の眼差しは、とても静かなようでいてどこか熱っぽく荒々しい。プロポーズをされた夜の遊園地でも感じたことだけど、潤斗は自分の意見を通すことに馴《な》れているし、相手にそれを不快と思わせない魅力を持っている。

そんな潤斗を、自分は今、受け入れたいと思っている。

――拒《こば》めない。

彩香は、コクリと小さく喉を鳴らすと手の力を抜いた。その動きを感じ取り、潤斗は彩香の手を離して、再び太ももを押さえる。

彩香は手で顔を覆《おお》った。潤斗は、そのたくましい手で彩香のももを押し広げて、鼻の高い顔を秘所へと寄せる。彼の吐息がそこに触れるのを感じ、彩香はさらに羞恥心《しゅうちしん》を煽《あお》られた。

ぺちゃり――

熱く熟した肉襞に、潤斗の舌が触れる。その瞬間、彩香の全身がおののいた。

「――――っ！」

彩香は、大きく息を吸って体を強張《こわば》らせる。続いてぬるりとそこを舐め上げられ、彩香は背中を反らした。膣壁がヒクヒク痙攣《けいれん》して、熱い蜜が堰《せき》を切ったように溢《あふ》れ出す。潤斗はその愛蜜をすくうように、肉襞の溝に幾度も舌を這《は》わせる。

ねっとりと執拗《しつよう》なまでのその動きは、やがて上部にある淫核まで達した。

彩香は再び大きく息を吸い込む。

さっき絶頂を迎えたばかりで敏感になっていた肉芽を刺激され、雷に打たれたような衝撃が全身に走ったのだ。あまりのことに大きく押し広げられた足を閉じようとするも、潤斗の手に阻《はば》まれて叶わない。

「感じたなら、ちゃんと声を出すんだ。そうしないとわからないって言っただろう」

潤斗は優しく諭《さと》して、愛蜜で卑猥《ひわい》に濡れた肉芽を口に含んだ。唇を押し付け、赤く充血したそれを吸われると、ビリビリした痺《しび》れが走る。さらに舌でこね回されれば、彩香の全身を濃厚な快楽が突き抜けた。

「あぁぁぁぁっ…………、やぁっ……そんなに強く吸わないで…………」

彩香は、背中を仰《の》け反《ぞ》らせて嬌声《きょうせい》をあげた。硬く閉じた瞼《まぶた》の裏で、白い光がチカチカと瞬《またた》く。

彩香は、いつの間にかシーツを掴んで身悶《みもだ》えていた。激しい刺激に翻弄《ほんろう》され、蜜口がヒクヒクと痙攣する。

淫核をさんざん弄《もてあそ》んだ潤斗は、今度はそこに舌を這わせる。

「あっ……ヤダっ……舌を挿《い》れないでっ」

彩香の涙声での懇願《こんがん》に、潤斗はかすかに首を左右に振る。そして溢れ出す愛蜜の流れに逆らうように、舌を彩香の膣の中へと沈めてきた。

舌を深く押し込んで、彩香の媚肉《びにく》を撫《な》でる。グチュグチュと愛蜜と自らの唾液を混ぜ合わせるように潤斗の舌が蠢《うごめ》く。そうやってざらつく舌で媚肉の襞を嬲《なぶ》られると、とめどない悦楽が彩香の体を支配した。理解不能なまでの快楽に意識が溺《おぼ》れ、下半身が蕩《とろ》けてしまったような錯覚に襲われる。

「やぁあっ……あぁぁぁぁっ……はぁっっ！　……くぅっ」

彩香は、首を大きく振りながら喘《あえ》いだ。限界まで感度を極めている淫核に潤斗の鼻先が触れる。その刺激もまた、彩香を快楽の頂点へと押し上げていった。

——ああ……またっ……もう駄目っ！

激しい快楽に、頭が朦朧《もうろう》としてくる。彩香が再び絶頂の訪れそうな気配を感じ、シーツを掴む手に力を込めた時、不意に潤斗の唇が離れた。

「あぁ……っ」

激しい快楽から解放され、彩香は安堵感と寂しさが入り混じった感覚をおぼえ、息を漏らした。

体を起こした潤斗は、近くに投げ捨てていた自身のシャツで乱暴に唇を拭《ぬぐ》った。そして右手を彩香の足の付け根に這《は》わせると、「そろそろいいかな」と呟《つぶや》く。

「…………うんっ」

なにがいいのか察した彩香が熱い息を吐いて頷くと、潤斗はナイトテーブルの抽斗《ひきだし》から避妊具を取り出して装着する。そして彩香を押しつぶさないよう左腕を突きながら覆《おお》いかぶさり、右手で自分のものの角度を調節した。

肉棒の先端が媚肉《びにく》に触れると、予想外の熱に彩香の肩が跳ねる。

「大丈夫。ゆっくりと挿《い》れるから」

潤斗が宥《なだ》めるように彩香の髪を撫《な》でた。

「……」

「それでも怖いなら、俺の背中に腕を回すといい」

そう言って彩香の耳元に口付けをし、「今日だけは、俺に爪を立ててもいいよ」と囁《ささや》く。

彩香はその言葉の意味もわからないまま、潤斗の背中に腕を絡めた。

「ん、ん……はぁっ……ぁっ」

徐々に沈んでくる肉棒の感覚に、彩香の手に力がこもる。

だが、予想していたような痛みはなかった。十分に潤斗の指と舌で解《ほぐ》された淫口は、ぐじゅぐじゅと絡み付くような水音を立てながら彼の肉棒を受け入れていく。

それでも自分の中に他者の一部が沈んでくる圧迫感に、体が緊張してしまう。

「ああ……無理っ！　苦しい」

まだ先端しか挿入されていないのに、それでも突き入れられたそれが、熱く脈打っているのがわかる。やがて潤斗の肉棒が、彩香の処女膜へと到達する。

「少しだけ我慢して」

「はぁっ！　あぁぁぁぁっ…………ぅっ！　潤斗さん…………っ奥に来るっ！」

自分の中でなにかが爆《は》ぜる感覚をおぼえ、彩香は潤斗の背中に回した手にさらに力を込めた。

「あと少し……」

潤斗はゆっくりと彩香へ腰を押し付けてくる。内膜が裂ける感覚に、彩香は眉間に皺《しわ》を寄せた。

——潤斗さんが、私の中に……

「——っ！」

「痛い？」

「……」

潤斗の問いかけに、彩香は首を横に振る。

痛くないと言えば嘘になるが、それよりも潤斗を受け入れたという満足感の方が強い。

「よかった。すぐに馴《な》れるから少しだけ我慢して。……大丈夫。君のここは、もっと強い刺激を求めているはずだ」

潤斗は確信に満ちた声でそう告げると、腰をさらに深く沈めてくる。

肌を切り裂く痛みと、甘く痺《しび》れる感覚。それらの混じり合った卑猥《ひわい》な熱が、彩香の膣壁を擦《こす》る。

膣奥まで侵入してくる肉棒の感覚に、肌がヒリヒリと引きつる。その痛みさえ、さっき絶頂の直前まで高められた肌は快楽として享受してしまう。

やがて二人が完全に一つになると、体の奥深い場所で潤斗の肉棒が脈を打つ。彩香はその存在感に圧倒され、ただ浅い息を繰り返した。

たくましい潤斗の腕の中で彼の欲望を受け入れていると、全身が潤斗に支配されているようで怖くなる。だが、その支配感を心地よいと思っている自分もいる。

緊張のせいか、それとも快楽のせいなのか、指先が痺《しび》れる。彩香はその指先で潤斗の背中にしがみつきながら、自分は潤斗にこうされることを求めていたのだと実感した。

——私、潤斗さんのことを愛しているんだ……

ずっと、単なる〝好意〟と〝愛〟の境界線がどこにあるのかわからずにいた。でもこうやって潤斗の存在を全身で感じていると、それがハッキリとわかる。

体の全てを使って、その相手の存在を確かめたいと思うことを〝愛〟と表現するのだろう。

彩香の体が異物感に馴染《なじ》むのを待って、潤斗が腰を動かす。

彼の存在を、もっと感じていたい——そう思い、彩香は潤斗の背中に回す腕に力を込めた。

潤斗は、そんな彩香の願いなど承知しているかのごとく、腰をゆっくりと動かしていく。

熱く硬い彼の雄が、彩香の膣壁を擦《こす》り上げる。痛みも圧迫感もあるが、それ以上に甘く痺れる感触が心地よい。

「んっ………はぁっぁぁぁっ」

最初はゆっくりだった彼の動きが、徐々に速度を増していく。狭い膣壁を、潤斗の熱く滾《たぎ》る肉棒で擦《こす》られ、彩香は潤斗の腕の中で悶《もだ》えた。その摩擦感に子宮の奥まで痺れてくるような心地さえする。

「んんんっ…………うっ…………うっはぁっ…………うっ」

痛みと快楽が混じり合った感覚に、彩香は儚《はかな》い喘《あえ》ぎ声をあげる。

その細い笛の音にも似た声に煽《あお》られ、潤斗はなおも腰を激しく動かしていく。

「彩香、体の力を抜いて。そんなに締め付けられると、痛いよ」

「……あっ…………だって……あぁぁぁっ」

こんなに激しく攻め立てられているのに、そんなの無理だ——そう言いたげに首を振る彩香の耳を、潤斗が甘噛みする。不意の刺激に意識が逸《そ》れて体の緊張が緩《ゆる》んだ。その瞬間、蜜口から濃厚な愛液が溢《あふ》れ出し、彩香の内ももを濡らした。

「彩香、すごく感じているね」

「……やだっ」

——恥ずかしくて死にそう。

そう思っているはずなのに、体は彩香の心を裏切るように、とめどない愛液を滴《したた》らせる。

自分の体のどこに、これほどの蜜が潜《ひそ》んでいたのだろう。彩香の蜜壺は、指や唇で嬲《なぶ》られた時とは比べ物にならないほど過敏に反応し、愛蜜を溢れさせる。

潤斗は、腰を動かす速度に変化を付けながら、彩香の膣壷を掻《か》き回した。時に深く沈めた肉棒を途中まで抜き出しては、また深く彩香の中に沈めたりもする。

その繰り返しに、彩香の肌全体が痺《しび》れていき、息苦しいほどだ。

「あっあっあっ…………ぅ！　駄目、もう耐えられないっ！」

彩香の泣き出しそうな声に、潤斗が高ぶった息を吐き、さらに激しく腰を動かす。

その淫靡《いんび》な摩擦に、彩香の視界が白くぼやけていく。彩香はこのまま悦楽に溺《おぼ》れるのが怖くて、潤斗の背中に自分の指を喰い込ませる。それでも込み上げる快楽の渦《うず》から逃れることはできない。

「あっ！」

彩香は、膣壁の果てを打ち付ける熱杭の感触に、背中を弓なりに反らした。それと同時に、潤斗の欲望が限界を迎え、彩香の中で爆《は》ぜる。

その瞬間、止《とど》めを刺されたように彩香の体も絶頂を迎え、子宮が熱く痙攣《けいれん》した。

「……」

快楽の渦から解放され、ぐったりと体を弛緩《しかん》させた彩香は、そのまま瞼《まぶた》を閉じた。潤斗は、そんな彩香の髪を優しく整える。

その手つきは、彩香を幸せな気持ちにさせた。それでも『愛している』と、言葉にして潤斗に告げるのはまだ恥ずかしい。

この思いをどうすれば上手く伝えられるのだろうか？　彩香はそんなことを考えながら、眠りの闇に落ちていった。

◇　◇　◇

自分のかたわらで眠る彩香の髪を撫《な》でながら、潤斗は悩ましげに息を吐いた。

——昨日は駄目で、今日は駄目じゃない。これが吊り橋効果の成せる業《わざ》なのか？

では彩香は自分に愛情を抱《いだ》いてくれたのだろうか。それはわからない。

だからといって自分から『俺のこと愛している？』なんて、恥ずかしくて聞けるはずもない。

悔しいが、こういう時は本当に颯太が羨《うらや》ましい。

——だいたい、俺はどうなんだ？

彩香から提示されている結婚の条件は、お互いがお互いを愛することだ。今もし彼女に『愛している』と言われたところで、自分がまだ愛していないのであれば、ミッションクリアとはならない。

——俺は、彼女のことを愛しているのか？

可愛いと思うし、大事にしてあげたいとも思う。でもその思いを〝愛情〟と呼んでいいのかはわからない。

『恋愛なんて面倒くさい物には興味がない』と長いこと無関心を貫いてきたので、その基準となるような感覚が思い出せない。愛することをミッションとしておきながら今さらそんなことに気付くなんて、我ながらひどいとは思うけれど。

「…………」

潤斗は彩香の長い髪を指に絡めて、微笑みながら息を吐いた。

彼女の寝顔を見ているだけで心が癒《い》やされる。でもそんな感情を、むやみに〝愛情〟と呼ぶことは躊躇《ためら》われる。

だいたい、愛情なんて執着心の極致のような感情ではないか。そんな感情を今さら自分が持つことがあるのだろうか？　考えれば考えるほど、心の中がもやもやしてくる。

――そういう感情、面倒くさいんだよ。

潤斗は思考を止め、彩香を包み込むように抱きしめた。

――ただこうしていたいだけなのに。

結婚の条件なんて忘れて、ただ一緒にいることを楽しむためだけに、この生活を続けたい。

けれど久松家の跡取りとして、それが許されないのはわかっている。

「面倒くさい……」

そう呟《つぶや》いたところで、なんの解決にもならないことも承知している。

それでもやっぱりこれ以上考えるのが面倒くさくて、潤斗は彩香を抱く腕に少しだけ力を込めた。

5　半分だけのミッション

「で、最近どうなの？」

ある日の夕方、花粉がお客の服につかないようカサブランカの雄《お》しべを取っていた玲緒が、彩香をチラリと見た。

「どうって……、最近色々ありすぎて。どれに関しての話ですか？」

彩香はそう言って玲緒を見返すと、花束を作る際に切り落とした枝葉《しよう》を集めて「ごめんね」と小さく謝ってからゴミ箱に入れる。実は先ほどまで颯太が来ており、いつものように花束を注文して帰っていったところだ。

「じゃあとりあえず、バカ兄貴は？」

自分の兄をそう呼ばれるのは不愉快だけど、否定できないだけの前科が彼にはある。

「相変わらずです。『結婚なんてまだ早い。別れろっ！』『婚約も結婚も認めない！』って騒いでいます。ただ、久松さんの経歴を調べても、反対するだけの根拠が見つけられなくて、悔しい思いをしているみたいです」

育ち、学歴、身長、身体能力、収入。全ての面において自分より勝《まさ》っている潤斗に対して一郎も為す術《すべ》がないらしく、最近では『お兄ちゃんを捨てるのか』と情に訴えかける作戦に出るようになった。そのたびに、彩香は頭を抱えたくなる。

「息災《そくさい》でなにより」

一郎の活動報告に、玲緒が冷ややかに笑う。まあ確かに、と肩をすくめた彩香は、あることを思い出して言葉を続ける。

「そう言えば二人で一緒にいる時間に、時々、久松さんの電話に着信があるんです。久松さんは出ようとしないんですけど、あれ、お兄ちゃんの嫌がらせなのかもしれません」

　毎日二人の就寝時間あたりに鳴る着信音。潤斗は、『面倒くさい』と呟《つぶや》くだけで、電話に出ることはない。

「確かにアンタの兄貴からの電話なら、面倒くさいわね。私も無視するわ」

　否定できない。ものぐさ王子な潤斗ならなおさらだろう。それでも彼が着信相手の名前を口にしないのは、彩香への配慮なのかもしれない。

　彩香は、もし兄だとしたら困ったものだと息を吐く。

「とはいえ、ここ最近は大事な商談の瀬戸際《せとぎわ》らしいから、それで済んでいるんだと思います。でもそれが終わったら、またうるさくなるかもしれません」

　その日が来ることを想像して苦い顔をすると、玲緒が笑う。

「じゃあ、そうなる前に結婚しちゃえば？　一か月も仲良く一緒に暮らしていることだし」

　言われて彩香は、潤斗と暮らしてもう一か月になることに驚く。

「結婚はどうなんでしょうね……」

「嫌なの？」

「嫌じゃないです。嫌じゃないですけど……」

　彩香は言葉尻を濁《にご》すものの、玲緒は「歯切れが悪いと、こっちの気分も悪くなる」と睨《にら》んでくる。

そして掌《てのひら》を上に向けてちょいちょいと手招きをしてみせた。

「なにか悩みがあるなら、聞いてあげるわよ。どうせ恋愛初心者特有のくだらない悩みなんでしょ？」

聞いてあげる――と口では言いながら、態度は『気になるから話せっ！』の命令調だ。

玲緒には、彩香が潤斗に提示した結婚の条件について話してある。だから結婚できない理由については察してほしいのだけど。

彩香は小さくため息を吐いて、自分の不安を打ち明けた。

「彼に、愛されているって感じがしないんです。嫌われてはいないと思うんですけど……」

一緒に暮らす日々の中で、彼の言動に対して理解不能に陥《おちい》る時はあるが、大事にされているとは思う。

――でも……

大事にしてもらうことと、愛されていることは違うような気がする。彩香は自分の指先に視線を落とした。そんな彩香に対し、玲緒は「ほら、くだらない」と指さしてくる。

「そう言うと思ったから、話したくなかったのに……」

「だって、本当にくだらないじゃない。嫌われることなく仲良く一緒に暮らしているなら、問題ないでしょ？　お伽噺《とぎばなし》の女王様じゃないんだから、完璧な王子様に永遠の愛を誓ってもらえるような結婚なんて、無理に決まっているでしょ」

――何故、お姫様ではなく女王様……

そこはあえてスルーして、彩香は「無理でしょうか？」と唸《うな》る。

「無理よ、無理っ！　そんなことでうだうだ悩んでいたら、せっかく見つけた王子様に逃げられちゃうわよ。彼、基本的には優良物件なんだから、結婚したいと思う女性は腐《くさ》るほどいるはずだし」

確かに潤斗がミッションクリアするのが面倒くさいと言い出せば、この関係は簡単に終わってしまう。潤斗がその気にさえなったら、いくらでも次の相手が見つかるだろう。そうなったら彩香だけがこの思いを抱えて、宙ぶらりんになってしまう。

でもだからと言って、簡単に妥協《だきょう》していい問題じゃないと思う。

「愛し愛されて結婚したいって、そんなにワガママな夢なのかな？」

彩香は、自分の左薬指に視線を落とす。

婚約し、同棲を始めて一か月経った今も、そこに二人の関係を表す指輪はない。ものぐさな潤斗のことだから、用意するのが面倒くさいだけなのかもしれないけれど、つい、自分との関係を本気で考えていない証拠なのではと邪推《じゃすい》してしまう。

——自分から欲しいと言い出せるものじゃないし。

下手に話題にすると、潤斗のことだから『面倒くさいし、自分で好きなの買ってきて』とカードを預けてきそうだ。乙女心的に、さすがにそれは避けたい。

そんなことを考える彩香に、玲緒がニヤリと笑う。

「愛されている実感がないから結婚できない。……ってことは、もうアンタの気持ちは決まっているんだ」

「…………」

彩香は顔が赤くなるのを感じながらも頷く。恋愛経験がなく、おぼつかない足取りで始めた同居生活だったけれど、今は心から潤斗を愛していると思える。

「なら、結婚の条件の半分くらい妥協しなさいよ。あの兄がいながら、好きな人と結婚できるだけでも、ラッキーなんだから」

好きな人が相手だからこそ、片思いのような気持ちを抱えたまま結婚なんてしたくない。

それに、愛情に溢《あふ》れた家庭を作るという夢は、譲《ゆず》れない。

「そうかもしれませんけど……。でも、イヤです」

彩香がそう断言した時、ポケットに入れてあったスマホが鳴った。着信を見ると、伯母《おば》の麻里子からだった。

彩香は玲緒に断りを入れて電話に出ると、「大変よっ！」と緊張した声が彩香の耳に響いた。

◇　◇　◇

ヒサツモーターの自分のオフィスで電話をしていた潤斗は、軽いノックの音と、返答を待たずに扉が開く気配に眉をひそめた。

部屋に入ってきた颯太が、電話中なので配慮していますとでも言いたげに無言で手を振る。そして片手に持っていた花束を潤斗のデスクの上に置くと、勝手に来客用のソファーに腰掛けた。

――まったく……

彩香に作らせたであろう青を基調にした花束。それを一瞥《いちべつ》して、潤斗はそのまま電話を続ける。

「では、その方向で買収を進めてくれ。……よろしく頼む」

潤斗はそう言って電話を切ると、「勝手に入ってくるな」と颯太を睨《にら》んだ。

「なに、聞かれたくない電話？　昔の彼女との内緒話？　それともどこかの企業を秘密裏に買収するつもり？」

「今の会話の断片だけでも、後者の方だとわかるだろう。それに来週頭には公表される話だから、秘密と呼ぶほどの価値はない」

くだらないと息を吐く潤斗に、颯太が「なんだ、紀代美《きよみ》さんからの電話って線も考えていたのに」と、少し意地悪く笑う。

「……」

潤斗は颯太を睨んだ。

「そんな怖い顔するなよ。彼女元気？　結婚して少しはおとなしくなった？　根っからのお嬢様育ちで、美人でゴージャス。……僕、彼女のこと結構本気で好きだったんだけどな」

「最近、時々電話がある。……面倒くさいから、無視しているけど」

「そうなんだ。彩香ちゃんには、もう紀代美さんのこと話した？」

「まだだ」

「どうして？　一生隠しておける話じゃないだろ？」

「別に隠しているわけじゃない。ただ、話すのが面倒くさいだけだ」

「まあ、潤君がそれでいいと思っているなら、僕はなにも言わないけど」

颯太の口の固さをどこまで信用していいものかと、潤斗は眉をひそめる。

「で、今日はなんの用事だ？　またデートまでの暇潰しか？」

「違うよ。今日はお祝いに来てあげたんだ。その花束を見ればわかるだろう？」

玲緒の顔見たさに、しょっちゅう花を買い求めている颯太から花束をもらっても、それが祝い用の物などとわかるわけがない。それに、今現在、彼に祝ってもらう心当たりもない。

「なんの祝いだ？」

不思議そうな顔をする潤斗に、颯太は「チッチッチッ」と、舌を鳴らしながら指を振る。

「今日は、潤君と彩香ちゃんが同棲を始めて一か月目じゃないか」

「一か月……？　もう一か月も経つのか？」

いつの間にそんなに経ったのだろう。潤斗はそう驚きながら、彩香との暮らしを思い返した。毎日一緒に食事をし、時々映画のＤＶＤを観《み》たりして過ごす日々。それだけの繰り返しを、もう一か月も続けていたのか。

「やっと一か月。じゃなくて〝もう〟一か月……。その言い方から察するに、彩香ちゃんとの暮らしは快適みたいだね」

「不快ではない。彼女のおかげで、気付かされたこともあるし……」

ムスッと答える潤斗を、颯太が笑う。

「相変わらず素直じゃないね。……で、どんなことに気付いた？」

颯太の問いに、潤斗はチラリとデスクの上の花束を見やった。

「そうだな……。例をあげるなら……俺が好きな色は、青らしい」

「青？　そうなの？　ああ、だから潤君への花束を頼むと、彼女は青い花を使うんだ」

今さらながらに納得した様子の颯太に、潤斗は頷く。

「ちなみにお前の好きな色はオレンジらしい」

「当たっている。お客さんの好みをよく把握しているね。ちなみに、玲緒さんが好きな色は白だよ」

僕の洞察力もなかなかでしょう、と颯太が胸を張る。

あえてコメントは返さないが、彩香も玲緒が白を好むと話していた。

あれは二人でホラー映画を観《み》た次の日のことだ。彩香は、潤斗が夜中に驚かないようにと四台のお掃除ロボットをデコパージュという技法で飾っていた。専用の糊《のり》で、好きな模様の紙を貼るのだそうだ。テーマカラーは彩香、潤斗、玲緒、颯太の好きな色。

そうすれば暗い場所で自動的に動いていても、闇に同化する黒いボディよりは怖くないはず——そう話していた。

その時、潤斗が好きな色は深い青だと教えてくれたのだ。また彩香の好きな色はピンクだとも。

自分の好きな色など意識したことがなかったと驚く潤斗に、彩香は、お茶碗を選んだ時もそうだったけれど、潤斗の身の回りには青い物が多いと教えてくれた。確かに自分の持ち物には、青い物が多い。人は無意識にでも、つい自分の好む色を選んでしまうものなんですよ——と彩香は、楽しそうに話していた。

そんなことを話す潤斗に、颯太は大袈裟《おおげさ》に驚いてみせる。

「ええっ！　潤君、自分の好きな色もわからないほどおバカさんだったの？」

――お前におバカ呼ばわりされたくない。

潤斗は颯太を睨《にら》んだ。

「好きとか嫌いとか、そんな面倒くさいこだわりが自分にあると思っていなかったから、少し驚いたという話だ」

それを聞くと颯太が、「なんだ、やっぱりおバカさんじゃないか」と笑った。

「なにをっ……」

「君は人間なんだから、好き嫌いの感情ぐらいあるに決まっているだろう。潤君、君は自分を、人知を超えた特別な存在かなにかだと思っていたのかい？」

「……」

そう言われると、恥ずかしくなる。気まずそうに咳払いする潤斗を見て、颯太は楽しそうに目を細めた。

「君は、自分で思っているより、ずっとお人好しで人間くさいよ。……僕が人間として面白みのない奴と、こんなに長く親友を続けるわけがないじゃないか」

「それはお前が寄ってくるから」

「なんだかんだ言って、寄ってくる僕の相手をしてくれるのは、君の優しさだ。僕は君のその優しさに、深い友情を感じているんだよ」

何故この男は、そんな台詞《せりふ》を恥ずかしげもなく口にできるのだろうと、潤斗は呆れた。と同時に照れくさくもなってくる。潤斗はそれを隠すように続けた。

「まあとにかく、不都合なく暮らしていることだし、このままミッションをクリアして彼女と結婚できれば、と思っている」

「ミッション？」

キョトンとする颯太に、潤斗が「彼女はお前に話していなかったか？」と、彩香に提示された結婚の条件を説明する。

「結婚の条件は、互いに恋愛感情を持つこと。そのミッションをクリアすれば、俺と結婚してくれるそうだ。そのためには、俺が彼女に愛情を抱き、俺が彼女に愛される人間にならなければならない」

颯太が感心したように「ふう〜ん」と、息を吐く。

「潤君でも『結婚してくれる』なんて謙虚な考え方をする時があるんだね」

「結婚には相手の了承が必要なのだから、当然だろう」

「確かにそうだけど。……まあその条件なら、半分はクリアできているからよかったじゃないか」

「……？　どういう意味だ？」

「だって……潤君は、彩香ちゃんが好きだろ？」

「なにを根拠に？　いつからそうだと思うんだ？」

驚く潤斗に、颯太は「ずっと前からだよ」と笑う。

「潤君、僕がどうやって『ブラン・レーヌ』を知ったと思ってる？」

「お前が好きなブランドショップの近くにあったからじゃないのか？　もしくは尾関オーナーを偶然どこかで見かけて後をつけたか……」

友人のこれまでの行動パターンからそう推測する潤斗に、颯太がわかっていないと首を振る。

「僕がブラン・レーヌを知ったのは、潤君が教えてくれたからだよ」

「――っ！」

まったく記憶にない――思わず目を眇《すが》めると、颯太が説明する。

「半年ぐらい前かな。僕が潤君に『いい花屋知らない？』って聞いた時に、君はブラン・レーヌの名前を口にしたんだよ。けれど店の場所を途中まで説明したところで『……やっぱりその店は駄目だ』って言い出して、ネットで検索した別の花屋を教えてくれたんだ」

「そんなこと……」

あっただろうか……と考えてみたが思い出せない。

ただ、颯太とはよく会っているので、そんな会話をしていてもおかしくはない。

確かに新車発表会の後、なんとなく気になってブラン・レーヌについて検索したので、店の場所もわかっていた。けれど、あんな些細《ささい》な会話を交わしただけの子が気になって店の場所まで確認したことを知られたくなくて、途中で説明を止めてしまった可能性は高い。

「あったんだよ。いつもの潤君なら店の良し悪しに関係なく、一度口にした言葉をわざわざ取り消して他のお店を紹介したりしない。ましてや、そのためにネット検索なんてしないよ。ものぐさ王子の潤君としては、なかなか意外な行動だったよ」

「俺の性格に関しては否定しない。だが俺のそんな性格を把握しているお前が、なんで俺に花屋を聞こうとしたんだ？」

自分という人間を理解していると思うだけに理解できない。

「それは企業秘密。……とにかくそれでブラン・レーヌに興味を持って、行ってみた。そして彩香ちゃんを見つけた。それと同時に、玲緒さんと運命の出会いを果たした」

「どうして俺が興味を持っているのが、彼女の方だと思ったんだ？」

「それは、マメに通っている間になんとなく」

「……」

自分のなにを知っていれば、そういう判断になるのだろうか。些細《ささい》なことから彩香が潤斗の好きな色を言い当てたように、長い付き合いの颯太にもそれがわかるのか。そう納得しかけた潤斗に対し、颯太がニヤリと笑う。

「だって、玲緒さんは僕のストライクゾーンど真ん中だから、譲《ゆず》る気なかったし」

「なんだそれ」

つまり、自分の好みじゃない方が潤斗の好みであるということか。なんともいい加減なあてずっぽうだ。

「でも当たっていただろ？」

「……否定はしない」

「相変わらず素直じゃないね。とにかく、ミッションの半分は最初からクリアできていてよかったじゃないか。……気付いてなかったみたいだから教えてあげるけど、ここ一年くらいの潤君は、僕が車や時計を新調しても相変わらず興味を示さなかったくせに、デートの花についてはどこで買った物なのか気にするようになっていたんだ」

そのくらい、君の心は彼女に囚われていた——そう言いたげに颯太は笑う。

「嘘だ……」

買い物で無意識に青い物を選んでしまうように、自分は颯太の花束を見るたびに、イベントで出会っただけの彩香のことを思い出して意識するようになっていたのだろうか——そう考えると、恥ずかしくなる。

頬が熱くなるのを感じて黙り込む潤斗に、颯太が止《とど》めを刺すように言う。

「本当だよ。さっきも言ったけど、君は自分で思っているより、お人好しで人間くさいんだよ。そして久松家の名に恥じぬ、バカみたいに高いプライドの持ち主物だ。……だから好きな子がいるくせにそれを認めることもできず、だからといって他の子と結婚する気にもなれず、『面倒くさい』と駄々をこねていたんだろ?」

「そんなつもりは……」

「そして、それを素直に認められない。……たまには素直に、僕の友情に感謝してよ。そんな君に、彩香ちゃんとのお見合いをセッティングしてあげたんだからさ」

からかいの視線を向ける颯太に、潤斗が「ああ……」と息を吐いた。それから一人大きく頷く。

「なるほど。確かに俺は、プライドが高いのかもしれない」

「だね。久松家の者は皆、強気でプライドが高くて傲慢《ごうまん》。それでも周囲を魅了するなにかを持っている。……だからこそ、これほどの大企業を統率できるのだろう？」

そう主張する颯太に対し、潤斗は気まずそうに髪を掻《か》き上げる。フォローはしてくれているが、強気云々《うんぬん》のくだりは少々耳が痛い。

「確かに否定できない側面はある……」

家族がそうであるように、自分も久松家の者として、外では傲慢に振る舞うべきと思っていた節《ふし》はある。ただそれはこれまで、単なるポーズとして行《おこな》っていたつもりだった。けれど――

――ああ、あの日の感情は、そういうことだったのか……

初めて彩香と言葉を交わした時、潤斗は彼女に根拠のない敗北感を覚えた。あれは、久松家の者として、初対面の通りすがりの女の子に対してあっさり恋に落ちてしまったのが恥ずかしかったんだ。

そして一か月ほど前に彩香を抱いた日、自分の彼女に対する思いが〝愛情〟だと認めるのを躊躇《ためら》ったのは、自分の方が先に愛したことを認めるのが悔しかったから。

あの見合いの日だって、あんな意地悪をしたのは、好意を持っている相手に一方的に拒否されプライドを傷つけられたからだ。

それでは好きな子に意地悪をして気を惹《ひ》きたがる子供と同じじゃないかと、頭を抱えたくなる。

——ということは、ミッションを、おおむねクリアできたということか？

幸い彩香は自分に好意的だ。彩香の自分に対する感情が〝愛情〟と呼べるレベルに達していないとしても、妥協《だきょう》してミッションクリアとしてもらえないか、打診することは許されるんじゃないかと潤斗は思う。

自分から条件の引き下げを頼むことに多少の抵抗はあるが、この際しょうがない。彩香にそのことを伝え、彼女の了承さえ得られれば結婚できるのだから。

——できるのだが、……どうやって伝えればいい？

それこそ久松家の者として、今さら『実は前から君のことが好きでした』なんて恥ずかしくて言えない気がする。

一人悩む潤斗に、颯太が「婚約一か月記念に、彩香ちゃんになにか喜ぶ物をプレゼントしろよ」とアドバイスしてくる。

「プレゼント？」

「そう。婚約一か月記念のプレゼント。女の子に嫌われたくなかったら、そんな小さな記念日でも大事にしろよ。女の子って、そういうところで愛情確認するから」

確かに女性をターゲットにした新車発表会では、広報部の社員がキャンペーンの記念品に力を入れている。何事においても、女性にとって記念品は重要案件なのかもしれない。

「記念品……なるほど」

潤斗が深く頷くと、颯太が不安げな視線を送ってくる。

「記念品じゃなくて、記念日のプレゼントな。その微妙なニュアンス、間違えるなよ。洒落《しゃれ》た店で食事をしながらプレゼントを渡すのがいいと思うよ。あと、気の利いた台詞《せりふ》も忘れるな」

「なるほど。それはいいかもしれない」

それを切っ掛けに自然に自分の気持ちを伝えつつ、ミッションクリアの条件を引き下げてもらえるよう交渉できないだろうか。

「でしょ。たまには僕もためになる発言をするだろう？」

「それで、彼女になにを贈ればいい？」

「さあ？　それは僕にはわからないよ。彩香ちゃんと一緒に暮らしているのは、潤君なんだから。それに僕、そこまで彩香ちゃんに興味持って話したことないし」

「……」

役立たず——と罵《ののし》るのは、さすがに非礼にあたるだろう。むしろ興味を持って接していなかったことをありがたく思うべきか。潤斗は、喉まで上がっていた言葉を呑み込み、ぎこちない微笑を浮かべる。

「それでも、強《し》いてアドバイスするとすれば？」

「お、今日は随分と謙虚だね」

「……」

颯太は満足げに笑う。さすが旧知の仲と認めるしかない。

「そうだね。……強いてアドバイスするなら……婚約指輪はあるんだろう？　だから宝石類はやめておいた方がいいんじゃないかな」

「あっ……」

「ん？　なに？」

「なんでもない。続けてくれ」

口元を手で覆《おお》い颯太に先を促《うなが》したものの、内心穏やかではなかった。

――まさか、婚約指輪の存在を忘れていたとは言えない。第一、どのタイミングで贈ればよかったのかわからない。

そんな潤斗の焦りを余所《よそ》に、颯太はアドバイスを続ける。

「それに彼女は、宝石やブランド品で喜ぶタイプじゃないと思うから、潤君が手間を掛けて用意したプレゼントの方が喜ぶと思うよ」

「それだけでは、漠然としすぎている」

「たまには自分で考えてみなよ。悩んでいる時間も、女の子に捧げるプレゼントだよ」

「バカか」

そう呆れていると、潤斗のスマホが鳴った。画面を見ると、彩香だ。

――仕事中に珍しい……

というより、お互いが仕事している時間帯に電話が掛かってくるのは、これが初めてかもしれない。そのことに小さな驚きを感じながら電話に出ると、彩香の緊張した声が聞こえてきた。

潤斗もつられて緊張しつつ眉を寄せる。

「もしもし。いや、電話は構わないよ。えっ……っ？　お兄さんが……えっ………出家っ？

それを止めるために、しばらく実家に帰る？　ああ、それは問題ないが」

会話の一端を聞いているだけの颯太も、怪訝《けげん》な顔をする。

「では、君としては、お兄さんの出家を阻止したいんだな？」

そう彩香に確認した潤斗は、颯太にチラリと視線を向けると、「なるほど。それは、ちょうどいい」と笑みを浮かべた。

◇◇◇

今回一郎は、ある半導体製造会社の新システム導入にあたって、自社のソフトとサポートシステムを提案して商談を取りまとめるよう任を受けていた。そしてもろもろの条件をクリアして、商談成立まであと一歩かと思ったところで、ライバル社も同じく条件をクリアして生き残っていたことがわかった。

そのライバル社というのが、一郎の会社を辞めた男が独立して立ち上げた新鋭企業だった。その男は、一郎の会社から本来社外秘である情報を持ち出し、エンジニアを引き抜き、それまでその会社で学んだノウハウをフル活用しつつ、リーズナブルなサービスを提供しているのだという。

そうやってかつて勤めていた会社のものを奪う形で成長した会社に負けるわけにはいかない——本社のそういった強い意向もあり、今回の商談担当には、若手のホープである一郎が任命された。

だが一郎は、その商談に競《せ》り負けた。一郎のほんの些細《ささい》な判断ミスが命取りになったのだそうだ。会社全体が気勢を上げていたプロジェクトであっただけに、それがかなり大きな問題になったらしい。それでその責任を取る形で、週明けには地方勤務の正式な辞令が一郎に下ることになったそうだ。

——っていうところまでは、理解できるのよ……

シャンデリアの光を鈍《にぶ》く反射する銀製の食器を見下ろし、彩香は痛むこめかみを指でマッサージしながら先ほどの麻里子の話を辿《たど》る。

彼女からの電話によると、正式な辞令を前に上司が内々にそれを一郎に伝えたところ、一郎が『仕事を辞めて出家し、仏門に入る』と言い出したのだという。

その発言に驚いた上司は、異動はあくまでもほとぼりが冷めるまでの一時的な措置で、すぐに東京に呼び戻すつもりだし、ミスがあったとはいえ、そこまで責任を感じて思いつめる必要はないと諭《さと》したらしい。

ところが一郎は、そんな温情溢《あふ》れる上司の言葉にこう返した。『自分が東京を離れれば、その隙に妹が結婚してしまう。妹が嫁に行くのなら、もう仕事に励む意味もなくなる』と……

半ば呆れた上司からその話を聞かされた父敏夫が麻里子に相談し、そして桜庭家の内孫《うちまご》を熱望する麻里子が、一郎の出家を阻止してほしいと彩香に泣きついてきたのだった。

——理解不能……

——それでもお兄ちゃんの性格なら、ここまではギリギリあり得なくもないと思うのよ。

そう心の中で呟《つぶや》き、さらに強くこめかみを揉む彩香は、最も理解できないのはこの状況だと、部屋を見渡した。

高級ホテル内にあるフランス料理店の個室。そこで彩香は、潤斗と颯太とともに夕食をとっている。

——なんでこうなるんだろう……

彩香としても兄のそんな状況を無視できるわけがないので、電話してきた麻里子に『一郎を説得する』と伝えた。そうなると場合によっては、実家に泊まることになるかもしれないので、潤斗に一言断りを入れようと思って連絡を入れたのだった。

すると彩香から説明を受けた潤斗は、『ちょうどいい』と答えた。

——ちょうどいい……なにが？

その疑問に答えることなく、潤斗は颯太の運転する車でブラン・レーヌに乗りつけると、そのまま彩香を早退させ、車に乗せた。そしてなんの説明もしないまま、このホテルのレストランに連れてきたのだった。

「鴨《かも》は嫌いだった？」

洗練された手つきで、自分の前の皿に盛られた料理をナイフで切り分けながら、潤斗が尋ねてきた。彩香の皿には、まだ手つかずの『鴨とフォアグラのドーム仕立て』なる料理が置かれている。

「いいえ。鴨、嫌いじゃないです……」

というか、今まで鴨を食べたことがないので、好きなのか嫌いなのかもわからない。

「そう。よかった」

「ここのお店で使う食材、生鮮食品以外は全部フランスから取り寄せていてね。総料理長は日本人だけど、使っているシェフはフランス人が多いし、本人もフランスでの修業期間が長かったから、素材は本場のものにこだわっているんだよ」

四人掛けの円卓。彩香と潤斗が向き合って座り、間の席に座るのが颯太。その颯太がこの店の方針について説明してくれる。

「そうなんですか」

前菜に始まりメインディッシュまで、二人とも馴《な》れた様子で食事を楽しんでいる。彩香はすっかり気後《きおく》れして質問できずにいた。

高級ホテルの高級レストラン。それだけでも緊張するのに、潤斗は出勤用のラフなスタイルをした彩香のために個室を取ってくれた。

——逆に緊張するんですけど……

広々とした個室に、扉の脇には給仕をしてくれるウェイターがスタンバイしている。

「あの……私、お兄ちゃんのこと、止めに行きたいんですけど」

堪《たま》りかねた彩香がそう切り出すと、潤斗が「問題ないから食事を続けて」と促《うなが》す。

——……お兄ちゃんが出家することなんて、潤斗さんにはどうでもいいことだものね。

それどころか、散々因縁をつけられていた彼には、むしろ喜ばしいことなのだろうか。

だとしたらこの豪華な食事は、一郎が出家することに対する祝いなのかもしれない。

「ごめんなさい。やっぱり私……」

潤斗の気持ちもわからないでもないが、家族としてはそんな気持ちにはなれない。

一郎を止めに行かなくてはと、彩香が立ち上がった時、ウェイターの脇の扉が勢いよく開いた。

そして別のウェイターが「ごゆっくりご案内いたしますから……」と宥《なだ》めるのも聞かず、スーツ姿の一郎が部屋へ飛び込んでくる。

「どういうことだっ！」

「お兄ちゃんっ！」

突然の一郎の登場とその険《けわ》しい表情に息を呑んだ彩香は、とりあえず一郎が坊主頭《ぼうずあたま》になっていないことに安堵の息を吐いた。

「なにがです？」

潤斗はナイフとフォークを揃えて皿に置き、ナプキンで口元を拭《ぬぐ》って問いかける。

「今、このホテルの下のラウンジで、今回商談に失敗した取引先の杉田《すぎた》社長に会ってきた」

「そうですか」

潤斗は一郎に、一つだけ空いている椅子に座るよう手で促《うなが》す。その動きを見て一郎を追いかけてきたウェイターが、慌てて椅子を引いた。だが、一郎は微動だにせず潤斗を睨《にら》んでいる。

「座らないと、彼が困っちゃうよ」

そんな一郎に、颯太が声をかける。

ウェイターは椅子の背もたれに手を掛け、お辞儀のような姿勢を保っている。そんな彼を横目で窺《うかが》うと、一郎は渋々といった様子で椅子に座った。ウェイターが潤斗に深く頭を下げてその場を離れる。

すると最初から部屋にいたウェイターが近付き、一郎に飲み物を給仕した。

その様子と、元々席が一つ空いていたことから察するに、潤斗は一郎がここに来ることを知っていたらしい。彩香はそこで、潤斗がこのレストランの個室を取った本当の理由を理解した。

「食事は、どうされます？」

潤斗の問いかけに、そんな物いるかっ！　とばかりに手を大きく払い、一郎が潤斗を睨む。

「で、どういうことだ？」

「なにが？」

「杉田さんに呼び出され、やっぱり我が社と契約をしたいと告げられた」

「よかったじゃないですか」

驚く彩香の向かいで、潤斗がニンマリと微笑む。

「杉田さん曰《いわ》く『ヒサマツモーターの潤斗専務の助言に従い、決定を変更させていただくことにした』とのことだったが、どういうことだ？　なんでお前が、俺の仕事に干渉してくるんだっ！」

「貴方《あなた》の仕事に干渉するつもりはありませんよ。ただあの杉田氏の会社は、国内有数の半導体メーカー。今後の発展のために、コスト削減を図りながらさらなる海外進出を展開していこうとしていた……」

「そうだ。そのコスト面で、うちの会社が競《せ》り負けたんだ」

俺がもう一歩踏み込んだ提案をできていれば――と悔しそうに息を吐く一郎に、潤斗が頷く。

「そう。コスト削減とともに資本金を増やそうと、さらに株式公開をした」

「だから潤君が、株を買い占めたんだよね。ってなわけで、彼は杉田氏の会社の筆頭株主だ」

明るい声で明かす颯太が、「ただし、正式には週明けからだけど」と補足する。

「株を買い占めたっ？　筆頭株主？　いくら使ったんだ？」

「さあ？　面倒くさくて数えてないので」

そう微笑まれると、冗談なのか本気なのかわからなくなるが、相当な金額が動いたことだけは確からしい。

「なんのために？」

「投資ですよ。杉田氏の会社に将来性を感じ、ともにさらなる躍進を遂げるために、我が社が経済的支援をさせていただくことにしただけです」

「……」

「その代わり杉田氏には、企業の体質改善に着手することを提案させてもらいました。その一環として、目先のコストに囚われることなく、中長期先を見据えたシステム導入を求めた。つまり、自分たちで技術を育てることなく急成長した会社は脆《もろ》いから、採用しないように進言したんです。ヒサマツモーターの次期社長として、傘下《さんか》の企業には、価格ではなく信用度と成長力で取引相手を選んでもらいたいので」

「……か、金の力で、人の考えを変えさせるなんて、間違っているぞ」

しばらく黙り込んでいた一郎が、潤斗を睨《にら》んだ。

「そんな失礼なこと、考えたこともありませんよ」

そう首を振る潤斗の隣で、颯太が「そうだね」と楽しそうに口を挟んでくる。

「潤君なら杉田社長の考えを変える以前に、彼を社長の座から下ろすだけの力を持っている。だから、そんな失礼なことしないよ」

「……」

潤斗は黙って肩をすくめただけで、否定も肯定もしない。

——なんか怖いから、否定してよっ……

彩香はそう心の中で叫んでみるけど、一方でヒサマツモーターの専務という地位にはそれだけの権力があるのかもしれないとも思う。

でも彩香と一緒に暮らす潤斗はただのものぐさ王子だから、誰かの人生を大きく変えるだけの力があるようには思えない。

——あれ？

……思えないんじゃなくて、思わせないようにしている？

彼は本当に面倒くさがり屋のものぐさ王子なのだろうか？

それは潤斗と暮らすようになってから、時々感じていた疑問だ。

「ふざけるな。正々堂々戦って負けた試合に、お前が割り込んでくるなっ！」

考え込む彩香の思考を遮《さえぎ》るように、一郎が怒鳴った。

「本当に、そう思っていますか？」

問いかける潤斗の目には、有無を言わさぬ気迫が込められている。

「どういう意味だ？」

「正々堂々……という言葉を使うには、御社のライバル会社には、創業当初から問題がある。そしてビジネスの世界において、商談の成立が試合終了のタイミングではないでしょう？　契約成立後、顧客を満足させるサービスを提供するところまでがビジネスです」

「……」

黙り込む一郎に、潤斗が続ける。

「貴方《あなた》は、自分の会社が、本当の意味で試合に負けるような会社だと思っていますか？」

「そんなわけあるか」

そこだけは譲《ゆず》れないと胸を張る一郎に、潤斗が小さく笑う。

「では、俺は正しい助言をした。杉田氏は正しい選択をした。貴方は正しい意味で試合に勝った」

――それでいいじゃないですか。

潤斗が、そう言いたげに軽くグラスを持ち上げる。

「……こんなことで、俺に恩を売ったと思うなよ」

ゆっくりとグラスに唇を付ける潤斗を前に、一郎が唸《うな》った。

彩香は今の潤斗の演説に、鮮やかな手品を見せられたような気分になっていたが、一郎の態度に気付いて窘《たしな》める。

「まずは、お礼を言うべきよ」

「うるさいっ！」

だが一郎はそっぽを向いてしまう。

「恩を売ったなんて思いませんよ。ただ、礼儀を重んじる武道家の貴方が、それでいいのであれば」

「うっ……」

しれっと牽制《けんせい》する潤斗に、一郎が唇を噛む。そんな一郎の表情に、潤斗は悪戯《いたずら》な微笑を浮かべる。

「冗談です。感謝なんて面倒くさいこと、しなくていいですよ。それにこれは、貴方のためじゃなく、彼女のためにしたことですから」

潤斗が彩香を見やると、つられて一郎も彩香を見た。

「えっと……」

二人の視線を受け、彩香は慌てて言葉を探す。そんな彩香に代わって、潤斗は続けた。

「彼女は、貴方に出家なんてしてほしくないんです。そんなことで思いわずらう彼女を見るのは面倒くさいから、やめてください」

「……」

「商談成立の立役者《たてやくしゃ》は貴方だ。杉田氏がそう明言してくれるはずです。よって転勤も取り消しになるでしょう。これで出家する必要はないですよね？」

「俺に出家されたくないのか？」

「まあ、そうですね」

「……」

一郎はしばし黙り込んだ末に、「じゃあ、妹と別れろ」と理不尽極まりない命令をする。

「なんでそうなるのよっ！」

心配して損した、と突っ込む彩香に、一郎が絡む。

「じゃあお前は、お兄ちゃんが出家してもいいのか？　お兄ちゃんが可哀想じゃないのか？」

颯太が小声で彩香に問いかけてくる。

「この流れ、意味がわかんないんだけど？」

「たぶん、本人も訳がわからなくなっていると思います」

「おいっ！　お前っ、妹と気安く喋《しゃべ》るなっ！　出家するぞ」

颯太を指さす一郎に、彩香はため息を吐く。

確かに最初は、仕事の失敗と彩香の婚約が悔しくて、自暴自棄になっていたのかもしれない。だが今は潤斗への敗北感で自暴自棄になっているらしい。

アホらしい。

「もう……出家していいよ」

「――っ！　彩香……」

呆れ顔で言い放つ彩香に、一郎が悲愴感《ひそうかん》溢《あふ》れた表情を浮かべる。

そんな一郎に、潤斗も「彼女もそう言うなら、どうぞ出家してください」と悪戯《いたずら》な微笑で言う。

「えっ？」

「貴方《あなた》が出家しようがしまいが、俺は彼女と別れる気はありませんから。……どちらかと言えば、貴方が出家してくれた方が絡まれる面倒がなくなって、俺的には助かります」

『別れる気はない』という潤斗の言葉が、彩香の胸を打つ。今までにも何度か聞いた言葉ではあるが、その言葉に込められた力強さが今までとは違う気がする。

「ただ逆に、彼女が俺と別れたいと思った時に貴方が出家していては、彼女は頼る場所を失いますね」

余裕の表情で話を続ける潤斗に、一郎は「確かに……」と眉を寄せる。潤斗はそんな一郎の表情に、笑みを浮かべたまま頷いた。

「たいした信仰心もないのに、どうしても出家をしたいというのであればどうぞ。なんでしたら、荒行《あらぎょう》で有名なお寺を紹介しますよ」

潤斗はゆったりした動きで胸に手を当て、頭を軽く下げる。そんな芝居がかった動作を前に、一郎は追いつめられた表情で彩香を見てくる。

——そんな捨てられた子犬のような眼差しされても……

呆れてしまうものの、結局はお兄ちゃんっ子で育った自分が、一郎を見捨てられるわけがない。

「お兄ちゃん、お願いだから出家するなんて言わないで」

そんな彩香の言葉に、一郎は一瞬安堵の表情を浮かべたが、すぐに顔を引き締め「しょうがないな」ともったいぶって見せる。

「可愛い妹のために、今回の出家の話はなかったことにしてやるよ。親父を一人にするわけにもいかないし」

――単純……。今の今まで、お父さんのことなんて忘れていたくせに。

彩香の少々冷ややかな視線に、一郎が居心地悪そうに咳払いをする。

「とにかく出家しない以上、会社に戻って一連のことを報告しなくては……」

そう言って出入り口の扉に向かった一郎は、ドアノブに手を掛けると、振り返って潤斗を見た。

「まだ、なにか？」

「なんだ……その、『お兄さん』と呼ぶのは許さんが、『心の兄』として俺を慕うことなら、許してやってもいいが……」

一郎としては、最大限譲歩しているつもりなのだろう。しかし今の発言がよほど恥ずかしかったのか、一郎は潤斗の返事を待たずにそのまま個室を出ていった。

潤斗は閉じた扉に手を振り、「結構です」と苦笑いを浮かべた。

一方彩香は、あることを思い出して席を立ち、廊下に顔を出して声をかける。

「あ、お兄ちゃん。……感謝しているなら、もう悪戯《いたずら》電話はやめなさいよ」

すると一郎が振り返り、「なんだそれ？」と苦い顔をする。

――白々《しらじら》しい。ばれてるんだからね。

そう思い厳しい顔をしてみせる彩香に、一郎は「そんな大人げないこと、俺がするわけないだろ」と小声で返して出口へと向かう。

個室の外には他の客の姿もあるので、彩香はそれ以上注意することを諦めて首を引っ込めた。

——出家するなんて駄々をこねる段階で、子供でしょ……

「で……」

彩香が再び席に着くのを待って、潤斗が口を開いた。

「で？」

その先に続く言葉がわからない。首を傾げる彩香に、潤斗が「プレゼント」と呟《つぶや》く。

プレゼント？　……要求されているのだろうか？

「潤斗さん、誕生日なんですか？」

真顔でそう質問すると、颯太が爆笑した。

「さすが、潤君と暮らせるだけある。お似合いだね」

「黙れっ……」

怒る潤斗に、颯太がからかいの笑みを浮かべる。

「黙ってもいいけど、僕が黙ったらきっと話が進まなくなるよ。本当に、黙ってもいいの？」

ん？　と、鼻を突き出して微笑む颯太に、潤斗は苦々しげに息を吐いて「喋《しゃべ》っていい」と答えた。

「では、許可をいただいたところで……。『お兄さんの出家を阻止する』。それが、潤君から彩香ちゃんへの、婚約一か月記念のプレゼントだったらしいよ」

「え……？」

「最初は彩香ちゃんのお兄さんを黙らせたくて、とりあえず杉田さんの会社を押さえておこうと思ったみたい。弱みを握るって意味でね。でも彩香ちゃんからの電話を受けて、押さえたカードの使い方を変更したんだって」

先に潤斗に聞かされていたらしき話を楽しげに披露する颯太。潤斗は、気まずそうに咳払いをしている。しかし否定しないところを見ると、今の話に嘘はないらしい。

「潤斗さんって、記念日とか気にしない人かと思っていました。面倒くさいって言いそうだし」

彩香の素直な見解に、颯太は「よく理解してらっしゃる」と頷く。そして不機嫌そうにしている潤斗を見た。

なにか言いなよ――そう言いたげな視線で促《うなが》され、潤斗は彩香をチラリと見た。

「……まあ、そういうことだ」

――なにが？

心の中で突っ込む彩香の声が聞こえたのか、潤斗は「面倒くさいけど、君は特別だからしかたない」と、聞き取れるか聞き取れないかの声で付け足す。

「ブハッ」

思い切り噴き出した颯太が、爆笑する。途中、息苦しそうにしながら「まさかそれで、気を利かせているつもり？」と目尻の涙を拭《ぬぐ》う。

けれど彩香は、思いもしなかった潤斗の言葉に、暖かなショールでも掛けられた気分になった。

潤斗に特別な存在と認められたことが、自分でも驚くほど嬉しい。それほど、自分は潤斗が好きなのだと改めて思った。

颯太は頬を赤くする彩香に少し驚いたようで、顔を覗き込み、「これ女子的にありなの？　マジで」と呟《つぶや》く。潤斗は、そんな颯太を睨《にら》んでから言葉を足した。

「それに兄妹っていうのは、どんなに面倒くさい相手でも、放ってはおけない存在だし」

さっきの消え入りそうな声の印象をかき消したいのか、潤斗はハッキリとした声でそう付け足した。そんな潤斗の態度が面白かったのか、颯太が「へ～ぇ」と楽しそうに頷く。

「うるさい。やっぱり黙れ。……そういうわけで、話は終わりだ」

潤斗がそう言って食事を再開する。颯太も黙って食事を始めたので、彩香も黙ってそれに倣《なら》った。

◇◇◇

「疲れた」

潤斗は自宅でのいつものスタイルに着替え、ソファーに腰を下ろす。

遅れてリビングに入った彩香は、そんな潤斗をソファーの背もたれ越しに抱き締めた。

「――――！」

潤斗は一瞬驚いたようだが、頬に掛かる彼女の髪がくすぐったいのか、少しだけ首を動かす。彩香も部屋着のワンピースに着替え、髪を下ろしてきたところだ。

「ありがとうございます」

一郎のことだと思ったのだろう。潤斗が「うん」と頷く。

「でもお礼とか、面倒くさいから言わなくていいよ。助けないと君のお兄さん、もっと面倒くさいことになりそうだし」

彩香の手に自分の手を重ねて、潤斗が言う。

――わかってないな……

彩香が思わず小さく笑った時、潤斗の肩越しにお掃除ロボットが近付いてくるのが見えた。まるで二人を出迎えに来たかのようだ。

そんなお掃除ロボットの姿を見ながら、彩香は「私、気付いているんですよ」と囁《ささや》いた。

「潤斗さんの『面倒くさい』は、心のバリアなんですよね。相手に気を遣わせたりしないために、すぐにその言葉で相手と距離を作る。それは、潤斗さんの優しさです」

「なんで俺が、そんな面倒くさいこと……」

拗《す》ねた口調でお決まりの台詞《せりふ》を口にする潤斗に、彩香が「ほら」と小さく笑う。

「私にはよくわからないけれど、そうやってバリアを張るのは、ありのままの自分だと務まらないくらい、潤斗さんの立場が大変だってことなんですよね」

「……」

「もし本当に潤斗さんが面倒くさがり屋のものぐさ王子なら、最初から仕事を頑張らないし、間違って買ってしまったお掃除ロボットを全部稼働させたりしませんよ。きっと箱から出すこともなくその辺に置いておくと思います。潤斗さんは、あの子たちを箱に閉じ込めておくのが可哀想だったんですよね」

「……」

ふと潤斗が、彩香の手を包む自身の手に力を込めて、「勝てないな」と呟《つぶや》いた気がした。

「潤斗さんは面倒くさがり屋なんじゃなくて、優しい人です。そしてたぶん、傷付きやすい人なんです。……でも、それを認めるのが嫌なら、面倒くさがり屋なものぐさ王子のままでいいです。潤斗さんが面倒くさがり屋なぶん、私が本音を見逃さないように頑張りますから」

——本当は愛されてるって確信したかったけど、『特別』って言ってもらえたからいいや。

——『愛している』って言ってもらえなくてもいいから、ずっと潤斗さんと一緒にいたい。

心の底からそんなふうに思い、彩香は潤斗の言葉を待たずに続ける。

「私、潤斗さんのこと愛しています。だから、結婚しましょう」

驚いたように首を大きく捻《ね》じって、潤斗が彩香を見る。

「そういうこと言うと、もう逃がさないよ。俺、君が思っているより傲慢《ごうまん》で我儘だから、一度結婚したら、君を逃したくなくなる。それでもいいの？」

潤斗の眼差しがあまりに鋭いので、彩香は今自分がすごく重要な決断を迫られているのだと悟った。端整で野性的な潤斗に見据えられながらこんな重大な選択を迫られると、悪魔との契約を結ぼうとしているみたいだ。

——潤斗さん、そんなに離婚と再婚が嫌なんだ。

そう思うと少し呆れてしまうが、彩香は望むところだと頷く。たとえ愛されていなくても、好きな人と結婚できるのだから、それ以上は望まない。

「逃げたりしません」

「そう。ならいいんだ」

潤斗は頷いて体を捻《ひね》ると、彩香を抱きしめて引き寄せた。

「きゃっ――っ」

ソファーの背もたれを乗り越えた彩香は、そのままソファーの座面に押し倒される。

覆《おお》いかぶさる潤斗が、驚いて手足をバタつかせる彩香の肩を押さえ、からかいの笑みを浮かべる。

「逃げないんじゃなかったの？」

「逃げないって、そういう意味じゃ……」

「知ってる」

潤斗は「でも、逃がさない」と言って、唇を彩香の首筋に這《は》わせる。

そうしながら、ワンピースの前開きボタンをゆっくりと外していく。

「潤斗さん……待ってて」

彩香の制止を受け入れることなく、潤斗の唇は首筋から耳元へと上がっていき、その耳たぶをペロリと舐めた。それだけなのに、体全体に舌を這わされたような痺《しび》れが走る。

鼓膜に直に触れる潤斗の息遣いに胸が高鳴っていく。

「明るいし……ここじゃヤダ」

明かりが煌々《こうこう》とついたリビングのソファーでの行為には、抵抗がある。

「今日は、彩香の全てをちゃんと見たい。結婚するんだから、いいだろ？」

「でも……」

まだ男女の行為に馴《な》れていない彩香は、おずおずと潤斗を見上げた。初めて潤斗を受け入れた日から今日まで何度かセックスはしたけれど、こんな明るい場所で行為に及んだことはない。

いつもは彩香が恥ずかしがるとそれ以上は進まない潤斗が、今日は違った表情を見せている。

「自分で気付いている？　恥ずかしがる彩香の顔って、すごく男の欲望を掻《か》きたてる」

「………」

捕らえた獲物を弄《もてあそ》ぶ猫のように、潤斗が悪戯《いたずら》な笑みを浮かべる。そう言われたって、恥ずかしいものは恥ずかしい。

「お、お風呂とか、入っていないし……」

どうにかこの場は諦めてもらおうとする彩香に、潤斗は仕方ないとため息をついて服を脱がす手を止めた。そして彩香の首筋に唇を這わせながら囁《ささや》く。

「じゃあ、一緒にお風呂に入ろう。綺麗に洗ってあげるよ」

「――っ！」

それは、ここでセックスするのと同じくらい恥ずかしい。

一人で入れるから大丈夫です――そう言いたかったのだけれど、顔を首筋から上げた彼にそのまま見据えられると、上手く声が出てこない。

「あ、きゃっ！」

潤斗が彩香を軽々と抱き上げた。突然の浮遊感に驚き潤斗の首にしがみつくが、彼は彩香の悲鳴など気にすることなく歩き出す。

「どこに行くんですか？」

その問いかけに、潤斗は「バスルーム」と答える。

「え、そんなっ……お風呂は、一人で入ります……それにまだお風呂、溜めてないですよ」

「逃がさないって言ったはずだよ。それに待つのが面倒くさいから、お湯を溜めながら洗ってあげる」

潤斗はそう言うと、腕の中で足をバタつかせる彩香に構わずリビングを出ていった。


バスルームに入った潤斗は彩香を湯船の縁《ふち》に座らせると、パネルを操作してお湯を溜め始める。

「あの……服……」

中途半端にボタンを外されてはいるが、彩香はまだワンピースを着たままだ。戸惑い、上目遣いで見つめる彩香に、潤斗は「知っている」と答える。

「さっき、俺が脱がすのを嫌がったから、ちょっと意地悪」

「えっ！　きゃっ！」

潤斗はキョトンとする彩香に、シャワーのお湯を掛けた。温度自体はちょうどいいのだが、突然のことに驚いてしまう。

濡れたワンピースが、彩香の体に重く纏《まと》わりつく。この服に着替えた時にブラジャーを外していたので、乳房の形がハッキリと浮かび上がってしまう。

彩香は、いつの間にか硬くなった乳首が布を押し上げているのに気付いた。背中を丸め胸の前で腕をクロスして隠そうとしたが、潤斗が手首を掴んでそれを阻《はば》む。

「実は俺、少しだけ彩香に怒っているんだ。君は、いつも簡単に俺に敗北感を味わわせる」

「敗北感？　私が？　いつ？」

「悔しいから、教えてあげない」

お湯を出したまま、シャワーヘッドを壁の所定の位置に戻した潤斗は、彩香の髪に指を絡め、後ろへと撫《な》でた。濡れて絡まりやすくなった髪をそうされると、顔も軽く引っ張られ、彩香の顎《あご》は自然と上向く。潤斗はそのまま、彩香の唇を塞いだ。

怒っていると言ったのは本当らしく、その口付けはどことなく荒々しい。

「………つうっ…………くうっ……っ」

息苦しいほどの口付けに、彩香は喉を震わせた。思わず首を動かして彼の唇から逃れると、その拍子にシャワーのお湯が肩に当たり、顔に水滴が跳ねる。彩香は顔を濡らしたまま、潤斗を見上げた。

「なんでこんな意地悪するんですか？」

潤斗が、長い指で彩香の頬から水滴を拭《ぬぐ》う。

「虐《いじ》めている気はないよ。……ただ困らせて、君の気を惹《ひ》きたいだけだよ」

「……意地悪」

好きな人にそんな言われ方されては、拒《こば》めなくなってしまう。

甘い声でなじる彩香に、潤斗が「そうやって、俺の腕の中で困っていればいいよ」と笑った。

「……ズルイ」

彩香と同じように水滴を滴《したた》らせる潤斗は、妖艶《ようえん》なほど美しい。その彼に見つめられているだけで、子宮がキリキリと収縮する。

「さあ、服を脱いで」

「……」

彩香は無言で頷き、ワンピースの残りのボタンをゆっくり外して肩を露《あら》わにした。

潤斗も濡れた服を脱ぐと、彩香の裸の肩を撫《な》でるようにして他の部分の肌も晒《さら》していく。

「立って」

「あぁ……っ」

彩香を立ち上がらせた潤斗が、濡れて体に纏《まと》わりついていたワンピースを同時に下へと押しやる。

潤斗の手により乱暴に脱がされたワンピースが、ぐしゃりと足元に落ちた。

彩香はそのワンピースに足を取られ、バランスを崩しかけて壁に手をつく。背後に立つ潤斗は、そんな彩香の腰を撫でるようにして、残された下着を脱がしていく。

そうして彩香を生まれたままの姿にすると、近くにあった石鹸《せっけん》を両手で泡立て、彩香の体に滑らせた。

「ん……あぁっ……」

やがて程よく泡立てられた石鹸は彩香の局部へとたどり着く。そこを石鹸で擦《こす》られると、ヌルヌルした感触に思わず声が漏れた。

「そこが感じる？」

潤斗はからかうような口調で問いかけながら、泡を絡めた指を彩香の蜜口に這《は》わせる。そのままヌルヌルとした指で淫核を摘まれると、立っていられないほどの刺激が背中を突き抜ける。

潤斗は十分に石鹸を泡立ててからそれを置き、今度は滑る手で彩香の肌を嬲《なぶ》り始めた。

「はぁっ………潤斗さん………そういうことしちゃ、ヤダっ……」

彩香は今にも崩れ落ちそうな自分を支えるために、壁についた手に力を込めた。そうすることで、無意識に臀部《でんぶ》を後ろに突き出す姿勢になってしまう。

「じゃあ、他の場所から洗ってあげる」

石鹸にまみれた潤斗の手が、後ろからそこを撫でた。ゆるゆると移動する潤斗の手は、彩香の腰を撫で、その上の胸へと進む。

が、泡を纏った手で胸を鷲掴《わしづか》みにしようとしても、そこにある膨《ふく》らみはぬるりと滑ってなかなか潤斗の手に収まらない。つるつると掴んでは滑り、掴んでは滑りが繰り返されるうちに、彩香は堪《たま》らなくなって背中を反らす。どうやら潤斗はわざとそうしているらしい。

「ん………あぁっ……胸もっヤダっ………」

「本当に？」

潤斗はなおも彩香の胸を弄《もてあそ》ぶ。顔は見えないが、潤斗の興奮した息遣いが伝わり、彩香も知らず知らずのうちに興奮してしまう。

「ふぁっ………はぁっ………ん……っ」

「ほら、彩香のここ、こんなに硬く突き出している」

胸の先端を摘まれ、彩香は悲鳴にも似た嬌声《きょうせい》をバスルームに響かせる。潤斗はその声に煽《あお》られたように、硬く尖《とが》った彩香の乳首をさらに執拗《しつよう》に摘まんで捻《ね》じる。

そんな刺激の中、彩香は新たな感触に気付き、体を緊張させる。

――あ、当たってるっ……

後ろに突き出している腰に、潤斗の硬く膨張したものが触れている。その熱さから、彼がいつでも彩香を貫けるよう準備を整えていることがわかった。

突然背後から挿入されるのではないかという不安感が、彩香の肌を刺激する。

「はぁ……………あっ……」

「彩香、鏡を見てごらん」

どこかからかいを含んだ潤斗の声に従い、バスルームに取り付けられている鏡に視線を向ける。

すると潤斗の腕に囚われて恍惚《こうこつ》とした表情を浮かべる自分と目が合った。

「……私……？」

潤斗から与えられる淫《みだ》らな刺激に翻弄《ほんろう》され、蕩《とろ》けたような表情を浮かべる女。それが一瞬自分だとはわからなかった。

「彩香、気持ちいいんでしょ？」

「……」

恥ずかしくて、認めることも否定することもできない。

鏡から視線を逸《そ》らして黙り込んでいると、それを肯定と受け取った潤斗がクスッと笑う。

「言葉で認めなくていいよ。触っていればわかるから。……そろそろ、こっちも洗ってあげる」

さんざん彩香の胸を嬲《なぶ》った潤斗の指が、再び腰へと下がってきた。そして既に愛蜜を滴《したた》らせている彩香の秘所に触れる。潤斗が「濡れている」と呟《つぶや》いた。それだけで子宮が疼《うず》くのがわかる。

潤斗の指が、肉襞を撫《な》でる。指に残っていた石鹸《せっけん》を優しく馴染《なじ》ませるように触れる指は、じきに襞を押し退け、既に熱くなっている彩香の蜜壷の入り口を撫で、いつもよりも妖《あや》しく彩香の子宮を刺激する。

「あっ…………」

焦《じ》らすようなその動きに、彩香はさらなる刺激を欲して、知らず知らずのうちに腰をくねらせた。

「彩香のここ、ヒクヒク震えているよ。……もう、挿《い》れてほしい？」

「…………」

恥じらいながらも、彩香は我慢できずに頷いた。

すると潤斗の指が一本、彩香の中へと沈んでくる。

「はぁっ……っ」

その感触に、彩香は腰を浮かせて震える。

潤斗の指が、ゆっくりと弧を描《えが》いて膣肉を撫でる。その動きを二回三回と繰り返した後、潤斗は一度指を抜き出し、今度は三本、一気に彩香の中へと沈めてきた。

彩香は背中を仰《の》け反《ぞ》らせる。

「あぁぁっ！」

潤斗はそれらの指を曲げると、さっきより激しく彩香の中を掻《か》き混ぜた。

ぐちゅぐちゅと蜜と泡が混じり合う奇妙な感触に、彩香の膣は敏感に反応してしまう。

何度も指を抽送《ちゅうそう》され、彩香は背中を弓なりに反らせた。なにかにしがみついていなくては崩れ落ちてしまいそうだけど、バスルームのタイルは平らで滑りやすく、掴まることなどできない。

潤斗がもう一方の腕を腰に回して支えてくれているので、辛うじて体勢を保つことができているけれど、もう立っているのが苦しくてしょうがない。

「いいよ、もっと感じて」

潤斗が彩香の耳に舌を這《は》わせながら囁《ささや》く。

「……っ」

彩香はこれ以上我慢できずに首を振るけれど、潤斗が解放してくれる気配はない。

それどころか、腰を支えている方の腕を少し移動させ、充血して膨《ふく》れている淫核を刺激し始める。

「やっ……駄目っ……そんなに触らないでっ……」

彩香はもがいて潤斗の手を解《ほど》こうとする。が、もともとの力の差に加えて、押しのけようとする彩香の手も石鹸《せっけん》で滑るので、それも叶わない。

潤斗はそんな彩香の抵抗を楽しむように、さらに卑猥《ひわい》に指を動かしていく。

泡を纏《まと》う滑《なめ》らかな指の動きに合わせて、彩香の体の奥で淫靡《いんび》な痺《しび》れが脈打つ。その速度は、指の動きが激しくなるにつれて、どんどん速くなっていく。

「あああああぁぁっ――――っあっ！」

強烈な快楽が、爪先から頭のてっぺんまで突き抜けていった。

床を踏みしめ背中を仰《の》け反《ぞ》らせた彩香は、次の瞬間、潤斗の腕の中に崩れ落ちる。

潤斗の腕に体重を預け、膝をカクカクと震わせる彩香に、潤斗が「そろそろお風呂に入る？」と尋ねた。

絶頂に達したばかりで霞《かす》む目を湯船に向けると、いつの間にかそこにはなみなみと湯が溜まっている。これ以上立っているのは無理だと感じた彩香はゆっくりと頷いた。

「じゃあ、おいで」

彩香が導かれるままに湯船に入ると、潤斗は向き合う形で彩香を自分の膝に乗せる。

彩香が潤斗に導かれるままに両足を広げ、潤斗の膝をまたごうとすると、先ほど絶頂を極めて敏感になっていた場所に、熱いお湯が触れる。

「あの………っ」

その刺激も彩香を困らせたが、それ以上に自分を見つめる潤斗の眼差しが強くて、息苦しい。

潤斗が彩香に口付けをする。

「くふぅ……」

さっきまでの荒々しさを感じさせない優しい口付けに、彩香はホッと息を吐いた。

「もう、離さないから」

水に濡れた髪を掻《か》き上げられ耳元でそう囁かれると、彩香の脳が甘く痺れる。

すると潤斗が、彩香の気持ちを確かめるように「このまま挿《い》れてもいい？」と聞いてきた。

「……うん」

それが潤斗の〝結婚したい〟という意思表示なんだと確信し、彩香は頷く。すると潤斗も「うん」と頷き返し、左腕で彩香の腰を支え、右指で彩香の足の付け根に触れてきた。

「あぁぁっ」

そのまま中へと沈んでくる指の感触に、彩香は前のめりになって、潤斗の寄りかかる湯船の縁《ふち》を掴み、切なげに呻《うめ》く。

指で押し広げられた膣襞に温かい湯が触れると、それだけでもビクビクと腰が痙攣《けいれん》してしまう。

潤斗は、そんな彩香の腰の動きを楽しむようにゆっくりと指を動かす。

「彩香のこの中、お湯よりも温かい」

潤斗はそう言いながら彩香の腰を引き寄せる。そしてゆっくりと彩香の蜜壷へ自分の肉杭を沈めた。

「ああぁ……駄目っ……ぇっ」

ツプツプと、かすかな肉襞の抵抗を押し分けるようにゆっくりと潤斗の肉杭が沈んでくる。その感覚に、彩香は背中を仰《の》け反《ぞ》らせた。

お互いに座った状態での交わりは、ベッドでの行為とは違う刺激を彩香に与える。

「あぁっ………彩香の中……気持ちいい」

「うん――はぁっ！」

彩香が頷くと、潤斗が少しだけ彩香の腰を浮かせ、すぐにまた引き寄せる。膣壁を擦《こす》る肉棒の感触に、彩香が切ない吐息を漏らす。お湯で愛蜜が薄められているせいか、結合部の擦れ合う感覚が強い。

そんな交わりに、彩香は湯を波立たせながら身悶《みもだ》えた。

「あっぁっぁぁぁう……ああっ」

潤斗は彼女の腰を揺らしながら「自分でも腰を動かして」と指示を与える。

「くうぅっ。……はぁぁっ……あっ」

「駄目だよ。もっと激しく腰を動かして、俺のことを欲しがって」

「……」

彩香は、無言のまま潤斗の求めに従う。苦しげに腰を上下に動かすと、潤斗のものが彩香の動きに刺激されたのか、ビクンッと膣内で脈打った。

「――――っ！」

互いの性器を、互いに刺激し合う。それは一方的に潤斗から与えられるだけのセックスとは違う快楽をもたらした。

――もっと……

もっと潤斗を感じていたいし、潤斗に自分を感じてほしい。

彩香は、不慣れな快楽に悶《もだ》えながらも、潤斗の求めるままに腰を動かしていった。

膝の力を抜いて腰の位置を低くすると、潤斗の肉棒がさらに深く自分の中へと沈んでくる。彩香は、膣壁に広がる淫《みだ》らな摩擦熱に身悶《みもだ》えながらも、自分の意思で腰を動かした。時折一層強い刺激が全身を突き抜けるたびに、彩香はバシャバシャと波を立てて背中を揺らす。

潤斗も彩香の腰を支え、その動きを手助けしていく。

「あぁあっ！　ヤダっ……………駄目っ」

最初は彩香を支えているだけだった潤斗の手に、いつしか力がこもる。がっしりと腰を捕らえられる感触に、子宮が緊張して疼《うず》く。そのゾクゾクとした疼きが堪《たま》らない。

彩香はこのまま、快楽の渦《うず》に溺《おぼ》れてしまいそうな気がして、もがくように腰を動かした。けれど潤斗が、そんな彩香の動きを阻《はば》む。

「潤斗さん………もうヤダ。………おかしくなっちゃう。…………はぁあっ……ぁ」

「いいよ。もっとおかしくなるくらい、俺のことを感じて」

そう命じられると、この底なしの快楽が拒《こば》めない。それどころか潤斗を満足させたくて、膝に力を入れてしまう。

「あぁぁ………っふぅぁ………」

湯船から湯が溢《あふ》れるほどに腰をぶつけ合う。湯気に霞《かす》んだバスルームに、彩香の嬌声《きょうせい》が絶え間なく響いた。

潤斗は、容赦なく彩香の体を求めていく。意識的に角度を変え、彩香の柔肉を抉《えぐ》るように膣壁を擦《こす》る。彩香は背中を反らして、さらに切ない声を響かせた。

彩香が潤斗の首筋に抱きついて腰を動かしていると、潤斗の息遣いはさらに激しさを増す。

彩香と潤斗のどちらが、この淫らな動きを支配しているのかわからない。だが彩香の首筋にかかる息遣いから、潤斗の限界が近付いているのはわかった。

彩香もまた、自分の限界が近いのを感じていた。

「はぁっ……あぁぁぁっ……潤斗さん……もう駄目っ……許してっ……我慢できないの……」

泣くような彩香の声に、潤斗はさらに激しく腰を打ちつける。

やがて限界まで膨《ふく》れた硬い肉棒がビクビクと震えたかと思うと、彩香の中で爆《は》ぜ、膣の奥まで濃厚な熱を飛散させる。

「あぁ……………」

彩香は、自分の奥深い場所まで熱く浸透してくる潤斗の欲望に体を震わせた。そしてそのまま、脱力して潤斗の胸に崩れ落ちる。

潤斗は彩香がバランスを崩さないよう気遣いつつ、己《おのれ》の肉棒をゆっくりと抜き出した。

潤斗の体が離れると、蜜壷から溢れ出したねっとりとした液体が湯に溶け込んでいく。

彩香は、その様子をぼんやりとした頭で眺めながら潤斗の胸で甘えた。

6　ハッピーエンドまであと少し

「じゃあ、結局、愛のない結婚で妥協《だきょう》することにしたんだ」

ブラン・レーヌの作業テーブルにスケッチブックを広げる玲緒が、彩香にからかいの視線と鉛筆の先端を向けてくる。

「その言い方、やめてください」

彩香は、ブライダル雑誌に掲載されている花束にチェックを入れながら抗議する。

「でも、あの御曹司《おんぞうし》に『愛している』とは言ってもらえないままなんでしょ？」

「言われてはいないけど、好意を持たれていることは伝わってきます。だから、それで満足です」

「ホントに？」

「……そりゃ……できれば『愛している』って言ってもらえた方が嬉しいし、安心して結婚できますけど」

「じゃあ、やっぱり『妥協《だきょう》の結婚』で合っているんじゃない」

玲緒の辛辣《しんらつ》な指摘に、眉を寄せる彩香。

自分が心から好きだと思える人と結婚できるのは、幸せなことだと思う。それに出会った頃は意味不明だった潤斗の言動も、一つ一つ読み解いていくごとに、彼の不器用な優しさによるものだと気付かされる。ものぐさな潤斗が、自分にだけ見せてくれるそんな優しさに、彼の愛情を感じることもできる。

それだけで十分幸せ——そう思っているはずなのに、心のどこかに、彼に『愛している』と言ってもらえれば、もっと幸せな結婚ができるのにと思っている自分がいる。そういう意味では、憧れたハッピーエンドには少しだけ物足りない。

でもそれを、『愛がない結婚』と表現されると、納得いかないものがある。

――〝愛がない〟の部分を訂正してほしいんですけど……

玲緒は、彩香のじっとりとした視線に気付くことなく、ご機嫌な様子で再びスケッチブックに鉛筆を走らせる。

「こんなのどう？」

玲緒が見せてくれたスケッチブックには、ウェディングブーケのラフスケッチが描《えが》かれている。

「まだ、結婚の日取りとか決まってないんですけど」

「いいじゃない。結婚式が終わっちゃえば、考えることもなくなっちゃうんだから。アンタだって、ブライダル雑誌見ているじゃない」

「つい」

まだ正式に結婚が決まったわけじゃないけれど、お客がいないタイミングを見計らってついブライダル雑誌を開いてしまう。指摘されたことが恥ずかしくて雑誌を閉じた彩香に、玲緒がニヤリと笑う。

「結婚を楽しみに待ってるだけでも、幸せじゃない。特に不安もないんでしょ？　せっかくお金持ちと結婚するんだから、ゴージャスなブーケを作らせてよ」

「……」

「なに、私の作るブーケじゃ不満だって言うの？」

彩香は、眉を寄せて凄《すご》む玲緒を前に、慌てて首を横に振る。

「違うんですっ！　ただ、ちょっと気になることがっ！」

玲緒を不機嫌にさせては面倒だ。焦る彩香に対し、玲緒は目を細めて言い放つ。

「不満じゃないって言うのなら、気になるっていうことを話しなさい」

「……うっ」

ここで断っても面倒になるだけ。そのことを承知している彩香は、重い息を吐いて「電話が鳴るんです」と切り出した。

「電話？」

「前に時々、潤斗さんの電話が鳴るって話したのを、覚えています？」

「ああ、言っていたわね。アンタのお兄さんの悪戯《いたずら》電話なんでしょ？」

「最初はそう思っていたんですけど、どうも違うみたいです」

夜遅くに鳴る電話に、潤斗は『面倒くさい』と言って出ようとしない。その態度から、一郎が潤斗に嫌がらせの電話でも掛けているのかと心配していたけれど、先日レストランで会った時に一郎は、自分じゃないと言っていた。その後で冷静に考えてみて気付いたが、一郎は潤斗の電話番号を知らないはずだ。

「じゃあ、誰からの電話なの？」

玲緒の質問に、彩香は「わかりません」と首を横に振る。

「気になるなら、御曹司《おんぞうし》の携帯を見てみれば？」

「そんな失礼なこと、できませんよ」

「証拠もなく静かに勘ぐっているのは失礼じゃないの？　自分に自信がないから、確かめる勇気がないだけなんじゃないの？」

「うっ……」

「そんなんじゃ、お伽噺《ときばなし》のようなハッピーエンドには程遠いわね。……あらっ」

ど直球で痛いところを突かれて彩香が胸を押さえた時、ちょうど店の扉が開く音がした。見ると、シックなレディーススーツを着こなした女性が、店に入ってくる。

——わっ！　美人……

ピンヒールのパンプスをわずかにクロスさせて歩く足取りは、猫を連想させる。そんな女性客の姿に、彩香はひそかに感嘆の息を漏らした。

「いらっしゃいませ」

スケッチブックを閉じた玲緒が、接客用の微笑を浮かべて頭を下げる。彩香も続いて頭を下げると、女性客が声をかけてきた。

「お任せで、花束を作っていただける？　金額は……このくらいでいいわ」

そう注文した彼女は、左手を広げて振ってみせる。彼女の左薬指に収まる指輪が、今の彩香には眩《まぶ》しい。

「五千円、税込みでよろしいでしょうか？」

玲緒の確認に、女性客が艶《あで》やかに笑う。

「イヤね。五万円に決まっているじゃない。あと、外税でいいわよ」

その金額に彩香はまたもや感嘆の息を漏らしてしまう。こういったこともなくはないが、飛び込みで注文する花束の金額としては、なかなかの高額だ。

「どういった感じの花束をご希望でしょうか？」

玲緒がメモを手に確認すると、女性客は彩香を指さした。

「彼女にお願いしてもいいかしら？　貴女《あなた》が作ると、キツイ感じになりそうだから」

「――っ！」

玲緒は一瞬頬を引きつらせたが、グッと息を呑み、「その方が、お客様にはお似合いかとも思いますが」と応戦する。

――お客様相手に失礼ですっ！

彩香はそう視線で訴えたけれど、玲緒が気にする様子はない。女性客も気分を害していないらしく、綺麗にネイルされた指を頬に添えて笑った。

「あら、そうかしら？　でもそうね。『綺麗な花には棘《とげ》がある』ってよく言うから、私くらいの美人には、貴女の気の強さが滲《にじ》み出た花束も似合うかもしれないわね」

彼女は自信たっぷりにそうのたまい、それから「でも今日は、この子にお願いしたいの」と彩香を示す。

「……ありがとうございます」

なんだか素直に喜べないご指名を受け、彩香は目の前の女性客を改めて観察してみた。

三十代になるかならないかの彼女は、彩香でも知っている有名ブランドで全身を固め、髪も爪も綺麗に整えている。形の良い二重の釣り目をアイラインでことさら強調している様《さま》は、気紛れな猫を連想させた。

彼女の装《よそお》い、顔だち、雰囲気。その全てが自信に満ち溢《あふ》れている。

こっそり見とれていた彩香が、「開店のお祝いかなにかですか？」と確認すると、彼女は首を横に振る。

「好きな人へのプレゼントよ」

「好きな方ですか？」と繰り返す彩香に、彼女は「そう。ものぐさで、ひねくれ者の王子様」と答えた。その表現に、潤斗の顔がチラつく。玲緒も目を眇《すが》めたが、あえて言葉を発することはなかった。

「ということで、私の大事な王子様に似合う、素敵な花束を作ってね」

女性客の意味ありげな微笑に胃の下がざわつく。無意識に胃の辺りを押さえた彩香の左手に、女性客がふと視線を向ける。

「細くて、飾り気のない指ね。薬指のサイズは、7号ってとこかしら？」

「はい……」

彩香は、頷いて作業に取り掛かる。

花を選び、余分な枝葉《しよう》を切り落としながら、女性客の指を観察する。細くしなやかな彼女の左手の薬指には、先ほど同様シルバーの指輪が鈍《にぶ》い輝きを放っている。

彩香は思わず自分の手と見比べた。仕事柄荒れがちで、爪も短く切り揃えているだけの自分の指とは違いすぎる。

「あ、カサブランカの花粉は、そのままでいいわ」

「でも……、お召し物に付くと、なかなか取れないですよ」

気遣う彩香に、女性客が「わかってないわね」と首を横に振る。

「そのしつこさが、カサブランカのいいところじゃない。艶《あで》やかに咲いて、花粉までもが存在感に溢《あふ》れている。その傲慢《ごうまん》さに憧れちゃうわ」

「お客様なら、既にカサブランカの存在感を凌駕《りょうが》されておりますよ」

しみじみと話す彼女に、玲緒が冷ややかに返す。

——こらこら。お客様に喧嘩を売らない。

彩香は視線で玲緒を窘《たしな》めるものの、女性客はやはり気を悪くする様子もなく、ニンマリと笑った。

「もっとしつこく絡みついて、私の可愛い王子様を困らせたいの」

そう言いながら、何故か玲緒ではなく彩香を見る。

——なんでそのタイミングで私を見るんですか？

強気な彼女の視線に居心地が悪くなる。

「では、そういうことでしたら……」

客がそう望むのなら、花粉を取り除く必要はない。彩香は、花粉をふんだんに纏《まと》った雄しべを残したまま、カサブランカを使った花束を仕上げていく。

ふと、女性客がレジ近くに置いてある別売りのメッセージカードを一枚取ってひらつかせた。

「メッセージカードを付けたいんだけど、代筆してくれる？」

「はい。私でよろしければ」

彩香がそれを受け取ると、女性客がメッセージを伝える。

「朝倉《あさくら》紀代美から、久松潤斗へ。……永遠の愛を込めて」

「――え？」

聞きなれた名前に彩香は顔を上げた。すると彼女――朝倉紀代美が意地悪く笑った。

「いつも、電話してごめんなさい」

「――っ！」

「今日も十時頃に電話させてもらうけど、気にしないでね」

「……」

「潤斗、ずっと結婚なんて面倒くさいって言っていたのに、急に結婚を決めて驚いたわ。きっと、私が結婚したのが寂しかったのね。……そう思うと、少し罪悪感を覚えるわ」

紀代美の怖いほど鮮やかなその微笑に、指の震えが隠せない。そんな彩香の指先を見て、玲緒が代筆を変わってくれる。

「えっと……メッセージの内容は『女狐《めぎつね》から、ものぐさ王子へ』で、よかったですよね？」

前かがみになってペンを持つ玲緒が、紀代美を上目遣いに睨《にら》む。

「まあ、怖い。でも、やっぱりカードはいらないわ」

紀代美は楽しそうに肩をすくめ、「私、気紛れなの」とまた笑う。そして薄いパーティバッグから取り出した一万円札六枚をカウンターに置くと、お釣りを断り、仕上がった花束を抱きかかえて店を出ていった。

「……」

「大丈夫？」

玲緒がレジ処理をしながら、硬直している彩香の指先に視線を向ける。

チンッと、涼しい音を立ててレジが閉まった。その瞬間、金縛りから解かれたように、彩香は玲緒を見た。

「玲緒さんっ！　今の人、誰ですか？」

「偽名じゃなければ、朝倉紀代美さんでしょうね」

「そうじゃなくて………」

面倒くさそうに息を吐く玲緒は、「何者かは知らないけれど、愛の試練ってヤツじゃない？」と、冷めた様子で前髪を掻《か》き上げる。

「なんで、そんなに冷静なんですか？」

「他人事だから」

「……うっ」

確かにその通りだ。それでもすがるような思いで見つめると、玲緒は多少同情してくれたのか

「これだから恋愛初心者は面倒くさいのよ」と呟《つぶや》きながらも彩香に問う。

「アンタはどうしたいの？」

「どうって？」

「彼女が何者なのか知っているのは、あの御曹司《おんぞうし》でしょうね。彼女の正体を知りたいのなら、彼に聞くのが一番の近道よ。……問題は、アンタが彼女のことを聞く勇気があるかどうかじゃない？」

「勇気……ですか？」

「そう。御曹司と彼女との関係を知って、アンタはどうしたいの？　彼女が、彼の昔の恋人や浮気相手だってわかれば満足？　それで満足して円満に結婚できるなら、今夜にでも彼に聞きなさい。でもそうでないなら、最悪の答えが返された時に自分がどう対応する気なのか、覚悟を決めてから行動に出なさい」

「それは……」

確かにそうだ。

「とりあえずはあの女の予告通り、今夜十時に電話があるかどうか、その時に御曹司がどんな反応をするか。それを見てから、今後の行動を決めれば？」

「うぅ……………」

そう唸《うな》ってはみたものの、返す言葉が見つからない。

「明日は定休日だし、今日は早く帰っていいわ。それで御曹司が帰ってくるまでに自分がどうしたいのか決めて、休み明けまでに、ちゃんと御曹司と話し合いなさい」

唸る彩香に、玲緒はしっしっと虫を払うような手つきをしてみせた。

◇　◇　◇

夕方、自社を出た潤斗は、エントランスで待ち受けていた社用車に乗り込みかけたところで、どこからか聞こえてきたクラクションの音に動きを止めた。見ると、会社入り口付近の公道に颯太の車が停まっている。

「バカか……」

オープンカーの運転席で一心不乱に手を振る颯太の姿を見て潤斗は呟《つぶや》く。それでも、無言のまま社用車の運転手に手を上げて今日の送迎を断ると、そのまま颯太の車に向かった。

「なんだ、これは？」

助手席に巨大な花束が陣取っている。

「ああ、気紛れなお姫様から、僕へのプレゼント。最初は他の人にあげるつもりだったんだけど、気が変わったからって、僕にくれたんだ」

「あげないよ」と笑う颯太に、潤斗は「いらない」と返して、花束を後部座席に移動させる。

「花粉が付いた……」

潤斗はスーツに着いたカサブランカの花粉を払いながら、助手席に乗り込んだ。それを確認して、颯太は車を発進させる。

「どこに行きたい？」

女の子を座らせている時に言うであろう台詞《せりふ》に、潤斗は冷たく返す。

「家まで送れ。家に帰って、目を通さなくてはいけない書類がある」

「潤君でも、家に仕事を持ち帰ることがあるんだ。そんなに早く、彩香ちゃんの顔見たい？」

「別に、そういうわけでは……。彼女はまだ仕事だろうし」

そうとわかっているのに、彩香の帰宅が早まった場合に備えて早く帰ろうとしていた。でもそのことを颯太の前では認めたくない。

「ふう〜ん。まあいいや。それより今日は、確認したいことがあって来たんだけど。結婚式でのベストマンは、僕で決定だよね？」

嬉々とした表情で自分を見る颯太に、潤斗は怪訝《けげん》そうに眉を寄せた。

「ベストマン？　なんだそれは？」

「ほら外国では、よく新郎新婦の友人が付き添い役を務めるだろ？　アレのことだよ。新郎新婦の付き添い役同士が、それを切っ掛けに親しくなって結ばれるってのはよくある話だから、ベストマンとブライズメイドは僕と玲緒さんで決まりだね」

「まだなにも決まっていない結婚式の内容を勝手に決めるな。だいたいここは日本なんだから、ベストマンなんて頼むつもりはない」

「じゃあ、仲人《なこうど》？　困ったな……僕まだ独身だし。玲緒さん、潤君たちの結婚のために、急いで僕と結婚してくれるかな？」

「言っておくが、俺はお前に結婚式の仲人を頼むつもりはないぞ」

「えっ！　そうなの？　なんで？　二人を引き合わせたのは僕なのに……」

大袈裟《おおげさ》に目を見開く颯太に、潤斗はくだらないと息を吐き、すぐにからかいの笑みを浮かべた。

「それどころか、お前を招待するかも決めていない」

すると颯太は芝居がかった調子で叫ぶ。

「それは大変だっ！　そんなことしたら、新郎の友人席が空っぽになっちゃうよ」

「……」

それは言いすぎだが、今現在親しく付き合っている友人が颯太だけというのは事実だ。自称友人ならいくらでもいるのだが。

顔をしかめる潤斗に、颯太は「そう言えば、婚約指輪はさすがにもう渡した？」と問いかける。

「なんでそのことを………」

「友人だから、こないだの反応を見ればわかるよ。彩香ちゃんが指輪をしているところ、見たことなかったし」

焦る潤斗に、颯太は「僕は君のベストマンだからね」と言って勝ち誇った笑みを浮かべる。

「だから勝手に決めるな」

「そして潤君の性格から考えて、彩香ちゃんに指輪のサイズすら聞けずに困っているんじゃないかと心配したんだ。指輪を買う時には、先にサイズを確認する必要があることは知ってた？」

「失礼な。それくらい知っている」

正しくは、最近気付いた。彩香に結婚を承諾してもらった次の日、とりあえず指輪を贈るべきだろうと思いネットで検索をした。その際に、指輪はサイズがわからないと買えないことに気付いたのだ。

だからといって、彩香に『指輪を渡すのを忘れていた。買おうと思うので、サイズを教えてくれ』とは言いづらい。彩香の方から指輪が欲しいとねだってくれれば、『面倒くさい』と言いつつもサイズを確認して買えるのだが、残念ながら彩香はそういったおねだりはしてくれない。

「ああ、知っていたんだ。潤君って、今まで誰かに指輪なんて贈ったことはないだろうから、サイズについても考えたことがないのかと思っていた。……女の子から指輪のサイズを聞き出すのって、難しいよね。僕なんか、この前玲緒さんに指輪のサイズを聞いたら『フリーサイズです』って言われちゃったよ」

「………それは、彼女に相手にされていない証拠だろ」

「あっ！　よく考えたらあれ、ブレスレットをリクエストされていたのかな？」

「究極のプラス思考だな」

呆れる潤斗の言葉を聞いていないのか、颯太は胸を張って言う。

「とにかく僕は、友情の証《あかし》に彩香ちゃんの指輪のサイズを調べてあげたよ」

「どうやって？」

「内緒。……とにかく、彩香ちゃんの指輪のサイズは7号だよ。ってことで、僕をちゃんとベストマンに任命してよ」

「考えておく……」

「約束だよ」

曖昧《あいまい》に頷く潤斗に対してそうはしゃいでみせた颯太は、「どうせだから、このまま指輪を選びに行かない？」と切り出した。

「今からか？　面倒くさいな」

「そんなこと言っていると、潤君のことだから買いそびれるよ。この時間なら彩香ちゃんもまだ仕事だから、急いで帰る必要はないだろ。……気に入ったデザインのものがあっても、サイズを直したり名前彫ったりしてもらうのに時間が必要なんだから」

たかが指輪一つ贈るのに、そんなに手間がかかるのか。潤斗はそう思いつつも、そもそも一人では気に入る気に入らない以前にデザインの良し悪しがわからないと考え直す。

「まあ、付き合ってやってもいいが」

「はいはい」

もったいつける潤斗に、颯太が小さく笑ってハンドルを切った。

◇　◇　◇

お風呂から上がった彩香は、ダイニングの椅子に無造作に投げかけてあったスーツの上着に気付き、手に取った。潤斗が脱いでそのままにしていたのだろう。その彼は今、リビングのソファーで書類に目を通している。

一緒に暮らし始めて一か月と少し。家具も家電も一通り揃った部屋で、お掃除ロボットたちは器用に障害物を避けながら進んでいく。

――結局、朝倉さんのこと聞けていない……

自分から離れていくお掃除ロボットを見送り、彩香は息を吐いた。

せっかく早く帰ってきたのに、肝心の潤斗の帰りが遅かった。その上、彼の帰りを待っている間に、潤斗と紀代美との関係を色々想像してしまい、どんどん不安が募《つの》ってきた。

いつもなら彼は彩香より先に帰っていることが多いのだが、その彼は今日帰りが遅くなった理由を、仕事帰りに颯太の買い物に付き合わされたからと説明していた。

確かにありそうな話なのだけれど、昼間の紀代美の顔が目の前にチラついて素直に信じることができない。

そんなモヤモヤした思いを落ち着けるために先にお風呂に入り、それから紀代美について質問をしようと思っていたのだけれど、手にしたスーツがまた彩香の心をざわつかせる。

スーツの袖口に、黄色い花粉が付いている。

「潤斗さん、今日、誰かと会いました？」

思わず探るような言い方をしてしまう自分に嫌悪感を覚えた。そんな彩香に、潤斗は「仕事だから、色々」と答える。当然と言えば当然の答えだ。

「スーツの袖が汚れていますよ。……たぶん百合系の花の花粉だと思います」

「ああ、颯太が花束を持っていたから。……クリーニングに出すよ」

ソファーで書類に目を通している潤斗に、慌てた様子はない。

――永棟さんが、花束？　今日は来店していないから、ウチ以外で買ったのかな？

――そもそも永棟さんと会っていたというのが嘘で、朝倉さんと会っていたんじゃ……

疑い出すとキリがない。仮に潤斗に問いただして『違う』と言ってもらったところで、自分がそれに納得できないのであれば意味がない。

玲緒が、肝心なのは彩香に真実を確かめる勇気があるかどうかだと話していた意味を今さらながらに理解した。

――朝倉さんという女性と会っていたんじゃないですか？

「明日、クリーニングに出しておきますね」

喉元まで上がってきた言葉を呑み込んでそう言うと、潤斗が「ありがとう」と書類から視線を上げて彩香を見た。穏やかに微笑む彼の表情は、普段となんの変わりもない。

「……」

もしこの表情が演技だったとしたら、今までの潤斗の全てが信じられなくなってしまう。

玲緒からは、潤斗が帰って来るまでに自分がどうしたいか決めておくよう言われていたが、悩みに悩んで行きついたのは、潤斗を失いたくないという思いだけだった。

それなら彼の言葉を信じればいいのだけれど、信じ切れないことが辛い。

――こんな不安な気持ちのままで結婚なんてできないよ……

「潤斗さん、あのね……」

彩香が口を開いた時、潤斗のスマホが鳴った。時計を見ると、十時ちょうどだ。

「ああ……」

着信画面を確認した潤斗は、「面倒くさい」と呟《つぶや》いただけで電話に出る気配がない。そのうちに、着信音が途切れた。

「なんの話だった？」

「なんでもないです。今日は疲れているから、先に寝ますね」

——怖い。

彩香はぎこちなく微笑むと、そう言い残して一人寝室に向かった。

◇◇◇

——浮気……なんて、潤斗さんはしないよね。

ベッドの中で、彩香は自分で自分に確認する。

潤斗と紀代美が知り合いで、例の電話が紀代美からのものであることは、まず間違いない。だけど、潤斗が浮気をしているとは思えない。思いたくない。では、彼女と潤斗の関係は……

——潤斗さんの昔の恋人とか、それとも一方的に好きだった人とか？

では潤斗は、本当は紀代美に失恋し、その勢いでお見合いをして自分との結婚を決めたのだろうか。そう思うと、胃の下の辺りが重くなる。

――潤斗さんが『愛している』って言ってくれないのは、私を愛していないから？

潤斗がそういったことを口にしないのは、彼の性格からして仕方がないと諦めていたけれど、もしかしたら他に愛している人がいるからなのかもしれない。

――私は、朝倉さんの代用品なのかな？

――朝倉さん以外の人なら誰でも同じだから、お見合いとかも面倒くさかった？

そんなことを考えていると、潤斗が寝室に入ってくる気配がした。マットレスが彼の重みでたわむのを背中越しに感じる。そしてすぐに潤斗の手が彩香の肩に触れてきた。その感触に彩香の体に緊張が走る。

「……彩香、寝ている？」

「……」

彩香はどんな顔をすればいいかわからず、固く目を閉じて呼びかけを無視した。

潤斗は息を吐くと、手に力を入れて彩香の体の向きを変える。

――………っ！

ぐらりと揺れる感触に驚いたけれど、今さら起きているとは言い出しにくい。

「よく寝ている」

潤斗の息遣いを頬で感じる。その近さに、自分の狸寝入《たぬきねい》りが見透かされるのではないかとドキドキする。なるべく規則正しい呼吸を心がける彩香の唇に、潤斗の指が触れた。

彩香の下唇の湿り気を確かめるように、潤斗の指が右から左へと横滑りする。

その感触に体がざわつくけれど、反応するわけにはいかない。無反応を装《よそお》っていると、潤斗の指が彩香の口内へと押し込まれた。少し塩気を含んだ人の肌の味に、思わず舌が跳ねてしまう。

「彩香、起きた？」

舌の動きを感じ取った潤斗にそう問いかけられても、やっぱり『はい、起きています』とは言えない。彩香は無言を貫く。

そうしていると、潤斗の指が彩香の上の歯列を撫《な》で、そのまま押し上げてくる。

そしてかすかに開いた彩香の口の中に、自分の指を潜《もぐ》り込ませてきた。

柔らかい舌を弄《もてあそ》ばれ、体がゾクゾクと震えてくる。

それでもじっと我慢していたら、首筋に潤斗の唇が触れた。

「——っ！」

ドラキュラが血を吸うかのように彩香の首筋を捕らえた潤斗は、舌でそこを妖《あや》しくくすぐる。

思わず声を漏らしそうになるけれど、彩香は必死に堪《こら》えた。

潤斗はそんな彩香の葛藤《かっとう》を見透かしているかのように、唇をゆっくりと下へと移動させていく。

唇が首筋から鎖骨の窪《くぼ》みへと移動するのに合わせて、唾液の筋が残る。そこに外気が触れると、首をすくめたいような衝動に駆《か》られた。

彼の舌が、さらに下へと進んでいく。首元に余裕のあるパジャマを着ていたため、胸の谷間ギリギリの位置に潤斗の唇が触れた。

「……」

唇を強く押しつけた状態で肌に息を吹きかけられると、熱くてくすぐったい。

その唇がいつ胸の膨《ふく》らみへと進んでくるのだろうかと、緊張してしまう。舌を捕らえていた指が抜き取られ、彩香の首筋をねっとりした手つきで撫《な》でた。

ふと潤斗は顔を上げて、彩香に問いかける。

「そう言えば、今日はイビキをかかないの？」

「——っ！」

——嘘っ！　私、イビキなんてかくのっ⁉

衝撃に思わず目を開けると、自分を見下ろす潤斗と目が合った。

「嘘だよ。イビキなんてかかないよ。やっぱり寝たふりしていたんだ」

「……」

淡々とした潤斗の視線が痛い。最初から狸寝入《たぬきねい》りを見抜かれていたのだと思うと、恥ずかしくなる。彩香は、気まずそうに体を起こして「ごめんなさい」と謝った。

「俺、なにか悪いことした？」

その問いかけに、彩香は大きく首に横に振る。

潤斗は悪くない。悪いのは勝手な想像に心が負けて、質問できないでいる自分だ。

「一緒にいたくないなら、俺がソファーに行こうか？」

相変わらずの優しさに、彩香はまた首を横に振る。

「そうじゃないんですけど、なんだかそんな気分じゃなくて………」

上手く説明できない感情をそう表現すると、潤斗が安心したように息を吐いた。

「なんだ。そう言ってくれればいいのに」

「ごめんなさい」

「謝ることじゃないよ」

潤斗が彩香を優しく抱きしめながらベッドに押し倒す。

潤斗の体温に、彩香はホッと息を吐いた。

「今日は、もう寝よう。話すのも、するのも面倒くさいし」

「……うん」

そう頷き、彩香は自分を抱きしめる潤斗の腕に手を添える。

――やっぱり、潤斗さんは浮気なんかしないと思う。

自分を包み込むこの優しさに嘘があるとは思えない。

それでは紀代美は、潤斗にとってどんな存在なのだろうか。彩香はひそかに悩んだ。

7　幸せの許容範囲

「……潤君、ご機嫌斜め？」

ヒサマツモーターの自分のオフィスで、デスクに足を投げ出して椅子に深く体を沈めていると、颯太が顔を覗き込んでくる。気でも惹《ひ》きたいのか、さっき気紛れに入り口脇の花瓶から抜いた花を、潤斗の鼻先で揺らしている。

「別に。ただ仕事が面倒くさいだけ」

潤斗は煩《わずら》わしそうに手で花を払い、颯太を睨《にら》んだ。

ものぐさ王子とは名ばかりで、その実、仕事には手を抜かない——そんな潤斗の性格を熟知している颯太は、静かに驚いた。デスクに散乱している書類を少し除《よ》け、そのまま空いたスペースに腰掛ける。

そんな颯太を「行儀が悪い」と窘《たしな》めてはみるが、颯太はデスクに足を乗せている奴に言われたくないと、聞く耳を持たない。

「で、なにがあったの？」

潤斗はいささか不満ではあったが、上目遣いに颯太を見て「彼女の様子がおかしい」と呟《つぶや》いた。

「彼女？　彩香ちゃんのこと？」

「……」

他に誰がいる——と、潤斗は無言で息を吐く。

「マリッジブルーなんじゃないの？」

「マリッジブルー？」

「知らないの？　結婚前の女の子が、突然結婚に不安や憂鬱《ゆううつ》を感じることだよ」

「イヤ、言葉は知っている。なんで彼女がそんなものになるんだ？」

「潤君が、婚約指輪をあげてないからじゃない？　もしくは『面倒くさい』って言って、愛情表現を怠《おこた》っているか。……彩香ちゃんに、ちゃんと毎日『愛しているよ』って言ってあげている？」

「冗談……」

――そんな恥ずかしいことできるか。

そう言う代わりに息を吐く。そんな潤斗の鼻先で、颯太が人差し指を左右に振った。

「わかってないな。最高の恋愛ってのは女の子の心一つで決まるものなんだよ。綺麗な愛の花を咲かせるためには、男が言葉と態度でもって惜しみない愛情を彼女の心に注がなきゃ」

「……」

自信に満ちた颯太の言葉に、潤斗は「お前、よくそんな恥ずかしい台詞《せりふ》を真顔で言えるな」と呆れる。

昨日注文した指輪は、さっそく仕事の合間に宝飾店から受け取ってきた。あとはその指輪を彼女に渡すだけだが、そんな台詞、恥ずかしくて言えるわけがない。

「恥ずかしがって気持ちを伝えられずにいる間に逃げられるより、ずっといいよ」

「別に、逃げられたわけじゃない」

ムスリとする潤斗に、颯太は「でも、このままじゃ逃げられる」と反論する。

そんな友人を視線で牽制《けんせい》したものの、潤斗には、否定し切れないだけの前科がある。

「……で、もしも彼女がマリッジブルーだった場合、その対処法は？」

「さっさと結婚することじゃない？　そうすれば、あのシスコンのお兄ちゃんも静かになるだろうし」

「ああ……」

一郎のもろもろを思い出して唸《うな》る潤斗に、颯太が「二人とも、愛情過多な家族を持つと苦労するね」とからかうように言葉を続ける。

「とにかく手遅れになる前に、彩香ちゃんの前で片膝ついて、指輪を嵌《は》めながら『愛している』って伝えなよ」

「片膝？」

「うん。片膝」

何故そこに喰いつく？　と不思議そうにしながら颯太が頷く。

潤斗は、観覧車の時は両膝だったが間違っていたか、と首を傾げた。

「まあいいや。とにかく、マリッジブルーの彩香ちゃんに婚約解消を言い渡される前に、ちゃんと指輪を渡せよ」

颯太は、手にしていた花を潤斗に渡して立ち上がった。

「帰るのか？」

「うん。僕は潤君と違って愛に正直だから、玲緒さんを食事にでも誘うよ。今日はブラン・レーヌの定休日だろ？」

「そうだったか？」

「そうだよ。自分が仕事だから、彩香ちゃんも仕事だと思っていた？　そうやって自分中心に考えるのは、潤君の悪い癖《くせ》だ。……自分が不安じゃないから、彩香ちゃんも不安じゃないって決めつけているると、本当に彩香ちゃんに嫌われるよ」

颯太は戸口から潤斗を振り返りつつ指摘する。

朝、自分が出社する時、確かに彩香は自宅にいた。部屋着で潤斗の朝食を用意し、玄関まで送り出してくれたあのぎこちない笑顔を思い出し、潤斗はため息を吐く。

彩香にずっとあんな顔をさせてしまうくらいなら、颯太の助言を聞き入れるべきなのかもしれない。

「……」

黙り込んだ潤斗に、颯太がびしりと指を突きつける。

「もし彩香ちゃんに愛想をつかされて逃げられちゃったら、もう『愛している』も『ごめんなさい』も言えなくなるよ。潤君、自分から離れていく女の子に追いすがって『捨てないで』なんて懇願《こんがん》できるタイプでもないんだから、今のうちに彩香ちゃんの不安を取り除いておくべきだよ」

「………まあ、一理あるかもしれん」

いつもは軽んじがちな友人だが、たまには敬意を払うべきなのかもしれない。そうは思っても、これも久松家の者としてのプライドなのか、言葉が出てこない。

小さく咳払いをした潤斗は、たった今渡された花を颯太に差し出す。

「コホッ……その、胸に挿《さ》していくか？」

以前昼間から胸に花を挿すような男を友人とは認めないと言ったが、撤回だ――そんな意味を込めて花を差し出すと、颯太は掌《てのひら》をヒラヒラさせる。

「ああ、いいや。今日の服のコーデに似合わないから」

そう言って、オフィスを出ていった。

「……コーデとか、面倒くさい」

拒《こば》まれた花を指で弄《もてあそ》びながら、潤斗はもし彩香に嫌われたら……と考え、すぐに思考を停止させる。

それ以上考えるのは面倒くさいと心の中で呟《つぶや》き、デスクから足を下ろし、散乱していた書類に目を通し始めた。

◇　◇　◇

いつもより早く仕事を切り上げ、自宅マンションに帰って来た潤斗は、寝室で着替えを済ませてリビングに入る。そしてガラステーブルの上のメモを見て、小さく息を吐いた。

メモには、こう書かれていた。

『少し考えたいことがあるので、実家に帰ります』

丁寧な彩香の文字が、小さな棘《とげ》のように潤斗の心に刺さる。

過去の恋愛でも、極度の面倒くさがり屋の潤斗に愛想をつかした恋人から、突然距離を置きたいと言われ、そのまま別れたことが何度かある。その都度潤斗は、それが相手の望みならと深く考えることもなく別れを受け入れてきた。

——この手紙も、それと同じような意味なのだろうか？

だとしたら彩香は、もう二度とこの部屋に戻ってこないのかもしれない。

潤斗は大きく息を吐く。

「別にいいや。こういうのは馴《な》れているし、傷付くのも面倒くさい……」

いつもの言葉でバリアを張らないと、胸が軋《きし》んでしまう。

昨日、自分の手を拒んだ彩香の気持ちを、もっときちんと確認すればよかった。

自分に不満がないからと、彩香にも不満がないと決め込んでいた。けれど昼間颯太が言っていたように、自分が気付かなかっただけで、彩香はものぐさな自分に愛想をつかしていたのかもしれない。

「…………」

——もっと早く、彼女を安心させていれば違っていたのかな……

そんな後悔に心がわずかに疼《うず》くが、過ぎてしまったことを悔《く》やむなんて時間の無駄だ。

——今からでも、まだ間に合うだろうか？

でも去っていこうとしている女性に追いすがるなんて、それこそ久松家の人間としてどうなのだろう。

「面倒くさい」

そう呟いて心に蓋《ふた》をして、全てをなかったことにしてしまおう。潤斗は髪を掻《か》き上げて、彩香の残していったメモをテーブルに投げた。メモはガラステーブルの上を滑って床に落ちたけれど、それを拾い上げるのも面倒くさい。潤斗は、大きく息を吐いてソファーに腰を下ろした。

――指輪をどうしようか……

渡すタイミングが見つけられず、とりあえずスーツのポケットに入れたままになっている小箱の処理について悩む。

――捨てるなら、可燃ゴミか？　それとも不燃ゴミ？

プラチナの台座は間違いなく不燃ゴミだが、彩香の好きな色を考慮して選んだ薄ピンクのダイヤモンドは、炭素化合物なので可燃ゴミになるのかもしれない。

――早く処分して、なかったことにしてしまった方が楽だよな。

そんなことを考えながら彩香のメモを見るともなしに見ていると、青色でデコパージュされたお掃除ロボットに近付いてきた。あの大きさなら吸い込まれる心配がないことは承知しているが、思わず立ち上がってメモを拾い上げる。

「………バカだな」

メモはただのメモでしかないのに、彩香のなにかを傷付けてしまいそうな不安に駆《か》られていた。

そんな自分が恥ずかしい。

苦笑いをしつつ、今度こそ滑り落ちないように、丁寧にメモをテーブルに置く。

その時、羽織《はお》っていたカーディガンの袖口が伸びていることに気付いた。

――なんで、左の袖口だけが伸びているんだろう？

一瞬悩んで、すぐにその理由を思い出した。彩香と一緒に映画のＤＶＤを観《み》ている時、自分の左側に座る彩香が、いつも潤斗のカーディガンの袖口を掴んでいるからだ。

一緒に映画を観ている時、言葉を交わさなくても、袖口を掴む指先の動きで彩香がその映画をどう思っているのかを感じることができた。そんな時間が、潤斗にはどうしようもなく愛おしかった。

「なんだよ……。どうするんだよ、コレ」

きっと自分は、このカーディガンを捨てられない。もう引っ張られることのないカーディガンを着て、空っぽのこの部屋で、これから自分は一人で暮らしていけるのだろうか……

そんなことを考えながら部屋を見渡すと、空っぽだったはずの部屋には、いつの間にか物が溢《あふ》れていた。

ダイニングの調理器具も食器も、彩香にせがまれて二人で買いに行ったのに、それらの物を使って温かな料理を作ってくれる彩香がここにはいない。

彼女の定位置がかすかに窪《くぼ》んだソファー。カラフルに飾られたお掃除ロボット。あれらだって彼女がここにいた証《あかし》だ。空っぽだった部屋が、彩香の気配で満たされている。

ふと、出会った時の彩香の言葉が蘇《よみが》ってきた。

あの日、捨てられる花で花束を作りたいと申し出た彩香は、『最初から存在しないのと、自分が楽をするために、そこにある存在をなかったことにしてしまうのとでは、意味が全然違います』と言っていた。

「楽なわけ、ないだろ……」

こんなに彩香の気配が色濃く残った部屋で、彼女とのことをなかったように振る舞って暮らすことが、楽であるわけがない。

彩香が存在も知らない婚約指輪なら、躊躇《ちゅうちょ》なく捨てることができる。でも彩香の存在を感じるこれらの物を、捨てることはできない。

「面倒くさいっ！」

潤斗は、乱暴に髪を掻《か》き上げてスマホを取り出した。

――あの日々をなかったことにして生きる方が、彼女を連れ戻すよりよっぽど面倒くさいじゃないか。

潤斗は、彩香の番号を押した。

――この場合、とりあえず謝ればいいのか……いや『愛している』と言えばいいのか？

一瞬迷ったが、これ以上葛藤《かっとう》するのも面倒くさい。彼女が電話に出た瞬間、咄嗟《とっさ》に出た方の言葉を口にすればいい。潤斗は、そう覚悟を決めて電話が繋がるのを待った。

――お掛けになった電話は、電波が届かない場所か、電源が……

「……チッ」

聞きなれた音声ガイダンスに、思わず舌打ちが出る。この覚悟の時間を、どうしてくれよう。

潤斗はスマホの画面をスライドさせて、別のところに電話を掛けた。

「私だ、プライベートな件で申し訳ないが、至急調べてもらいたいことがある。……待つのが面倒くさいから、今すぐ調べろっ！」

潤斗はワンコールで出た自分の秘書に、これぞ正しい電話対応と頷きながら用件を伝えた。

◇　◇　◇

——なんでこうなるのかな………

彩香は、豪華客船のデッキの手すりに両肘をつきながらこめかみを押さえた。

「彩香、そんな薄着で寒くないのか？」

同僚との祝杯で顔を赤らめた一郎が、彩香に声をかけてきた。現在彩香は、ワンピースにショールを羽織《はお》っただけという姿だ。

「しょうがないでしょ。急にこんなところに連れてこられるなんて、思っていなかったんだから」

彩香は冷えた両肩をさすった。秋が深まるこの時期、海の上を吹く風はもう冬の匂いを含んでいる。潤斗と一緒に暮らすようになって一か月と少し、そろそろ冬物が欲しくなる時期だ。

この日、紀代美の一件でもやもやとした思いを抱えていた彩香は、そのまま潤斗の帰りを待つのが怖くなって、衝動的に実家に冬服を取りに行くことにした。平日の午後なので、実家には誰もいない。そこで一人黙々と荷造りをしていたら、突然一郎が会社の後輩を連れて帰ってきたのだ。

一郎は彩香を見つけると、『ちょうどいいから』と言って、彩香にお洒落《しゃれ》をして出かける準備をするよう急かした。

意味がわからず訝《いぶか》る彩香に、居合わせた一郎の後輩が、今から会社主催の食事会に向かうのだと説明してくれた。因縁深いライバル会社に逆転勝利したことを祝って、社員だけでなくその家族も招いて大々的に食事会を開くのだという。一郎はその着替えのために家に寄ったらしい。

彩香はそれを聞いて、どこかのレストランでの軽い立食パーティを想像していたのだが、連れてこられたのは、大型客船の周遊ディナーだった。世界クルージングに使われているその船が日本に入港したことを記念して、一般客向けに展開されたプランらしい。

――さすが外資系。お金の使い方が派手だな……

ディナーと周遊のみの日帰りプランとはいえ、招かれた人数から察するに、それなりの金額が掛かっているはずだ。それだけライバル会社の鼻を明かしたことが喜ばしかったのかもしれない。

「キャッ」

甲板《かんぱん》を行き交う人の華やかさに感心していた彩香は、ひときわ強く吹き抜ける風に身をすくめた。

――少し前はこの服で大丈夫だったのに、一か月ちょっとでこんなに寒くなるんだ。

ハイウエストのワンピースにショール、それに履いているパンプスも、潤斗とお見合いをした時に身に着けていた物だ。一郎に急かされ、加えて会社の後輩も待たせていたので咄嗟《とっさ》に選んだのだが、海の上では寒い。

「俺の上着を羽織《はお》るか？」

一郎が自分のスーツの襟元を引っ張る。気持ちはありがたいが、それを羽織るといかにも兄に甘えている妹といった感じがするので恥ずかしい。

「いい。中で暖まってくる」

賑《にぎ》やかな船内を抜け出して、一人静かに考え事のできる場所を探していたのだけれど、これでは寒すぎる。

「そうだな。今までみたいに、風邪をひいたからってお兄ちゃんが付きっきりで看病してやれるわけじゃないんだから」

「…………」

今までもそんな看病はお断りしてきたはずだ。

——そうやってすぐに子供扱いする。

そう唇を尖らせる彩香に、一郎はなにか言いたげに咳払いをする。そして「今そんなことして、お前がアイツに愛想つかされてもマズいし」と、続ける。

その言葉に、彩香は尖らせていた唇を解《ほど》いて一郎を見た。

「誤解のないように言っておくが、俺はアイツが嫌いだし、アイツのことを認めたわけじゃないからな。……ただ、俺はお前のお兄ちゃんとして、お前が大事にしているものを、無理やり取り上げたりできないだけだ」

どうやらアイツとは、潤斗のことらしい。

「お兄ちゃん……」

「アイツのマンションでお前に怒鳴られた時から、なんとなく諦めはついていたんだ。家族を失う痛みを知っているお前が、俺と兄妹の縁を切ってもいいとまで言ったのは、アイツと新しい家族を作りたいと覚悟を決めていたからなんだろ？」

「……お兄ちゃん、……ごめん」

――あの時は売り言葉に買い言葉で、そこまで深く考えていませんでした。

とは、言いにくい空気だ。

さすが何事においても生真面目な一郎。あの日の一言を、そこまで重く受け止めているとは思いもしなかった。まあ、そんな性格だから、『出家する』とか、騒ぎ出してしまうのだろうけれど。

長所と短所は紙一重。改めてそう痛感する。

そんな彩香の肩を一郎が優しく叩いて、「中に入ろう」と促《うなが》した。


船内に戻った彩香は、体を包み込む暖かさにホッと息を吐く。と同時に、甲板《かんぱん》以上に音と人に溢《あふ》れた賑《にぎ》やかな空気に戸惑ってしまう。

一人でゆっくり考える時間が欲しかったはずなのに、ちっとも思い通りにいかない。

温かな飲み物を取りに行った一郎を待ちつつ、なるべく静かな場所を探して周囲を見渡していると、背後から誰かに肩を叩かれた。

振り向けば、黒いスーツ姿の男性が肩で息をしながら立っていた。胸元のネームプレートを見ると、どうやらこの船のスタッフらしい。

「失礼ですが、桜庭彩香様でよろしいでしょうか？」

「はい。……………？」

彩香は頷きながらも首を傾げた。船に乗り込む前に乗客名簿に名前を記載したけれど、それでどうして自分を特定できたのだろうか。

でも男性はそのことを説明することなく、「お客様がお見えです」と告げた。

――お客様？　お見え？

自分がここにいることは、一郎の会社の人くらいしか知らないはず。そんな自分を訪ねてくる人がいるわけがない。何よりここは、海に浮かぶ船。

「誰ですか？　それに私、兄が戻ってくるのを待たないと……」

「お連れ様には、私どもの他のスタッフがお伝えいたします」

彩香の質問に答えることなく、男性は「ですから、お急ぎください」と急かしてくる。

その表情があまりに深刻なので、彩香はやむなく彼の誘導に従った。


「寒いっ」

男性が導いた先は、船の後方部分にある甲板だった。先ほどまでいた甲板とは反対側だ。

暖かな室内にいたぶん、吹き付ける風が身に沁《し》みる。それにさっきより風が強くなっている。

羽織《はお》っているストールを飛ばされないようしっかりと握りしめ、彩香は目の前の甲板を見渡した。

甲板には、誰もいない。その上、先ほどまでいた甲板のような華やかな装飾もない。目に入るのは、ただオレンジ色の塗料で描《えが》かれた大きな丸と、その丸の中の『H』の文字のみ。

「あの……？」

説明を求めて見上げた彩香に、男性は「お見えになります」と空を見上げた。

「え？　キャッ！」

彩香がその視線を追いかけて空を見ようとすると、一際強い風が吹いた。

それはさっきまでの横風とは違い、頭上から叩き付けてくる。思わず身を屈《かが》めて俯《うつむ》いていると、バラバラと、空気を叩くような音が降ってきた。吹き荒れる風から彩香を守るように立つ男性。その背後で薄目を開けると、一機のヘリコプターがゆっくり降下してくる。

――……まさか。

そう思いつつ、ヘリコプターを飛ばせるようなお金持ちで、わざわざ自分に会いにくるような人は、一人しか思いつかない。ただし彼は、極度の面倒くさがり屋だ。

そんな彼がどうしてここまで自分を追いかけてくるのだろう。そう思いつつも、心は彼を待ってしまう。

彩香が見守っていると、着地したヘリコプターのプロペラの回転が徐々に遅くなっていく。そしてプロペラが完全に停止するのも待たず、後部座席のドアが開いて誰かが出てきた。

彩香はその人の名を呼んだ。

「潤斗さんっ」

もどかしそうにヘリコプターを飛び降りた潤斗は、そのままの勢いで彩香に駆《か》け寄り、強く抱きしめてきた。そんな潤斗に一礼を残して、先ほどのスタッフが船内へと戻っていく。

潤斗がここまで自分に会いに来てくれた。

それだけでも信じられないことなのに、彩香を抱きしめる潤斗が、さらに信じられない言葉を放った。

「愛している」

「――っ！」

驚いて息を呑む彩香の耳元で、潤斗が「ああ、こっちか」と呟《つぶや》いた。

――こっち……って、どっちですか？

少しだけ我に返った彩香に、潤斗は「ついでに、ごめん」と謝った。

――？　……『愛している』のついでに『ごめん』？

相変わらず潤斗の考えていることは、いまいち理解できない。

そう思う反面、まさか本当に紀代美と浮気しているのだろうかと不安になってしまう。

「ごめんって、……なにについての謝罪ですか？　朝倉紀代美さんのことですか？」

深刻な表情で見上げる彩香に、潤斗は目をキョトンと丸くする。

「どうして君が、彼女のことを？」

「昨日、お店に来ました。そして大きな花束を買って行って、その花の花粉が、潤斗さんのスーツに付いていました」

真実を知るのは怖いけれど、彼が『愛している』と言ってくれた今こそそれを確かめて、昨日のようなギクシャクした関係を終わりにしたい。彩香はそんな思いから、声を震わせつつも質問した。

そんな彩香に、潤斗は「アイツ、なにやってんだよ」とため息を吐く。

彼のどこか親しみのこもった口調が、彩香の嫉妬心を疼《うず》かせる。

「アイツに、なにか言われた？」

「朝倉さんが結婚したショックで、潤斗さんが結婚を決めたのかもしれないとか、いつも電話してごめんなさいとかって。それに、昨日の夜、十時に電話するって予告されて、その時間に潤斗さんの電話が鳴りました……」

彩香の説明に、潤斗は片手で額を押さえた。そして「なるほど……」と唸《うな》って言葉を続ける。

「紀代美のことは後で説明するけど、今回の謝罪と彼女のことは関係ない」

「じゃあ、なんについての『ごめん』なんですか？」

潤斗は、しばらく考えて「さあ？」と首を捻《ひね》る。

「さあ？」

――わからないのに謝られても……

呆れる彩香に、潤斗が慌てる。

「そういう意味じゃない。部屋でメモが落ちて……カーディガンの袖が伸びて……掃除機が……」

「……？」

「もういい。説明が面倒くさいっ！」

理解不能なことを口走っていた潤斗は、髪を乱暴に掻《か》き上げて彩香から手を離し、少し距離をとる。

そして彩香を頭からつま先まで見つめると、「その格好ならちょうどいい」と呟《つぶや》いた。

「最初からやり直そう。どうやら俺は、色々なことを間違えていたらしい」

「え？」

潤斗は甲板《かんぱん》に片膝をつき、スーツの内ポケットから小さな箱を取り出した。

「最初から、君を愛していた。だから俺と結婚してくれ」

そう言って開かれた箱の中には、透明感のある宝石が嵌《は》め込まれた指輪が光っている。

潤斗が彩香の左手を持ち上げ、その薬指に指輪を嵌めた。

彩香は、これが現実だと信じられずに、思わず周囲を見渡した。

「……」

見上げれば満天の星空。遠くを見れば、東京の夜景が輝いている。

そんな状況で、あのお見合いの日に自分のパンプスを拾ってくれた潤斗からの、愛の告白とプロポーズ。

物語の中でしかありえないと思っていた光景に、胸の奥が熱くなる。彼が『ちょうどいい』と言ったのは、自分があの日と同じワンピースを着ていたからか。

彩香は、今にも涙が溢《あふ》れ出しそうになるのを堪《こら》えながら頷いた。

「はい。喜んで」

「よかった」

潤斗はホッと安心した様子で立ち上がると、そのまま再び彩香を抱きしめる。

そのまま自然な流れで、誓いのような口付けを交わそうとした時、船内に繋がる扉が勢いよく開いた。

「お前たち、なにをしてるんだっ！」

突然姿を消した彩香を探していたのだろう。ティーカップを片手に持った一郎が、甲板《かんぱん》に姿を見せた。そして潤斗の姿を認め、「急な来客って、やっぱりお前か。船に客が来るなんて、常識じゃありえない話だぞ！」と怒鳴る。

「お兄ちゃん………」

さっきは二人のことを認めるような発言をしていたのに、いざこういった光景を目《ま》の当たりにすると頭に血が上るらしい。潤斗は、彩香を抱きしめたまま後ずさった。

「よくここにいるって、わかりましたね」

「船に追いつく方法なんて、限られている。しかも夜なんだから、海から船で近付くなんて危険な方法は避けるだろう」

バカにするな、と言わんばかりに睨《にら》んでくる一郎に、潤斗は柔和な笑みを浮かべる。

「なるほど」

「そこまでして、妹になんの用だ？」

「彼女を迎えに来ました」

「それなら港で待っていればじきに寄港する。お前、彩香がこのまま遠くへ行くとでも思ったのか？」

バカだなぁ、とばかりに軽い嘲《あざけ》りの視線を向ける一郎に、潤斗はムッと眉を寄せる。

「戻ってくるのは知っていましたよ。ただ待っているのが面倒くさいから、迎えに来ただけです」

「それでヘリって……」

呆れる一郎に、潤斗は余裕の笑みを浮かべる。

「この船の責任者の許可は取っていますから、問題ないですよ。……というか、自分の会社の傘下《さんか》の企業に許可を出しただけですけど」

「――っ」

その言葉の意味を理解して、一郎が息を呑む。そんな一郎に、潤斗はこう付け足した。

「この際、断言しておきます。彼女の体は、もう彼女一人のものじゃないです」

一郎がピシィッと体を硬直させた。

彩香も驚きの視線を潤斗に向ける。

潤斗は二人の反応を気にすることなく、一郎に軽く頭を下げてから彩香を抱き上げる。

「きゃっ！」

「そんなわけで、彼女は連れて帰ります。貴方《あなた》は、このまま残り一時間ちょっとの船旅を楽しんでください」

硬直する一郎にそう言い残して、潤斗は彩香を抱きかかえてヘリコプターに乗り込んだ。

「潤斗さんっ！　私、妊娠なんてしてませんよっ！」

潤斗に座席に座らされ、扉が閉められたところで彩香は抗議する。

いや、確かに妊娠するようなことはしたが、まだ検査もしていない。そんな兆候を感じたこともない。

一方潤斗は、彩香のシートベルトを留めてやりながら不思議そうな顔をする。なんの話だと言わんばかりだ。

「え、だって今お兄ちゃんに、私のこと、もう一人の体じゃないって……」

自分自身のシートベルトも留め、パイロットに出発の合図を出した潤斗が「ああ」と頷く。

「俺はもう、君なしでは生きていけないと思う。そう宣言しただけだ」

「えっ………その表現は、色々と省略しすぎです」

ものすごく嬉しい台詞《せりふ》だが、突っ込まずにはいられない。

外を見ると、再び回転し始めたプロペラからの風に驚いたのか、一郎が手にしていたティーカップを落とす。それでもまだどこか呆然とした顔だ。

——絶対、誤解している……

心の中で謝る彩香の隣で、潤斗はスマホを取り出し操作を始める。

「紀代美、……ホテルのヘリポートに今すぐ来い。…………命令っ！」

途中プロペラの音に邪魔されて聞き取れない部分もあったが、潤斗は声に出しながらメールを打ち込んでいく。わざわざ声に出すということは、それだけ怒っているのかもしれない。声にも怒りが滲《にじ》み出ている。

彼は「送信」と呟《つぶや》くと、彩香を見た。

「アイツ、他になにか言ってなかった？」

ヘリコプターの飛行音で耳が悪くなるからと渡されたインカム付のヘッドホンを装着しながら、彩香は「……あと、指輪のサイズを聞かれたような気がします」と答えた。

するとヘッドホンから、潤斗の「ああ、あの花はそういうことか……」という低い声が聞こえた。

潤斗はそのまま不機嫌そうに視線を外へと向けた。

◇　◇　◇

やがてヘリコプターは海の上を抜け、陸地の上を飛び始める。海の上で時はそれほど感じなかったが、こうして夜景がぐんぐん視界の後ろに流れていくのを見ていると、どれほどの速度で飛んでいるのかを実感する。

流れる夜景の光を目で追いかけていると、視界が揺れ、体が奇妙な浮遊感に包まれていく。

彩香が乗り物酔いを感じ始めたタイミングで、ヘリコプターが降下を始めた。

――あっ……、本当にいる。

彩香と潤斗を乗せたヘリコプターが、ホテルの屋上にあるヘリポートに近付いていくと、紀代美が風に髪を巻き上げながら立っているのが見えた。

突然の、それも夜間の呼び出しにもかかわらず、紀代美はタイトなスーツに身を包み、完璧なメイクで強気な笑みを浮かべている。足元から誘導ライトで照らされていることもあり、その姿は舞台に立つモデルを連想させた。

そんな彼女を見下ろす潤斗の表情に、会うことを楽しみにしている様子はない。ただ面倒くさそうに息を吐くだけだった。


「潤斗、久しぶりに連絡もらえて嬉しかったわ」

ヘリコプターを降りて歩み寄る潤斗と彩香に、紀代美が優雅に微笑みかける。

潤斗はそんな彼女に、眉間「寒いから、中で話す」と言って前を素通りしていく。その眉間には不機嫌そうな皺《しわ》が刻まれていた。

「じゃあ、外で待たせないでくれる？　寒かったのよ」

紀代美は不満げな声をあげたが、それでも怒る様子もなく、さっさと潤斗の後に続く。

彩香も二人の背中を追いかけたが、二人の歩調が速いので、少し間隔が空いてしまった。

ふと、紀代美が潤斗の背中に手を添え、一瞬振り向いて彩香に余裕の笑みを浮かべる。

「――っ」

その様子に、二人の親密さが感じられて胸が痛い。

小さく唇を噛んだ彩香がそっと胸に手を添えると、潤斗が立ち止まって手を差し伸べてくる。

「おいで」

「……うん」

彩香はホッと息を吐き、紀代美を追い越してその手に掴まった。

潤斗もその手を握り返すと、彩香の歩幅に合わせてゆっくりと歩き始める。

潤斗に手を引かれて優しくされても、心にはざらざらしたものが残っていた。

消化し切れない嫉妬心を抱えたまま、潤斗たちと一緒にホテルの従業員にラウンジへと案内される。そこで彩香は小さな違和感を覚えた。

——あれ？

薄暗いラウンジのテーブルに灯されたロウソクの明かりの中、潤斗と紀代美の顔が並ぶ。彩香はその二つの顔を見比べた。

煌々《こうこう》とした灯りのもとでは、性別の違いや、紀代美の完璧なメイクに誤魔化されて逆に気付かなかったが、こんな風に最小限の光の中だと、鼻の高さやおでこの張り、顎《あご》のラインといった骨格が、よく似ていることがわかる。

——もしかして……

彩香は勝手に嫉妬心を抱《いだ》いていたけれど、よく考えれば自分にも、恋人でなくとも当然のように親密に接している異性がいる。いや、でも、潤斗は一人息子と聞いている。

悩む彩香に対し、紀代美が切り出す。

「潤斗の姉の、朝倉紀代美です」

「えっ！」

まさか本当に紀代美が潤斗の姉だったとは。思わず大声をあげてしまい、慌てて口元を押さえて周囲を見渡した。

ここには自分たち以外の客の姿はないが、それでも店員に頭を下げる。そんな彩香に、紀代美は「ここ、貸し切りにしているから、好きなだけ騒いで大丈夫よ」と教えてくれた。

――閑散《かんさん》としていると思ったら、そういうことだったんですね。

そう納得した彩香は、改めて潤斗に「本当に、お姉さんなんですか？」と確認した。

「ああ。面倒くさい話だが事実だ」

潤斗が渋々といった様子で頷くと、紀代美が「やっぱり私たちのこと、話してなかったのね」と抗議の声をあげる。が、潤斗はそれを無視した。

「潤斗さん、一人息子じゃなかったんですか？」

「一人息子だ。久松家に、男子は俺一人しか生まれなかった」

「ああ……」

確かに『一人息子』と『一人っ子』では、その意味が違ってくる。

自分の勘違いを理解して頷く彩香の横で、潤斗が紀代美を睨《にら》んだ。

「彼女に近付くなって、命令してあったはずだ」

「命令……」

弟が姉に使う言葉ではない気がする。戸惑う彩香に、紀代美は「仕方ないのよ」と肩をすくめて説明する。

「久松家にとって、長男は絶対的な存在だから。潤斗は、我が家では父の次に尊重される存在なのよ」

そう言いつつも紀代美の態度は、どこかからかいの色を含んでいる。

続いて彼女は、悪びれた様子もなく潤斗に向き直り、「彩香ちゃんに会ったのは本当に偶然なのよ」とニンマリと笑う。

「嘘をつくな」

睨む潤斗に、紀代美は肩をすくめてみせる。

「あら、嘘じゃないわ。貴方《あなた》の親友の永棟君にお使いを頼まれて、花屋さんに買い物に行ったの。そしたら偶然、彼女が働いていたのよ。それで少し世間話をしただけ。……彼女が潤斗の選んだ子だったのね、ビックリ」

「嘘をつくな。お前が颯太に用事を作らせたんだろ。この前アイツ、お前のことを話題にしていたしな。それで気の赴《おもむ》くままにお前に連絡したアイツから、色々話を聞いて今回のことを計画した」

「まさか。本当に偶然よ。彩香ちゃんとのお喋《しゃべ》りだって、他愛もない話をしただけだし」

——嘘だ……

わざと自分と潤斗の関係を誤解させるような話し方をしていた彼女が、彩香のことを知らなかったわけがない。が、今ここでそれを指摘するわけにもいかない。

そんな彩香の心の声を代弁してか、潤斗が「嘘をつくな」と強い口調で繰り返す。

「彼女に、電話のこととか言っただろ。それに誰が、お前が結婚して寂しがるんだ」

「ああ、そんなことも言ったような気がするわね。未来の妹への、軽い洗礼よ。……コラッ、彩香ちゃん、口が軽いわよ」

「……」

おどけたようにこちらを睨《にら》んでくる紀代美に、どう反応すればいいかわからない。

潤斗が「面倒くさいから、無視して」と囁《ささや》くので、そうさせてもらうことにした。

そして潤斗はやや諦めたようにため息を吐く。

「……まあいい。紀代美が、自分が悪くても謝らないのは、今に始まったことじゃないし」

彩香の家とは違い、潤斗の家では姉弟は名前で呼び合うらしい。それも誤解の原因と言えば原因なのだけど、これは人それぞれなので仕方がない。彩香の思い込みも大きかった。

そんな風に反省する彩香を、潤斗が見やる。

「紀代美との関係、納得した？」

「はい」

そして潤斗が、紀代美からの着信を無視し続けていた理由も、なんとなく理解できた。

潤斗が彩香の手を引いて立ち上がる。

「じゃあ、もう家に帰ろう」

その言葉で、潤斗があのマンションを二人で暮らす〝家〟と認識してくれていることがわかる。

そのことに胸がくすぐったくなった。

幸せな思いで潤斗に続こうとする彩香を、紀代美が呼び止める。

「そうだ、彩香ちゃん。潤斗のことだから話してないと思うけれど、私たち三姉妹だから」

「え――っ！」

そう言えばさっき紀代美は「私たちのこと……」と言っていた気がする。

それに、潤斗への電話の謎は解けたけれど、時々感じていた視線の正体は不明のままだ。

――きっと、これ紀代美《これ》×3……

思わず頬を引きつらせる彩香に、紀代美はニンマリ笑う。ラウンジのロウソクの灯りに照らされる紀代美の顔は、まさに悪戯《いたずら》好きの猫そのもの。

「それぞれ、ちょっと個性的だけどこれからも仲良くしてね」

潤斗がまた面倒くさそうに息を吐いて、「帰ろう」と彩香を促《うなが》す。

――潤斗さんが極度の面倒くさがり屋になった原因の一部は、このお姉さんたちにあるのかも……

そんなことを考えていると、潤斗が気まずそうに彩香を振り返った。

「嫌になった？」

珍しく弱気な表情を見せる潤斗に、彩香は首を横に振る。

お伽噺《ときばなし》に、継母《ままはは》や意地悪なお姉さんはつきものだ。それを乗り越えた先にハッピーエンドはあるのだと承知している。

「このくらい、許容範囲です」

どんな障害だって、自分を愛していると言ってくれた潤斗となら、乗り越えていける。

彩香が強く手を握り返すと、潤斗は嬉しそうにその手を引いてラウンジを出た。

◇　◇　◇

「紀代美のこと、俺の浮気相手だと思った？」

寝室のベッドで彩香を抱きしめながら、潤斗が問いかけた。

「思いません」

潤斗の胸に顔を埋めていた彩香は、首を横に振る。

「まあ、面倒くさがり屋の俺が、そんなことをするわけないからね」

一人納得する潤斗に、彩香がまた首を横に振る。

「違いますよ。そうじゃなくて、潤斗さんは、そんなことしない人だって知っているからです。……でも紀代美さんが綺麗な人だから、嫉妬して気持ちがモヤモヤしました」

あれだけ悩んだのに、蓋《ふた》を開けてみれば紀代美の正体は潤斗の実の姉。それだけは先に教えてくれればよかったのにと、つい恨みがましい思いを抱《いだ》いてしまう。

でもおかげで潤斗の愛情を確認することができたのだから、これでよかったのかもしれない。

そう納得する彩香の髪に、潤斗の優しい吐息が触れる。

「勝てないな……」

「え？」

顔を上げると、潤斗の唇が額に触れた。

彩香はさらに首の角度を上げる。すると、自分に柔らかな眼差しを向ける潤斗と目が合った。

「きっと俺は、君に一生勝てないよ」

そう言って自分の唇に触れる潤斗の唇の感触が愛おしい。その愛おしさに淡く微笑みながらも、彩香は、自分が潤斗に勝てることなどあっただろうかと首を傾げる。

「あの、勝てないって……？」

彩香は問いかけつつ彼の頬に指を添えた。

「愛している。だから君に嫌われないためなら、面倒くさいなんて言っている余裕がなくなる」

それが答えだよ、と潤斗は、彩香の手に自分の手を重ねた。彩香の左薬指に収まる指輪の感触を確かめて、ホッと息を吐く。

「……」

「ずっと俺のそばにいて」

潤斗の吐息が瞼《まぶた》に触れる。

彩香がくすぐったそうに瞼を閉じると、潤斗の唇がまた彩香の唇に触れる。

唇を重ねるだけの長い長い口付けに、彩香は頬が熱くなるのを感じた。

愛していると思う人に触れられるだけで、心と体がどうしようもなく熱を帯びていく。そのことを今さらながらに実感した彩香は、潤斗の唇が離れた瞬間、寂しさを覚えてすぐに自分から潤斗の唇を求めた。

「私も、愛しています」

そう囁《ささや》いて短く唇を合わせては離す。そしてまたすぐに、どちらからともなく唇を求め合う。しばらくそんな口付けを繰り返していると、潤斗も「俺も愛している」と返してくれる。そうしているうちに、自然と互いを求める気持ちが加速していく。

長い口付けに息が苦しくなったけれど、潤斗を求める気持ちが止められない。

彩香は、それでも思わず唇を離し、大きく息を吸う。潤斗はそれを責めるように、彩香の下唇を甘く噛んだ。その刺激に、彩香の体の奥が熱く痺《しび》れる。まだ口付けしかしていないのに、体が蕩《とろ》けるように熱い。

「潤斗さん……ぅんっ」

なにかを話そうとする彩香の口を塞ぐように、潤斗の舌が侵入してきた。

唾液を含んだ潤斗の舌が、薄い前歯の間を抜けて彩香の口内に沈むと、ざらりとした舌が口蓋を撫《な》でる。その感触に、彩香は潤斗の頬に添えていた指に無意識に力を込めた。

口蓋や歯茎まで舌で嬲《なぶ》られる感触が、艶《なま》めかしい。

「――っ……くぅっ………ふぅっ」

口内を抉《えぐ》るように動く動きに戸惑いながらも、彩香は自分の舌を潤斗の舌に絡めた。ぬるりとした互いの舌を淫《みだ》らに絡ませていると、彩香の体がさらなる刺激を求めて疼《うず》く。

潤斗の触れている指からぞわぞわした官能的な痺れが生まれて、それは彩香の首筋からさらに下へと広がっていく。

――もっと全身で潤斗さんを感じていたい……

そんな彩香の思いを見透かしたように、潤斗が彩香の頬に添えていた指を肩へと移動させ、そのまま覆《おお》いかぶさってくる。

「……ん、っ……はぁっ！」

彼は腕でバランスを取り、彩香の体を体重をかけたりはしないが、それでも潤斗の存在に圧迫され息苦しさを覚えてしまう。

そんな状態で、さらに激しく舌を絡められると、腰の奥がじわじわと熱くなってくる。

「彩香、すごくいやらしい目をしている」

潤斗は唇を離し、彩香の顔を覗き込みながら掠《かす》れた声で囁いた。その声から、彼もまた淫らな興奮を抑えられなくなっていることがわかる。視線もいつしか野性的な熱を帯びていた。

「潤斗さんも……」

彩香がそう呟《つぶや》くと、潤斗は頷いて、また唇を彩香の首筋へと這《は》わせる。

ぬるりとした潤斗の舌が、彩香の首筋を伝い、うなじへと上がっていく。首筋の後《おく》れ毛を弄《もてあそ》ぶ潤斗の舌が、そのまま耳たぶへと移動してくる。

「やっ………くっ…………………っ」

唾液に濡れた唇が、くちゅくちゅと彩香の耳を食《は》む。

求めていたはずなのに、潤斗から与えられる刺激が艶《なま》めかしすぎて耐えられなくなる。

彩香が思わず首を動かすと、潤斗が「駄目。逃がさない」と小さく言って、首筋を強く噛んできた。

「あっ」

鈍《にぶ》い痛みに彩香が背中を反らせると、潤斗の唇が再び彩香の唇へと戻ってくる。

それからまた、舌と舌を絡め合っては吸う。

潤斗は、彩香にゆっくり呼吸する間も与えず、彼女の舌を激しく求めた。

柔らかな舌の感触に混ざる、潤斗の荒々しい息遣い。彩香の心と体はますます熱く疼《うず》いてくる。

「潤斗さん……駄目っ……キスだけで、変になっちゃうっ」

自らも求められるままに舌を絡めていた彩香は、不意に酸欠で頭がぼやけるような感覚をおぼえ、潤斗の胸を押した。

「いいよ。変になりな」

潤斗は一瞬唇を離してそう囁《ささや》くと、左手で彩香の顎《あご》を捕らえて、さらに激しく口付けをする。そうして右手で彩香の足の間に触れた。

パジャマと下着越しに彩香の湿り気を確認した潤斗が、クスリと笑う。

そんな体の反応を見透かしたような息遣いを感じ、彩香は恥ずかしさに身悶《みもだ》えた。すると潤斗はまた小さく笑う。

そうして彩香の口内を舌で弄《もてあそ》びながら、淫《みだ》らな刺激を求めて疼く彩香の肉芽を、布越しに撫《な》で始めた。

他のところには触れず、愛欲に膨張する肉芽に標的を絞って愛撫《あいぶ》を繰り返す。しかも筆で撫でるように優しく、そして執拗《しつよう》に刺激してくるので堪《たま》らない。

彩香は、くすぐったいような痺《しび》れるような淫靡《いんび》な感覚が息苦しくて、潤斗の背中に腕を絡めた。

彩香がさらなる刺激を求めていると思ったのか、潤斗はなおも肉芽を撫で続ける。

「ヤダッ……潤斗さん……駄目……」

「嘘だな。彩香のここ、どんどん湿ってくるよ」

潤斗はかすかに唇を離しては喘《あえ》ぐ彩香に、そう言って聞かせる。

その言葉通り、そこを覆《おお》う布地は溢《あふ》れ出した愛蜜に湿り始めている。潤斗の指はその上からさらに彩香を刺激していった。間接的に伝わる刺激はそれほど強くないが、だからこそ淫らな甘い熱が消化不良のまま彩香の中に蓄積していく。

そんな風に下半身を弱く刺激されながらも、舌は粘《ねば》っこい音が響くほどに強く嬲《なぶ》られる。

そのアンバランスな刺激が、彩香をどうしようもなく淫らにさせる。

「潤斗さ……ん、あぁっ……」

絶頂とまではいかない、中途半端な快楽が全身を突き抜ける。その感覚に、彩香は肩を震わせて艶《なま》めかしい息を吐いた。

「イった？」

「……」

淫らな熱が燻《くすぶ》るこんな不完全燃焼の状態で、どう答えればいいのかわからない。黙り込む彩香に、潤斗は短い口付けをしてから体を起こした。

そして自分の着ていた物を脱ぐと、気怠《けだる》そうに体を横たえる彩香に寄り添う。

「潤斗さん……？」

彩香が不思議そうに彼の方を窺《うかが》うと、潤斗は「おいで」と言って、彩香に自分の上にまたがるよう手の動きで誘導する。戸惑いながらもそれに従うと、さっき中途半端に上りつめた秘部で潤斗の体温を感じ、堪《たま》らない気持ちになる。

潤斗は、自分の腰の上あたりにまたがった彩香の太ももを掴んだ。そして甘い声で囁《ささや》く。

「自分で脱いで」

「え？　この格好で？」

思いもしなかった命令に驚く彩香に、潤斗は悪戯《いたずら》な笑みを浮かべる。

「もっといやらしいことを、してほしいだろ？」

彩香の中で燻《くすぶ》る欲望を見透かしているとばかりに、潤斗が意地悪な視線を向けてくる。

「……」

あまりの羞恥心《しゅうちしん》で彩香は黙り込んだけれど、潤斗の指摘通り、体は確かにより淫《みだ》らな刺激を求めている。

葛藤《かっとう》して黙り込んだ末に、絞り出すように「恥ずかしい」と呟《つぶや》くと、潤斗が「恥ずかしくないよ」と笑った。

「それに結婚したら、俺は君にもっといやらしいことをするよ」

「――っ！」

思いもしなかった言葉に戸惑う。すると潤斗が「結婚をやめたくなる？」と問いかけてきた。

彩香は、慌てて首を横に振る。その反応に満足げに頷いた潤斗は、彩香の頬を優しく撫《な》でた。

「じゃあ、これはその練習だ。さあ、服を脱いで」

潤斗の表情は、彩香が自分の求めを拒《こば》むことなどないという確信に満ちていた。人を支配することに馴《な》れた王子様の眼差し。彩香は、自分はこの眼差しに弱いのだと観念して息を吐いた。

そしてゆっくりと自分が着ていたパジャマのボタンを外していく。

「……っ」

ボタンを全部外すと、潤斗が腕を伸ばし、華奢《きゃしゃ》な肩を撫でるようにして彩香の上半身を裸にしていく。

露《あら》わになった肌が、室内の空気に触れて粟立《あわだ》つ。

「下も脱いで」

「……」

彩香は、恥ずかしがりながらも腰を浮かせ、潤斗の指示に従う。

下着まで脱ぎ終え、全てを晒《さら》した姿で再び彼にまたがると、さっきの中途半端な愛撫《あいぶ》で濡れた蜜口が潤斗の体温に触れる。彩香は堪らなく恥ずかしくなり、せめて手で胸を隠そうとしたけれど、潤斗の手がそれを阻《はば》んだ。

「隠しちゃ駄目だよ。よく見せて」

そう言いながら、潤斗は下から彩香の胸を鷲掴《わしづか》みにする。

「あっ！」

その性急さに驚いた彩香は、バランスを崩しかけて潤斗の胸の上に手をついた。

潤斗は、そのまま片手で乱暴に乳房を揉みしだく。

柔らかな乳房が、潤斗の手の動きに合わせて形を変える。彩香はその刺激に熱い息を吐いた。

彩香の胸の膨《ふく》らみに深く喰い込んだ指は、すぐに離れて、また強く喰い込んでくる。そうしながら乱暴にそこを揺さぶってくるので、彩香は痛いようなくすぐったいような感覚をおぼえ腰をくねらせ始めた。

「あぁっ！」

潤斗は乳房を掴む指の隙間から乳首がはみ出しているのに気付くと、それをそのまま指で挟んでしごいた。

その刺激に彩香が身悶《みもだ》えれば、潤斗は彩香の胸を掴んだまま自分の方へと引き寄せた。

前に引き倒され、彩香は潤斗の顔の両脇に肘をつく。すると潤斗の顔に乳房を押しつける形になった。

「——っあっ……痛っ……うぅっ」

左の乳房にねっとりとした唇が触れたかと思うと、潤斗がその先端を噛んでくる。彩香は思わず背中を震わせた。

本当はベッドに腕をついて潤斗と距離を作りたいのだけれど、今度はそこに舌を這《は》わされたので、体に上手く力が入らない。

潤斗はそのまま手と口で、甘く、強く刺激しながら彩香の胸を味わっていく。

「……あぁぁぁっ……はぁっ」

ざらついた舌が、繊細な動きで硬く膨れた乳首を押しつぶす。かと思うと、すぐに強く吸い上げた。そうやって胸を弄《もてあそ》ばれると、どんどん全身の力が抜けていき、油断すると潤斗にすっかり体重を預けてしまいそうになる。彩香は身悶えながらもシーツを強く握りしめ、脱力してしまいそうな体を必死に支えた。

潤斗は、そんな努力を知ってか知らずか、さらに激しく彩香の胸を弄ぶ。

「はぁ……潤斗さん……もう、……はぁっぁぁっ……駄目ですっ」

腰の奥が苦しいほど熱い。甘ったるい声で苦痛を訴える彩香を見て、潤斗がクスリと笑う。

「うん。彩香のここ、随分、濡れてきている」

潤斗が、胸を揉んでいた手で彩香の小ぶりな尻を撫《な》でた。

「――っ！」

一瞬なにを言われたのかわからなかったけれど、すぐに彼の腰に当たっている秘裂から愛蜜が滴《したた》っているのだと気付いた。

「やっ！」

恥ずかしくなって腰を浮かせようとすると、潤斗が強く押さえつけてくる。

その瞬間、濡れた秘裂が潤斗の肌の上をわずかに滑り、艶《なま》めかしい痺《しび》れが体を走る。

「あぁっ――」

不意の快感に、彩香が喘《あえ》ぐ。その反応を見逃さなかった潤斗は、わざと彩香の腰を揺すってなおもそこを刺激する。まだなにかが挿入されたわけでもないのに、腰が甘く蕩《とろ》けて力が入らない。

彩香は潤斗の胸に手を突き、背中を大きく反らせた。

「あぁ、はぁぁ……っあぁぁぁ……あぁっふぅっ」

さっきから燻《くすぶ》っている熱が、彩香の中で渦《うず》を巻く。潤斗は、彩香の乱れた髪を掻《か》き上げながら問いかけた。

「気持ちいい？」

「……」

熱に潤《うる》んだ眼差しで自分を見下ろすだけの彩香に、潤斗は重ねて質問する。

「物足りない？」

「……っ」

自分はいつからこんなにいやらしくなったのだろうか――彩香は驚きながらも、観念して頷く。

「じゃあ、そのまま腰を浮かせて」

「……はい」

彩香は恥ずかしさを堪《こら》えて、潤斗の指示に従う。

潤斗は、左手で彩香の尻をしっかりと押さえながら、右指で熱く疼《うず》く肉芽を軽く弾いた。

「――っ！」

さっきから焦《じ》らされていたこともあり、たったそれだけの刺激で、強い痺《しび》れが彩香の体を貫く。

膝に力を入れて立ち膝の姿勢を取ることで、潤斗から離れようとするけれど、潤斗の左手はしっかりと彩香の尻を掴んで離さない。足を閉じようにも、潤斗の上にまたがっている状態ではそれもできない。

為す術《すべ》もなく彩香がただ身をくねらせていると、潤斗の指が肉芽からその先に伸びて濡れた秘裂を捕らえる。

「すごい。彩香、もうこんなに感じているんだね」

指を前後に動かし、彩香の潤みを確かめながら、潤斗が囁《ささや》く。

「言わないで……」

羞恥心《しゅうちしん》に俯《うつむ》く彩香を、潤斗は愛おしげに見上げた。

「彩香のここ、温かくて気持ちいいよ」

そう言いながら、彩香の中へゆっくり指を沈めてきた。

「あっ――っ!」

熱く熟した膣壁が、潤斗の指の感触にヒクヒクと震える。

彩香が思わず腰を落とすと、潤斗の指がさらに深く彩香の中へと沈んでくる。その感覚に、彩香は背中を仰け反らせた。肉襞を嬲《なぶ》る感覚が堪《たま》らなくて、彩香は膝に力を入れて腰を浮かせようとした。でも潤斗の指が、それを許さないとばかりにさらに淫らに彩香の中を嬲る。

「気持ちいい?」

彩香の反応を確認しながら、潤斗が指を一本から二本に増やした。

彩香の中に二本の指を擦《こす》りつけては、弧を描《えが》くように動かす。するとそこが溶けそうなほどに熱を帯びて、腰が砕けそうになる。

怖いくらい敏感になっていた彩香の媚肉《びにく》は、熱い愛液を滴《したた》らせながら激しく収縮を始めた。

「あ……あぁあぁっ――そんな……っ………に動かさないで………」

彼の指がもたらす強い刺激に、体が痺《しび》れてくる。

膝をついて逃れたいのだけれど、潤斗の左手はなおも彩香の尻を捕らえているのでそれは叶わない。

体が勝手に痙攣《けいれん》してしまう。彩香は自分の指を噛んで身悶《みもだ》えた。熱い痺れが高まってきて、息をするのも苦しくなる。

「――駄目っ！」

潤斗の妖《あや》しく動く指が、彩香を絶頂へと押し上げていく。

彩香が背中を反らせて、込み上げてくる絶頂にその身を委《ゆだ》ねようとした時、不意に潤斗の指が彩香の蜜口から離れた。

「……あっ」

突然の空虚感に、彩香は切ない息を漏らした。

潤斗は、そんな彩香に「本当に、もう駄目？」と意地悪な問いかけをする。

「……」

満足できるわけがない。けれどそれを言葉にするのは恥ずかしい。

潤斗はそんな彩香の心を見透かしたのか、「言葉で言うのは、恥ずかしい？」と囁《ささや》いてきた。

「……うん」

頬を上気させ、肩で息をするほど興奮している状態でも、自分から潤斗にねだるなんてできない。

潤斗はそんな彩香の頬を撫《な》でながら告げる。

「じゃあ、言葉で言わなくていいから、行動で教えて」

「え？」

驚く彩香に、潤斗は「俺を不安にさせた罰だよ」と悪戯《いたずら》な微笑を浮かべる。そして、誘うように彩香の尻を優しく撫でた。その感触に、彩香の子宮がさらに刺激を求めて疼《うず》く。

――潤斗さんに満たされたい……

込み上げる欲望に抗《あらが》い切れず、彩香は腰の位置をずらしていく。

少し後ろに進むと、足の付け根辺りで、潤斗の熱く滾《たぎ》る肉棒の存在を感じた。

彩香が膝に力を入れて腰を浮かせると、潤斗も彩香の腰に手を添えてその動きを助ける。

いきりたつ潤斗の肉棒に手を添えゆっくりと腰を落とした。粘《ねば》り気のある愛蜜の滴る媚肉に、熱い潤斗のものが触れる。それだけで、子宮がビクビク痙攣してしまう。

「…………あっ！」

強い刺激に腰を浮かしかけたけれど、腰を支える潤斗の手がまたもそれを阻《はば》む。

「駄目だよ。もっと俺を感じて。彩香も、本当は俺のこと、もっと感じたいって思ってるはずだ」

そう囁く潤斗の肉棒が小さく跳ねる。その動きを感じ、彩香の蜜壷も淫《みだ》らに震えた。

「……っ」

ついに欲望を抑え切れなくなり、恐るおそる腰を沈めていく。

潤斗のものが膣壁を押し広げて入って来る感触に、彩香は息を呑んだ。

指とは比べ物にならない凄《すさ》まじい存在感に、視界がチカチカとしてくる。

不完全燃焼のまま濡れていた膣は、沈み込んでくる潤斗を逃すまいと激しく収縮した。

痛いほどの収縮に彩香が思わず腰を浮かせると、潤斗がそれを引き戻す。その際に生じる摩擦が、彩香をさらなる快楽へと押し上げていく。

「うう……あぁぁぁっ…………はぁっ……潤斗さんが、——入ってくるっ」

刺激に耐え切れず、彩香は喉を震わせた。

深く沈む潤斗の肉棒に押し出されるようにして、彩香の中から愛液が溢《あふ》れ出してくる。そのまま限界まで互いの下半身を密着させると、愛液に濡れた肌が擦《こす》れ合う。

「っ……彩香ぁ…………」

潤斗が、苦しげな声で名前を呼ぶ。それだけで彩香の肌が、ぞくぞくと震えた。

彩香は思わず腰を浮かせるもののすぐに潤斗の存在感が恋しくなって、再び腰を下ろした。

さっきよりも深く、強く、潤斗を感じたい。そんな思いで腰を動かすと、硬く膨張した潤斗のものが彩香の奥を抉《えぐ》る。

「あぁ……潤斗さん…………はぁっ…………っ」

熱く痺《しび》れる膣をいつもと違う角度で刺激され、体中が淫《みだ》らな熱に犯されていく。

彩香は浅い呼吸を繰り返しながら、欲望の赴《おもむ》くままに腰を動かしていく。

室内に響く、くちゅくちゅという蜜音が恥ずかしくてしょうがないのに、潤斗を求める気持ちが止まらない。

けれど潤斗の胸元に添えている手からは、潤斗も自分同様に激しく興奮していることが鼓動となって伝わってくる。

「――くぅっ！」

彩香中で潤斗の肉棒が、ビクッと脈打つ。その動きに彩香は、身悶《みもだ》えた。

「もう駄目っ！」

彩香は悲鳴とも嬌声ともつかない声で叫ぶと、あまりの快楽に必死に体をくねらせて強引に潤斗から体を離す。そうして崩れるようにベッドに倒れ込んだ。

すると潤斗が起き上がり、うつ伏せになった彩香の腰を引き上げ、そのまま彩香の中に肉棒を沈めてくる。

ずぶずぶと、再び淫らな蜜を絡めて背後から挿入されるその感触に、彩香は背中を反らして喘《あえ》いだ。

「あぁ――あっ……っ…………」

乱暴に押し込められる圧迫感に、彩香は思わず体を引いて彼のものを途中まで抜いたけれど、その時の摩擦感でも肌はゾクゾクと震えてしまう。

彩香が腰をくねらせると、その動きに誘われたのか、潤斗は彩香の腰を強く掴んで揺するように動かしていく。

「やぁっ――っ！　潤斗さん……」

「彩香、すごくいやらしい声で鳴くね」

「あっ……ぁあぁぁっ………潤斗さん………」

潤斗は彩香の声に煽《あお》られたように、さらに激しく彩香の腰を揺さぶる。そのうちぎゅうっと膣壁が痛いほどに締まった。

「――くぅっ！」

彩香を激しく求めていた潤斗も、その強い締め付けに切ない息を吐く。

潤斗の硬く膨張したものが、執拗《しつよう》に彩香の中を掻き乱す。

彩香は妖《あや》しく腰を震わせながら、その刺激に耐え続けた。

彩香も潤斗も、短く浅い呼吸を繰り返す。息苦しくてしょうがないのに、お互いを求める気持ちは加速していく一方だ。

より淫猥《いんわい》な水音を響かせながら、激しく抽送《ちゅうそう》を繰り返していくと、込み上げてくる快楽と酸欠で意識が白く薄れてくる。

快楽の頂点が間近に迫っているのを予期して、彩香は大きく背中を反らして喉を震わせた。

彩香の限界を察したかのように、潤斗の欲望が爆《は》ぜる。

快楽で敏感になっていた膣壁は、潤斗から放出された熱に激しく収縮した。

「ああ……あっぁっっ！」

やがて潤斗のものが抜き去られる。その感触が、疼《うず》く膣壁をさらに刺激して妖しい余韻を残す。

彩香は、腰をガクガクと痙攣《けいれん》させてその場に崩れた。

重苦しく息を吐くと同時に、潤斗から放出された熱が太ももを伝って落ちた。その感覚さえも淫《みだ》らで愛おしい。

「愛している」

脱力したように隣に横たわる潤斗が、彩香を強く抱きしめる。

「うん」

彩香は潤斗の腕に甘えながら、幸せな眠りへと落ちていった。

エピローグ　ハッピーウェディング

「いや。本当に潤君って、お子様だよね」

新婦の控室の大きな鏡にもたれかかりながら、颯太がヤレヤレといった様子で首を振る。

「……」

椅子に座り、困ったような顔をしている彩香の代わりに、ブーケの最終点検をしていた玲緒が「邪魔よ」と、手をヒラヒラさせて退席を求めた。けれど颯太は手を振り返すだけで、部屋を出ていく気配がない。

「彩香ちゃんの指輪のサイズだって調べてあげたのに、僕のことをベストマンに選ぶどころか、結婚式に来るなって言ってたんだよ。なにが気に入らなかったんだろう？」

「アンタの存在全てでしょ」

玲緒はそう呟《つぶや》きながら、花の配置バランスを再度チェックし、満足げに頷いてブーケを彩香に手渡した。

「彩香ちゃんがとりなしてくれなきゃ、本当に結婚式に参加できなかったよ。ありがとう」

「喜んでいただけたならいいんですが、その……どいてもらってもいいですか？　できればこの控室から出ていっていただけると嬉しいんですけど………」

颯太が邪魔で鏡が見えない。

そのことにやっと気付いた颯太が、「ああ、ごめん」と体の位置をずらしたけれど、やっぱり部屋を出ていく気配はない。それどころか動いたついでに、いつもより艶《あで》やかな姿をした玲緒に近付いている。彼は玲緒がここにいる限り、部屋を出ていく気はないらしい。

彩香は諦めて鏡に映る自分の姿を確認した。

鏡の中の自分は、薄いレースを幾重にも重ね、裾が大きく膨《ふく》らんだウェディングドレスを着ている。

「おかしくないですか？」

「似合っているわよ」

珍しく玲緒が褒めてくれる。

「でも、随分小規模な結婚式にしたのね。大企業の御曹司《おんぞうし》の結婚式なんだから、もっと派手なものを期待していたのに」

近しい親族の他は、玲緒と颯太だけを招待して行《おこな》う結婚式。その会場の装花《そうか》を担当した玲緒が、残念そうな顔をする。

「潤斗さんが、盛大な結婚式は面倒くさいって……」

玲緒は、彩香の説明に納得した様子で頷く。

その時ノックの音がした。

「用意できた？」

そう言いながら室内を覗いた潤斗が、颯太の姿に不満げな顔をする。

「なんでお前が、新婦の控室にいるんだ？」

「だって潤君、最近機嫌悪いんだもん」

「……」

「さて、新郎も来たことだし、私たちは退散しましょ。……彩香、後でね」

「わぁっ、玲緒さん今日は積極的だね」

「黙れ」

玲緒が仕方ないと言った様子で、颯太の手を引いて新婦の控室を出ていった。

玲緒と颯太を見送り、二人きりになった部屋で、彩香が鏡の横に置かれた光沢のある白いパンプスに目を向ける。

「あと、その靴を履けば、支度は終わります」

その言葉に頷いた潤斗が、「履かせてあげるよ」とパンプスを手に取り、床に跪《ひざまず》いた。

潤斗の大きな手が、彩香の細い足首を優しく包み込む。

そうしてパンプスを履かせてくれる彼の姿に、子供の頃、大好きだったお伽噺《ときばなし》の王子様の姿が重なる。

「……なに？」

彩香の視線に気付いた潤斗が、もう片方のパンプスを手に顔を上げる。

「えっと……。あっ、そう言えば潤斗さん、船でプロポーズをやり直した時に、最初から私を愛していたって言いましたよね」

彩香が、ふと思い出して問いかける。

「…………」

長い沈黙の末に、潤斗が「覚えていない」と呟《つぶや》く。

「その言い方は、覚えていますね。パンプスを頭にぶつけちゃったのになんでですか？」

「……話すのが面倒くさい」

「そうやって誤魔化す」

ムッと唇を尖らせる彩香に、潤斗は「そのうち話すよ」と言いながら、もう一方のパンプスを彩香に履かせて立ち上がった。

「そのうちって、いつですか？」

「今じゃないのは確かだな。とりあえず今は、神様の前で君と永遠の愛を誓わなくてはいけないから」
——そんな面倒くさいことをしなくても、この気持ちは確かなものなのに。
潤斗がそう言って息を吐き、彩香に手を差し伸べる。
彩香はしょうがないと、その手に掴まって立ち上がった。
「いいです。これからずっと一緒なんだから、いつか教えてもらいます」
そう断言する彩香に、潤斗は困ったように苦笑いを浮かべる。
でもすぐにその笑みを愛おしそうなものに変え、彩香の手を引いて歩き出した。

〜大人のための恋愛小説レーベル〜

ETERNITY エタニティブックス

憧れの王子様は隠れ野獣!?

秘書見習いの溺愛事情

ETERNITY Rouge

エタニティブックス・赤

冬野《とうの》まゆ

装丁イラスト／あり子

高校時代、とある偶然から唇を触れ合わせてしまった素敵なビジネスマン。ハムスターを何より愛する優しげな彼に、下町の女の子・向日葵《ひまわり》は淡いときめきを抱いていた。それから四年。何とその彼——樗賢《ゆきたか》のいる大企業から就職面接の誘いが⁉　しかも専務である樗賢は、向日葵を秘書見習いとして採用し、事あるごとに甘くイジワルに翻弄してきて……⁉

※エタニティブックスは大人の女性のための恋愛小説レーベルです。ロゴマークの色で性描写の有無を判断することができます（赤・一定以上の性描写あり、ロゼ・性描写あり、白・性描写なし）。

詳しくは公式サイトにてご確認ください。
http://www.eternity-books.com/

携帯サイトはこちらから！

夏奈《かな》は恋愛を信じられない、アンチ恋愛主義者。ところが父親から、会社を立て直すためにある御曹司と結婚して欲しいと懇願される。完全別居の、形だけの契約結婚という条件に渋々承諾したものの……顔合わせの際に相手に気に入られてしまい、彼と同居する羽目に!?

B6判　定価：640円＋税　ISBN 978-4-434-21417-2

三十路《みそじ》を前に結婚への焦りもなく、オタク街道をひた走る腐女子な千鶴《ちづる》。そんな彼女がお見合いをさせられて出会ったのは、イケメン高校教師の正宗《まさむね》さん。二人は出会った瞬間から息がぴったりで、あれよあれよという間にゴールイン！ゆる〜い二人のあま〜い新婚生活をご堪能あれ☆

B6判　定価：640円＋税　ISBN 978-4-434-21431-8

冬野まゆ（とうのまゆ）

関西出身。子供の頃から読書好き。2015 年、「秘書見習いの溺愛事情」にて出版デビューに至る。

イラスト：蜜味

暴走《ぼうそう》プロポーズは極甘仕立《ごくあまじた》て

冬野まゆ（とうのまゆ）

2016年 1月 31日初版発行

編集ー蝦名寛子・宮田可南子
編集長ー塙綾子
発行者ー梶本雄介
発行所ー株式会社アルファポリス
〒150-6005 東京都渋谷区恵比寿4-20-3 恵比寿ｶﾞｰﾃﾞﾝﾌﾟﾚｲｽﾀﾜｰ5F
TEL 03-6277-1601（営業） 03-6277-1602（編集）
URL http://www.alphapolis.co.jp/
発売元ー株式会社星雲社
〒112-0012東京都文京区大塚3-21-10
TEL 03-3947-1021
装丁イラストー蜜味
装丁デザインーansyyqdesign
印刷ー大日本印刷株式会社

価格はカバーに表示されてあります。
落丁乱丁の場合はアルファポリスまでご連絡ください。
送料は小社負担でお取り替えします。

ISBN978-4-434-21584-1 C0093